O

REI

ELFO

CB036774

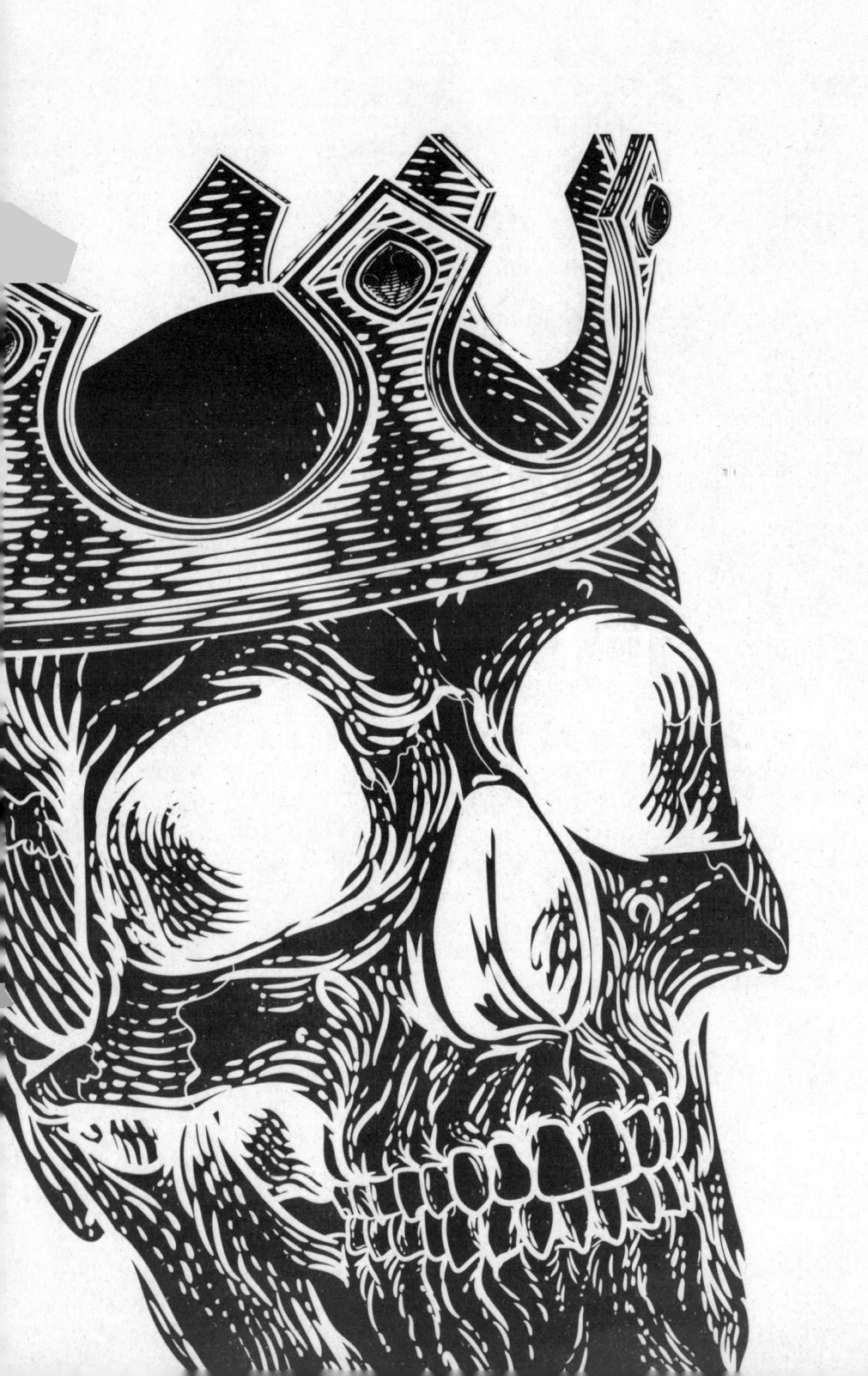

LEIA STONE

TRADUÇÃO ALDA LIMA

O
REI
ELFO

OS REIS DE AVALIER LIVRO 2

FARO
Editorial

Diretor editorial **PEDRO ALMEIDA**
Coordenação editorial **CARLA SACRATO**
Assistente editorial **LETÍCIA CANEVER**
Tradução **ALDA LIMA**
Preparação **DANIELA TOLEDO**
Revisão **RAQUEL SILVEIRA e BARBARA PARENTE**
Adaptação de capa e diagramação **VANESSA S. MARINE**

DADOS INTERNACIONAIS DE CATALOGAÇÃO NA PUBLICAÇÃO (CIP)
JÉSSICA DE OLIVEIRA MOLINARI CRB-8/9852

Stone, Leia
  O rei elfo / Leia Stone ; tradução de Alda Lima. — São Paulo : Faro Editorial, 2024.
  256 p. : il. (Coleção Os Reis de Avalier ; vol 2)

ISBN 978-65-5957-670-8
Título original: The Broken Elf King

1. Ficção norte-americana 2. Literatura fantástica I. Título II. Lima, Alda III. Série

24-3622   CDD 813

ÍNDICES PARA CATÁLOGO SISTEMÁTICO:
1. FICÇÃO NORTE-AMERICANA

1ª edição brasileira: 2024
Direitos de edição em língua portuguesa, para o Brasil, adquiridos
por FARO EDITORIAL
Avenida Andrômeda, 885 - Sala 310
Alphaville — Barueri — SP — Brasil
CEP: 06473-000
www.faroeditorial.com.br

LUNACRESCENTIS

CINZAFORTE

ARQUEMÍREA

PEDRA
ERRANTE

OBSCÚRIA

FADABRAVA

PONTE
DO MEIO

GRANDE
JADE

ESCAMABRASA

SOMBRAMORADA

MORTÓSIA

AVALIER

A CARROÇA COBERTA PAROU BRUSCAMENTE E BATI O OMBRO NA PESSOA ao meu lado. Murmurei um pedido de desculpas, então as abas da lona traseira foram abertas.

— Fora! — ladrou o traficante de escravos, fazendo todos se levantarem.

Considerando que nossas mãos estavam amarradas às costas, foi um grande esforço.

Segui a fila dos meus companheiros de cativeiro e, ao chegar à beira da carroça, pulei e estremeci com a dor nos calcanhares. Quando olhei ao redor por um instante, constatei que estávamos nos portões dourados da Cidade dos Elfos, capital de Arquemírea. Eu nunca havia saído de Obscúria e, embora minha situação atual fosse deprimente, queria pelo menos passear antes de ser vendida para levar uma vida de servidão. Meu pai, um elfo de sangue puro, falava com carinho de sua pátria, e agora eu conseguia entender por quê. Árvores altas com flores brancas se enfileiravam nos portões externos do castelo, e colinas e montanhas ondulantes nos cercavam por todos os lados. Era de tirar o fôlego.

— Cabeça baixa — esbravejou o traficante, me acertando na nuca.

Meus pés de repente se embolaram na minha comprida capa, e soltei um grito ao cair. Com as mãos ainda amarradas, não havia muito que eu pudesse fazer a não ser me preparar para a queda. Virando o rosto para o lado, endireitei os ombros e caí no chão com força, esmagando os seios contra uma pedra. A dor se alastrou por toda a frente do meu corpo, mas felizmente evitei uma fratura no nariz; então, de certa forma, foi uma vitória. Os outros servos pararam e me observaram ficar de lado e olhar para o traficante de escravos. Ele era alto e musculoso, humano, mas ainda assim forte o suficiente para causar algum dano se eu o tirasse do sério.

Gemi e, segundos depois, o traficante se abaixou e me levantou pelas axilas.

— Se não consegue nem andar direito, não vou ganhar dinheiro com você.

Minha vontade era dar um soco no patife, mas, dadas as circunstâncias, era impossível. Eu me contentaria com uma cabeçada, embora isso provavelmente fosse resultar na minha morte. O melhor que eu poderia esperar agora era que meu novo mestre fosse uma pessoa – quer dizer, elfo – decente.

Quando a fila dos demais servos recomeçou a caminhada, fui forçada a segui-los, deixando todos aqueles pensamentos sobre uma gloriosa cabeçada para trás. Dessa vez, resolvi prestar mais atenção aos meus passos.

Fiquei me perguntando o que minha tia estaria fazendo. Quando me levaram, ela estava gritando e chorando, então era provável que estivesse doente de preocupação. Vivi em Obscúria durante todos os meus dezenove anos de vida, e como uma híbrida de elfa e humana, fui abençoada com orelhas curtas, de modo que nem a rainha nem ninguém em Obscúria suspeitava que eu não era humana.

— Qual é a sua dívida? — sussurrou a garota ao meu lado. Com a interrupção de meus pensamentos, balancei a cabeça, sem entender o que ela queria dizer. — Jogatina. Devo duas moedas de ouro ao Bino — confessou, amuada.

Bino administrava as partidas de pôquer na taberna. Agora eu entendi a pergunta; ela queria saber por que eu seria vendida.

Eu nunca deveria ter pedido dinheiro emprestado para o remédio da minha tia sabendo que não conseguiria pagar, mas eu estava desesperada para dar um fim às convulsões que tanto a atormentavam. Eu jamais havia aprendido a usar minhas habilidades élficas de cura, de modo que estávamos à mercê dos médicos humanos e do que estava à disposição deles. Assim como minha mãe, minha tia era humana, e meu pai, um elfo. Mamãe morreu em trabalho de parto e meu pai foi morto na praça da cidade para servir de exemplo aos invasores. Ele tinha vindo me visitar. Agora minha tia era tudo que eu tinha, a única família que eu conhecia.

— Cinco moedas de ouro. Para o farmacêutico — completei.

Ela pareceu surpresa com a quantidade, sem dúvida se perguntando se eu tinha algum vício em pílulas. Quem me dera fosse isso – faria mais sentido do que a cobrança, por parte da rainha, de ter que vender um rim por medicamentos que salvavam vidas. De vez em quando eu pensava que esse era o jeito que ela tinha inventado para eliminar os doentes. Fazer com que todas as pessoas fracas e pobres, dependentes de medicamentos, morressem e, assim, fortalecessem sua sociedade perfeita. A maioria de nós odiava a rainha Zafira. Seu plano doentio de humanizar todo o reino significava que todas as raças mágicas precisariam ser derrubadas primeiro. Necros, elfos, feéricos, lobos e até mesmo o povo-dragão – todos acabariam sendo varridos de Avalier se a rainha conseguisse o que queria.

— Minha tia está doente. Ela precisa de remédios caros — expliquei.

As convulsões de minha tia começaram quando eu tinha doze anos, no começo como pequenos ataques aqui e ali, mas o último havia sido tão ruim que sua perna não funcionou mais direito. Agora ela tinha que arrastá-la quando andava. Em um mês, ela precisaria de mais remédios para evitar os episódios.

— Chega de cacarejar! — gritou o traficante, e a garota e eu nos separamos, olhando para a frente e contemplando a cidade.

A cidade élfica era linda: esculpida em madeira de amieiro com incrustações em ouro e pedras semipreciosas. Os arcos pontiagudos eram de tirar o fôlego. A luz do sol refletia o ouro incrustado e as pedras faziam tudo brilhar enquanto avançávamos. Mas havíamos atravessado toda a cidade e eu, perdida em pensamentos e na conversa com a garota, mal tinha notado. Agora estávamos em uma porta ao lado do grande castelo branco.

— Entrada de serviço — anunciou um guarda, cuja voz me fez levantar a cabeça.

Não acredite quando disserem que todos os elfos são altos e magros. O homem que guardava a entrada de serviço do castelo era o oposto: baixo e atarracado, com um nariz adunco e olhos azul-gelo voltados para mim. Seu cabelo branco-dourado estava preso em um rabo de cavalo e trançado nas laterais. Notei a espada em sua cintura e me perguntei se ele sabia usá-la.

Não havia como ele fazer parte da guarda real. Os Flechas Reais eram conhecidos por seus ataques silenciosos e mortais, executados da copa das árvores. Aquele homem não parecia nem mesmo capaz de subir em uma árvore.

O traficante apareceu de repente e agarrou meu pescoço, forçando minha cabeça para baixo com tanta força que uma dor explodiu em meu pescoço.

— Vou arrancar esses seus lindos olhos da cabeça se não conseguir manter o rosto abaixado.

Sibilei, cerrando os punhos atrás de mim. Aquele rato maldito estava mesmo começando a me irritar. Sim, eu havia sido vendida como escrava, mas aquilo não me tornava um saco de pancadas. Eu estava prestes a responder quando ele me soltou.

Tropecei para a frente. Meu rosto ficou quente de tanta raiva, mas respirei fundo até me acalmar.

Fomos conduzidos por um corredor tão ornamentado e decorado quanto a parte externa do castelo, e depois até um grande depósito aberto de teto alto e dois andares. Num canto, vi sacos de comida e arroz; em outro, panelas e frigideiras empilhadas. Nos alinhamos junto à parede oposta e, quando olhei para as janelas do segundo andar, notei algumas pessoas de olho em nós.

Nossos novos mestres?

Eu não sabia nada sobre ser uma serva; eu nunca tive uma. Mas sabia cozinhar e limpar, então não poderia ser tão diferente disso.

Não é?

— Vocês serão desamarrados para a governanta verificar se têm alguma doença, depois serão designados para seus novos trabalhos aqui no palácio — gritou o traficante, interrompendo meu raciocínio. — Se tentarem fugir, matarei vocês e sua dívida será transferida para o próximo membro da sua família.

Íamos trabalhar no palácio? Até que parecia legal. Dei uma olhada na pilha de farinha e arroz e torci para não ter sido relegada à cozinha. Eu não me importava em cozinhar, mas lavar a louça era pior que Hades. Comida encharcada me dava nos nervos. Adoraria ser enviada para a biblioteca, ou mesmo trabalhar com os curandeiros. Sendo metade elfa, mas sem nenhum treinamento, eu não tinha habilidades de cura, mas adoraria aprender e ajudar como pudesse.

Eu estava estudando biologia na Universidade de Obscúria, tentando encontrar uma cura para minha tia, mas agora aquilo era passado. Quase dois anos inteiros de aulas, tarefas de casa, horas de estudo, tudo em vão.

Quando as algemas foram abertas, rolei os ombros, gemendo com o doloroso alívio no peito após viajar amarrada daquele jeito por horas a fio. Por uma fração de segundo, tive vontade de correr, de disparar como um coelhinho pela sala, sair dali e adentrar a floresta. Olhei para as portas, onde havia, de cada lado, dois Flechas Reais. Eles eram altos e silenciosos, mal se moviam a cada respiração, e tinham uma flecha já encaixada nos arcos.

Engoli em seco.

Então, uma idosa entrou na sala, com seu cabelo branco preso num coque elegante no alto da cabeça. Ela usava um uniforme de criada feito de algodão azul com um avental branco e segurava uma pequena vara.

— Sou a sra. Tirth, a governanta aqui do Castelo de Arquemírea. Vou verificar se vocês têm piolhos e garantir que não tenham nenhuma deformidade que os impeça de fazer o trabalho que vieram fazer.

Piolhos? *Que nojo*. Olhei para a garota ao meu lado, que coçou a cabeça.

Éramos nove ao todo, uma mistura de elfos, feéricos e humanos – o castelo devia ter nos comprado em massa para diversos trabalhos.

Eu não queria passar dos limites, mas de fato desejava trabalhar com os curandeiros ou com livros, se possível.

Mordendo a língua, esperei que a sra. Tirth usasse sua vara para cutucar e remexer o cabelo de todos, verificar a boca e examinar de perto as mãos e os pés, até chegar minha vez. Quando ela se aproximou, fiz uma profunda reverência.

— Sra. Tirth, seria inapropriado oferecer uma lista de pontos fortes para que a senhora possa nos encaixar melhor em nossos afazeres?

A idosa levantou uma sobrancelha para mim e olhou para o segundo andar, de onde algumas figuras encapuzadas ainda nos observavam.

— Pontos fortes? — perguntou enquanto começava a vasculhar meu cabelo castanho com a vara.

— Sim, senhora. Sei ler e escrever. Sou hábil em cálculo e química orgânica, e tenho paixão por literatura e cura.

Ela congelou a vara, emaranhada em meu cabelo, e olhou para mim. Eu me preparei para o pior, mas a mulher simplesmente caiu na gargalhada. O traficante também gargalhou, assim como os outros escravos, e agora todos estavam rindo de mim.

— Querida, só preciso que você faça pão ou limpe os banheiros — respondeu. Meu estômago se revirou.

Bom, valeu a tentativa.

Senti o traficante atrás de mim se mover.

— Quer que eu verifique se ela tem piolhos púbicos? — Ele bufou, pousou a mão no meu traseiro e o apertou.

Com força.

A sra. Tirth pareceu ofendida com o comentário do traficante, mas eu sabia que ela não faria nada a respeito.

Cada sentimento reprimido e raivoso, que eu estava contendo desde que os banqueiros chegaram e me tiraram da minha tia, veio à tona naquele momento. Uma raiva vingativa tomou conta de mim, e explodi. Virei para trás e encarei o traficante feio. Quando ele me olhou cheio de luxúria nos olhos, bati a palma da mão em seu nariz, do jeito que minha tia havia me ensinado, e fui recompensada com o estalo do osso.

Ele se dobrou para cobrir o rosto e levantei o joelho, golpeando suas partes íntimas o mais forte que pude.

Com um gemido que percorreu a sala, o sujeito caiu para o lado, com o rosto vermelho.

— Ó, céus — disse a sra. Tirth atrás de mim.

Eu me virei para a governanta.

— Ele apertou o meu traseiro sem permissão. Isso é incentivado aqui? — perguntei, esperando escapar de qualquer punição que estivesse prestes a sofrer por retaliar o gesto do traficante.

A mulher corou e notei um movimento na janela acima. Uma das figuras encapuzadas estava saindo da sala. Eu sabia que tinha ido longe demais, mas o que o traficante fez não estava certo e eu esperava que a sra. Tirth concordasse. De mulher para mulher.

Ela engoliu em seco.

— Não — respondeu finalmente.

De repente, os dois Flechas Reais estavam atrás de mim, me puxando por baixo dos braços e me arrastando até as portas.

Droga! De onde eles vieram?

Por mais que eu tentasse me soltar, não adiantou. Eles me levantaram do chão, beliscaram alguma parte da minha axila, que arrancou de mim um gemido baixo, e me carregaram como se eu fosse feita de papel.

Meu coração batia forte no peito. Me virei para um deles.

— Ele me tocou, você deve ter visto. Eu não o matei nem nada — supliquei.

As portas duplas se abriram e de repente eu estava sendo conduzida pelo corredor ricamente decorado rumo a outra sala, menor, onde havia um homem sentado atrás de uma mesa, usando um manto cinza com capuz para ocultar sua identidade.

— Tudo bem, é claro que sou nova por aqui, mas agora que conheço as regras quem sabe a gente não possa deixar essa passar? — barganhei. Eu não queria ir para a forca por ter dado uma joelhada no saco do traficante, mas não pude ignorar a atitude dele. Os Flechas Reais me largaram diante da mesa e saíram da sala.

Fiquei ali, congelada, olhando para a pessoa por baixo do manto.

— Eu...

— Você fala demais. Teremos que dar um jeito nisso. — Sua voz era rouca, impactante, e eu logo soube que estava na presença de alguém no comando.

— Sim... senhor. Posso fazer isso. Supondo que me deixará viver... — Eu sabia muito bem o que estava acontecendo ali.

O homem ergueu os dedos longos e finos e puxou a capa para trás, revelando o maxilar forte e o belo rosto de ninguém menos que o próprio rei dos elfos.

— Raife Luminare — sussurrei, fazendo uma profunda reverência.

Seus olhos azuis percorreram meu corpo como se avaliassem meu gesto, o que só me deixou ainda mais vermelha do que já estava.

— Sua reverência indica que você vem de família nobre — observou.

Nós não tínhamos exatamente nobres em Obscúria. Empregávamos os termos "instruídos" e "não instruídos", e noventa por cento das pessoas eram instruídas – porque a rainha ordenava que assim o fosse e era gratuito. Eu era considerada pobre, mas altamente instruída; portanto, para todos os efeitos, uma nobre para ele.

— Sim, milorde — respondi, tentando manter as respostas curtas, já que ele havia dito que eu falava demais.

Quando ele se levantou, congelei, surpresa ao ver como ele era esguio e pelo menos uma cabeça e meia mais alto que eu, o que não era pouca coisa, visto que eu era alta para uma mulher. Ele saiu de trás da mesa e me encarou.

— Como se chama?

— Kailani Dulane, senhor.

— Está ciente do dom que todos os reis de Avalier compartilham? — perguntou ele, e logo entendi aonde ele queria chegar.

Meu santo Criador.

Engoli em seco. O rei Valdren, do povo-dragão, o rei Lucien Almabrava, dos feéricos, o rei Axil Lunaferis, dos lobos, e o rei Raife Luminare, dos elfos, todos tinham o dom de farejar mentiras.

— Vocês podem farejar mentiras.

Ele pareceu surpreso.

— Você é *mesmo* instruída.

A biblioteca de Obscúria tinha livros sobre todas as raças mágicas. Tudo para ajudar no plano da rainha de erradicá-las. Quanto mais soubéssemos sobre elas, mais poderíamos prejudicá-las e, por fim, eliminá-las.

— Vou fazer uma série de perguntas e, com base nas respostas, determinar seu destino — declarou então, andando lentamente em um círculo ao meu redor.

Uma tontura tomou conta de mim, mas balancei a cabeça.

Ele inalou pelo nariz.

— Metade elfa? — perguntou, parecendo satisfeito.

— Sim, senhor. Por parte de pai — completei, tentando ser o mais breve possível.

— O nome dele?

Engoli em seco.

— Rufus Dulane. Ele morava na vila de pescadores de Refúgio do Rei.

Ele pareceu satisfeito com a resposta.

— Por que você foi vendida como escrava?

Suspirei.

— Fiz um empréstimo que não pude pagar.

— É óbvio. — Ele pareceu irritado com a resposta superficial. — Por qual motivo?

Não gostei da intromissão, mas sabia que deveria responder com sinceridade. Minha vida estava nas mãos dele.

— Para comprar remédios indispensáveis para a minha tia.

Ele franziu a testa, parecendo confuso. Isso o deixou perplexo. O povo de Arquemírea não precisava de remédios. Se ficassem doentes, eram curados. De graça. Era tão fácil quanto respirar para eles.

— Você sabia que não conseguiria pagar o empréstimo quando o contraiu?

Rosnei um pouco, então meus olhos se voltaram para os dele e sustentaram o olhar.

— Sim — respondi, contrariada. — Para salvar a minha tia.

Ele pareceu pesar a resposta.

— O que acha da raça élfica?

Franzi o cenho.

— É uma pergunta bastante abrangente. Eu...

— Preciso saber se estou contratando alguém que odeia a mim e ao meu povo — esclareceu. — Você cresceu em Obscúria, sob o domínio da rainha.

Então ele estava pensando em me contratar? Não em me matar? Era promissor. Talvez isso tudo não terminasse na forca.

Confirmei com a cabeça.

— Acho que os elfos têm sorte. Não têm doenças e podem se curar com facilidade. Tenho inveja da capacidade de cura e não desejo nenhum mal a eles.

Ele franziu a testa.

— Inveja de uma habilidade que você possui?

Senti o rosto ficar vermelho.

— Eu nunca floresci. Meu pai morreu antes que pudesse me treinar e... a minha magia nunca veio.

Florescer. Era assim que os elfos chamavam quando sua magia vinha à tona, em geral por volta dos cinco anos, quando se iniciava o treinamento.

Ele deu um passo e parou na minha frente, endireitando os ombros e me olhando bem nos olhos.

— Muito bem... e o que acha da rainha de Obscúria?

Enrijeci, prendendo a respiração. Não era segredo que a rainha havia assassinado toda a família do rei-elfo quando ele tinha quatorze anos. Sete irmãos; só ele sobreviveu. Ele a odiava, disso eu sabia, assim como eu, mas verbalizar isso era traição.

Olhei para trás, verificando se a porta estava fechada. Falar contra a rainha era um ato retribuído com uma resposta rápida, e eu nunca tinha feito aquilo, nem mesmo para minha tia. Reclamávamos da falta de acomodação ou de tratamento. Falávamos mal de alguns feitos do exército, mas nunca dela. Ele estreitou os olhos.

— O que acha da rainha de Obscúria? — insistiu.

Respirei fundo.

— Eu a odeio. Queria que ela simplesmente morresse para podermos viver em paz — respondi depressa, logo cobrindo a boca com as mãos.

Um sorriso meio torto se espalhou pelo seu rosto por um instante, mas logo se desfez.

— Muito bem. Gostaria de contratar você como a minha nova assistente pessoal. A última se casou e foi embora — declarou, voltando para trás da escrivaninha para escrever num pedaço de pergaminho.

Relaxei de alívio. Assistente pessoal do rei? Parecia importante. Bem diferente de limpar banheiros ou fazer pão.

— Eu… eu ficaria honrada.

— Preciso de uma pessoa bem instruída — afirmou, ainda olhando para o pergaminho. — Rápida em fazer anotações, capaz de ler livros, aprender sobre coisas novas e me informar.

Eu estava quase dando pulinhos de alegria.

— Eu amo ler. Leio um livro por dia, sobre todos os assuntos, e até de ficção para me divertir.

Ele ergueu os olhos e empurrou o pedaço de pergaminho em que estava escrevendo sobre a mesa, entregando-me uma pena e a tinta.

— Faça isso rápido.

Eu não tinha ideia do que "isso" significava. Algum tipo de teste? Eu me saía bem sob pressão, de modo que me sentei na cadeira do outro lado da escrivaninha e aceitei a pena, a tinta e o pedaço de pergaminho.

Era um teste. E em três línguas diferentes!

Graças ao Criador, eu falava todas.

— Faz anos que não vejo élfico antigo escrito — admiti. Mergulhei a pena na tinta, grata por ter tanta curiosidade pelas línguas do reino e por ter estudado todas elas.

A primeira pergunta estava escrita em élfico antigo e era simples: um problema sobre o naufrágio de um navio de pesca no território de

Lunacrescentis. A pergunta era se o rei-elfo tinha o direito de recuperar o navio ou se precisaria da permissão do rei Lunaferis antes de fazer isso. Parecia mais uma pergunta para garantir se de fato eu compreendia o idioma.

Depois que respondi, segui para a próxima questão, escrita em novo élfico. Mais uma pergunta simples, que respondi. A última era um problema aritmético detalhado e escrito em avaleriano, língua compartilhada por todos os povos de Avalier.

Terminei com facilidade e devolvi o pergaminho.

Ele ergueu as sobrancelhas.

— Isso foi rápido.

Dei de ombros.

Ele olhou para o pergaminho, pegou a pena e fez algumas anotações ao lado do problema de aritmética, como que verificando meu desempenho.

— Bom trabalho.

Sorri.

Ele cruzou as mãos diante da mesa.

— Meu conselho está insistindo para que eu me case e o processo de seleção começa em breve. Vou precisar que você faça anotações detalhadas sobre cada candidata com quem eu me encontrar e me ajude a decidir qual escolher.

Meus olhos quase saltaram das órbitas.

— O senhor… quer que eu o ajude a escolher uma esposa?

Ele balançou a cabeça com indiferença.

— É a única maneira de tirar o conselho do meu pé.

Nossa, que mulher de sorte. Ele parecia *mesmo* a fim de se casar.

— Sim, claro, posso fazer isso. — Se fosse para garantir que minha cabeça continuasse presa ao pescoço, eu faria qualquer coisa. — Quais são meus outros deveres? Eu gostaria de anotá-los — expliquei.

Parecendo impressionado com isso, o rei me entregou um pergaminho em branco e uma pena. Anotei o que ele já havia mencionado:

Encontrar uma esposa.

— Você vai me acompanhar nas reuniões e me lembrar dos nomes e cargos das pessoas. Gosto de saber os aniversários dos meus funcionários, mas não posso me dar o trabalho de lembrá-los.

— Claro.

Ele se recostou na cadeira.

— Ah, meu antigo provador morreu, então vou precisar que o substitua até que eu contrate um novo.

Congelei. O provador da realeza tinha um dos trabalhos mais perigosos do reino. Eles viviam sendo envenenados.

— O senhor… não conseguiu curá-lo?

Ele franziu a testa.

— Não a tempo. É um engano comum pensar que os elfos podem curar qualquer coisa, além de nunca adoecerem.

— E quanto a um dos outros escravos que acabou de adquirir? — Ele tinha oito.

O rei balançou a cabeça.

— Não confio em nenhum deles.

Isso significava que ele confiava em mim? E se confiava, por quê?

Tudo bem, era apenas até ele encontrar um provador permanente.

Encontrar uma esposa.
Lembrá-lo de nomes, aniversários.
Participar das reuniões.
Substituir o provador.

— Mais alguma coisa, milorde?

— Se devo confiar em você e se irá trabalhar comigo, precisarei que faça um Juramento Real de Paz.

Ergui as sobrancelhas. Eu não sabia o que era isso, mas sabia que os elfos e os feéricos levavam juramentos a sério.

— Tudo bem — respondi, sem jeito. Dez minutos antes, eu tinha dado uma joelhada no saco do meu captor. Agora, estava em uma entrevista de emprego com o rei dos elfos.

Que dia.

Ele pigarreou.

— Mais uma coisa...

Eu me preparei. Ele parecia pouco à vontade.

— Você é solteira?

Ah, essa era fácil.

— Sim. Nunca me casei. Nunca conheci um homem que eu tolerasse por tempo suficiente para me casar.

Aquele sorriso meio torto e malicioso estava de volta.

— Filhos?

— Não.

O rei pareceu aliviado.

— Esse é um cargo que exige tempo integral. Receio que uma família possa impedir sua aptidão em me servir de maneira adequada.

Confirmei com a cabeça.

— Estou totalmente disponível para servir, senhor.

Eu era uma serva graças a uma dívida de cinco moedas de ouro – não era como se minha família pudesse se mudar e vir morar comigo, de qualquer forma.

Pigarreei.

— Como funciona o salário?

Ele abaixou a cabeça, parecendo mais à vontade, como se falar de dinheiro não o incomodasse.

— Pagarei sua dívida hoje com o traficante. Depois você ganhará uma moeda de ouro por ano.

Cinco anos. Levaria cinco anos para conseguir três meses de medicação para a minha tia. A raiva me dominou. Não dele, mas do farmacêutico que cobrava tanto por um remédio que salvava vidas.

— De quanto é a sua dívida?

Suspirei.

— Cinco moedas de ouro.

Ele não pareceu chocado. Talvez as pessoas chegassem ali com dívidas mais altas e trabalhassem a vida inteira para ele, mas eu queria ter minha própria vida. Estava grata pelo cargo, mas trabalhar cinco anos ali provando comida envenenada e o ajudando a selecionar uma esposa não era exatamente minha paixão. Eu teria vinte e quatro anos quando partisse. Quem sabe velha demais para tentar ser médica?

— Está decepcionada com a designação de cinco anos? — Seus olhos se estreitaram; havia uma desconfiança ali. Eu não conseguia entender o porquê. Não é como se eu pudesse mentir para o homem.

— Um pouco surpresa com a demora para pagar a minha dívida — admiti. — Eu esperava me tornar uma médica... Abandonei a universidade para vir para cá e mal posso esperar para voltar aos estudos. — Esfreguei a nuca e estremeci, esquecendo a dor que o traficante havia causado antes.

Uma compreensão surgiu em seus olhos, seguida por um pouco de pena.

— Nós não estudamos medicina aqui como em Obscúria, mas você pode me acompanhar nas minhas rondas de cura e fazer algumas perguntas, desde que não sejam intrusivas demais e não me distraiam.

Uma esperança desabrochou dentro de mim.

— Isso seria maravilhoso, milorde.

Todos os elfos tinham algum tipo de habilidade de cura, não importava quão pequena fosse, mas era algo que precisava ser ensinado e praticado para florescer. Como eu nunca havia florescido, minha magia estava quase morta, mas trabalhar em uma enfermaria, não importava em qual função, seria incrível.

— Mais uma coisa. — Ele se levantou, deu a volta na mesa e estendeu a mão, passando-a na minha nuca. Depois de um arrepio percorrer minha espinha, a dor que o traficante havia causado desapareceu. Raife estremeceu por um segundo e se sentou de novo, pegando a pena e rabiscando alguma coisa.

Ele tinha acabado de me curar? Com um único toque?

— Hã, obrigada.

— Pode se retirar para seus aposentos — ordenou, sem tirar os olhos do pergaminho. — Para se acomodar. Você será convocada logo pela manhã. Entregue isto à sra. Tirth. — Ele me entregou a carta que havia escrito.

Percebendo que tinha acabado de ser dispensada, me levantei e levei o pergaminho comigo.

Assistente pessoal do rei?

Nada mal.

A sra. Tirth estava me esperando do lado de fora do escritório do rei. Quando lhe entreguei a carta, ela franziu a testa.

— Esta não é a caligrafia do rei — declarou.

Quando olhei por cima do ombro dela, corei. Eu havia entregado a lista de deveres do meu novo cargo. Tirando-a de suas mãos, entreguei-lhe a carta do rei.

Ela a examinou depressa e então uma expressão de surpresa atravessou seu rosto.

— Nova assistente pessoal.

— Pois é. Achei que a minha cena com o traficante me levaria à forca.

A sra. Tirth balançou a cabeça.

— Deve ter sido isso que rendeu o emprego a você.

Dessa vez fui eu quem pareceu surpresa.

— Como assim?

Ela olhou para o escritório e baixou a voz, sussurrando.

— O rei odeia os traficantes. E gosta de mulheres fortes. Ele não precisará temer que você seja morta facilmente.

Que estranho dizer isso. Eu apenas balancei a cabeça.

— Tem algum pertence? — perguntou ela.

Balancei a cabeça.

— Os credores não me deixaram pegar nada.

— Não importa, o trabalho inclui uma ajuda de custo para roupas, além de refeições e moradia gratuitas. — Isso era um alívio. — Como assistente pessoal de um membro da mais alta realeza, é esperado que você se vista de acordo. Você agora é um reflexo da monarquia. Nada de algodão; apenas seda e chiffon. De preferência com barras de renda.

Você trabalhará com a costureira do palácio — decretou a sra. Tirth enquanto atravessávamos os corredores.

Eu adorava vestidos chiques; ninguém teria que me obrigar a usar seda e renda.

— Vamos falar de comportamento — acrescentou. — Como integrante da equipe do rei, não poderá beber durante o trabalho, nem xingar ou se comportar de outras maneiras impróprias para uma dama.

Confirmei com a cabeça.

— Claro.

Havia algum precedente ali, uma razão pela qual era preciso dar aquele aviso, e fiquei tentada a perguntar.

Após atravessarmos mais um longo corredor, finalmente paramos em um conjunto de portas duplas laqueadas de preto.

— Depois que fizer o Juramento Real de Paz, poderá se acomodar nos aposentos. — A sra. Tirth sorriu docemente.

Ah. Verdade. Eu tinha esquecido que havia concordado com aquilo.

— Muito bem.

Estendendo a mão, a sra. Tirth bateu à porta com seu punho enrugado e ela se abriu.

Engoli em seco quando vi o rei atrás da porta.

Como foi que…? Dei uma olhada para trás, me perguntando como ele podia ter saído do escritório e chegado ali antes de nós. Abri e fechei a boca, depois a abri outra vez.

Ele deu uma piscadela.

— Túneis secretos.

A piscadela produziu alguma coisa dentro de mim, mas ignorei. Túneis secretos. Sim, fazia sentido.

O rei se afastou da abertura e andou pelo cômodo, permitindo que eu visse o espaço pela primeira vez.

Caramba. Eu não esperava ver camas de luz cristalina! Meu pai falava delas nos diários que deixou para mim. Foi minha única maneira de aprender sobre sua vida em Arquemírea e como devia ser crescer ali. As camas de luz cristalina eram curativas e regenerativas. De alguma forma, entretanto, pensei que naquele dia elas poderiam ter um propósito diferente.

O rei foi até uma cama preta, esculpida em pedra transparente de tom fumê, e se deitou nela. Havia seis camas de cristal: rosa, roxa e preta; duas de cada, grandes o suficiente para um homem adulto. O quarto parecia tranquilo e regenerativo, com piso de pedra branca e papel de parede roxo-claro salpicado de dourado.

— Vá se deitar na outra cama de cristal preto — orientou a sra. Tirth, gesticulando.

Ao me aproximar da cama, meu coração batia descontroladamente no peito.

O que exatamente esse juramento implica?

Eu havia pensado que seria como uma promessa, mas agora temia que houvesse alguma magia envolvida. No entanto, eu queria muito aquele trabalho e não pretendia ferir o rei, então teria que simplesmente lidar com isso.

Deitei-me na cama, surpresa porque, apesar da superfície dura, não era desconfortável. Ela se moldou ao meu corpo.

Assim que me deitei por completo, o cristal brilhou em um tom intenso de roxo-escuro.

— Hã...

— Perfeitamente normal — disse a sra. Tirth, pairando sobre mim. — Está apenas sincronizando a sua energia com a do rei antes do juramento.

Sincronizando nossa energia?

Está bem, apenas respire, pedi a mim mesma, tentando me acalmar. *Eles são elfos curandeiros, não é como se isso pudesse me matar. Não é?*

A sra. Tirth olhou para o rei, que devia parecer satisfeito, porque então voltou a olhar para mim.

— Diga seu nome completo — instruiu ela com seriedade.

Deixei escapar um suspiro trêmulo.

— Kailani Rose Dulane.

A sra. Tirth me olhava com uma determinação inabalável.

— Você, Kailani Rose Dulane, jura nunca ferir Raife Luminare, Rei dos Elfos?

— Juro — respondi, aliviada por ser uma promessa verbal.

A sra. Tirth então se ajoelhou para ficar bem ao meu lado, a luz roxa lançava sombras assustadoras em seu rosto.

— Jura nunca *ajudar* em alguma trama para prejudicá-lo ou para prejudicar seu reinado? Nunca tentar fazer mal a um só fio de cabelo do rei, para que você não sofra o mesmo destino?

As perguntas ficaram mais sinistras dessa vez, e a energia roxo-escura que estava brilhando ao redor do meu corpo agora começava a me comprimir.

Sofrer o mesmo destino? Quer dizer que se eu fizesse mal a ele, também faria mal a mim mesma? Era mais do que um juramento, era magia. Mas como havia dito antes, eu não tinha intenção de ferir o rei, e eu era de Obscúria, sua inimiga declarada, então sabia que se não jurasse, ele não confiaria em mim.

— Juro.

A pressão se desfez, a luz diminuiu, e a sra. Tirth se levantou, afastando-se, como se todas as suspeitas sobre meu caráter tivessem sido perdoadas.

Com isso, me sentei e olhei para o rei, que agora estava de pé, e me perguntei no que diabos eu havia me metido.

Pela manhã, acordei determinada. Era preciso mudar minha perspectiva. Eu não era uma serva, era uma funcionária contratada por um rei. Após os cinco anos de contrato, eu poderia seguir minha carreira na medicina.

Isso era apenas um desvio na minha trajetória de vida.

Depois de me lavar, me deparei com um lindo vestido de seda cor de lavanda estirado sobre um banco na saída do banheiro. Após vesti-lo, trancei meu longo cabelo castanho sobre o ombro e apliquei um pouco de pigmento nas bochechas e nos lábios.

Assistente pessoal do rei.

Todos os meus dias seriam de estudos, leitura de livros, aprendizado de idiomas, resolução de problemas de matemática e questões de ciências, tudo valeria a pena.

Estufei o peito.

Houve uma batida à porta, e lá estava a sra. Tirth.

Ela parecia afobada, o suor brotava de sua testa e alguns fios de cabelo escapavam do coque.

— Você está bonita.

— Obrigada. — Sorri.

Ela suspirou como se estivesse recuperando o fôlego e me entregou um pergaminho.

— Estou atrasada para a orientação dos novos ajudantes. Aí está a agenda do rei para a semana e as anotações das reuniões da semana passada. Você deve informá-lo sobre a reunião da semana passada antes de ele entrar, para que ele se lembre do que foi discutido.

Confirmei com a cabeça. Como alguém pode ser tão ocupado a ponto de esquecer o que disse apenas uma semana antes?

— O rei está com fome. Você precisa ir provar a comida. Venha! — Ela me apressou, disparando pelo corredor.

Provar refeições. Quase esqueci.

Terminei de calçar a sandália prateada e apertei o passo para alcançá-la. No caminho para a cozinha, dei uma olhada na programação:

Reunião com o Sindicato dos Agricultores;
Reunião com o Conselho dos Anciãos;
Reunião com as famílias de possíveis esposas;
Rondas hospitalares;
Reunião com os Flechas Reais;
Almoço;
Reunião com o tesoureiro fiscal;
Reunião de levantamento de terra;
Reunião com o Sindicato dos Mineradores;
Jantar.

Fiquei cansada só de olhar para a lista de reuniões. Minha cabeça estava a mil ao imaginar quanta informação viria delas. Eu esperava que o rei tivesse uma máquina de escrever, mas, a julgar pela pena e o pergaminho em sua mesa no dia anterior, eu duvidava. Minha mão estaria dolorida ao final do dia.

Os humanos de Obscúria eram excelentes em engenharia e maquinário. Invenções eram encorajadas e a rainha oferecia bônus por itens úteis, mas eu sabia que, fora de Obscúria, tais coisas não eram incentivadas, de modo que eles estavam "estagnados no tempo", como gostávamos de dizer.

A sra. Tirth irrompeu na cozinha, onde o chef nos esperava, olhando para mim com desdém.

— Kailani, este é o chef Brulier — apresentou ela.

Ele deu uma olhada em meu lindo vestido e cabelo trançado e ergueu uma sobrancelha.

— Provadora nova?

— Por enquanto, até que o rei consiga outra pessoa — explicou a sra. Tirth.

O chef estendeu o prato para mim e eu o aceitei, observando a deliciosa fatia de torta de carne e compota de frutas.

— Quanto devo comer?

— Uma grande porção, mas tente não mexer muito na comida. Precisa continuar apresentável. Se sentir algo amargo ou desagradável, avise. Se sentir algum enjoo, tontura ou qualquer espécie de estranheza, diga imediatamente.

O nervosismo fez meu estômago revirar. Eu estava prestes a provar comida para ver se não havia veneno. De repente, meu trabalho não pareceu tão empolgante, embora pudesse ser pior. Eu poderia estar lavando pratos como a moça no fundo da cozinha. Eu me lembrava dela; era a moça com quem havia conversado no dia anterior. Nunca chegamos a dizer nossos nomes.

Peguei o garfo e finquei-o na bela crosta dourada, pegando um grande pedaço de carne e batatas encharcadas de molho. Tomei cuidado para não quebrar a crosta na superfície, mas fiz questão de pegar um pouco da mesma massa, no fundo. Se a crosta estivesse envenenada, eu teria que provar para ver.

Coloquei a comida na boca e mastiguei devagar. Uma explosão de sabor dominou minha língua, apimentada, cremosa, deliciosa.

— Hummm — gemi. O chef empertigou-se, parecendo satisfeito.

— Amargor? Ardência na garganta? Tontura? Cólicas estomacais? — perguntou a sra. Tirth.

Quando balancei a cabeça, ela apontou para a compota de frutas.

Recebi um garfo limpo e peguei um pedaço considerável de melão pingando mel. Coloquei na boca e mastiguei. A delícia açucarada tomou conta dos meus sentidos. Esperei por qualquer sinal de amargor, mas não houve nenhum.

A sra. Tirth consultou um relógio de bolso.

— Mais um minuto.

Então me dei conta. *Eles estão esperando um minuto para ver se fui envenenada.*

Meu coração disparou enquanto eu também esperava por qualquer sintoma. Depois de alguns instantes, ela me examinou.

— Tudo bem?

Afirmei com a cabeça e fiz um sinal de positivo com o dedão.

— Você deve servir o prato para ele. Se um garçom o fizer, você precisará provar de novo — revelou a sra. Tirth.

Caramba. Como esse cara era paranoico. Eu sabia que a maioria dos reis e rainhas eram, mas isso já passava dos limites. Peguei o prato, e então a sra. Tirth apontou para as portas duplas.

— Instrua-o sobre a primeira reunião durante o café da manhã. E boa sorte! Preciso correr — disse, saindo e me deixando com um prato de comida sem veneno e uma pilha de anotações das reuniões da semana anterior nas mãos.

Atravessei a cozinha movimentada e me aproximei das portas duplas, que um garçom abriu. Ele estava segurando um prato quase idêntico ao meu.

Raife estava sentado na cabeceira de uma extravagante mesa. Sozinho.

Olhei para o garçom com desconfiança.

— *Eu* trouxe a comida do rei — falei alto e com determinação. Por que ele tinha um prato idêntico? Era para trocá-los no último minuto? Será que eu frustraria um plano de assassinato no meu primeiro dia?

— E eu trouxe o seu.

Meu rosto ficou quente e murmurei um pedido de desculpas, entrando na sala.

— Bom dia, milorde — cumprimentei o rei, que examinava alguns pergaminhos.

Ele olhou para mim, percorrendo vagarosamente meu vestido, de uma forma que despertou ainda mais calor em minhas bochechas.

O garçom deixou meu prato diante do assento ao lado do rei e saiu.

Coloquei o prato que segurava diante de Raife.

— Nenhum gosto amargo e nenhum mal-estar se abateu sobre mim — esclareci antes de me sentar ao seu lado.

Ele se inclinou para cheirar a comida devagar. Como o curandeiro mais poderoso do reino, eu sabia que ele podia sentir o cheiro da maioria dos venenos, mas também sabia que havia um punhado de venenos inodoros.

— Você achou que o garçom estava tentando me envenenar? — perguntou de repente, e eu engoli em seco, sabendo que não poderia mentir para ele.

Ótimo, ele me ouviu.

— Sim. Me desculpe se ofendi o senhor. É só que eu...

— Nunca se desculpe por tentar me proteger. Não me importo com quem você possa ofender no processo.

Ah, certo, bom saber.

Depois, ele pegou o garfo e ficou olhando para o prato.

Peguei o meu também, tendo modos o suficiente para saber que precisava esperar o rei comer primeiro. Ele parecia... nervoso.

Será que era medo de a comida não ter sido verificada?

— Está tudo bem, milorde?

Talvez não fosse certo da minha parte fazer uma pergunta tão pessoal, mas ele parecia estar perdido, congelado, com o garfo pairando sobre o prato.

Ele soltou um suspiro, sacudindo um pouco a cabeça, cravando o garfo em um pedaço de fruta, que pôs na boca e mastigou. Relaxei um pouco, dando uma garfada na minha própria refeição.

— Imagino que saiba como a rainha de Obscúria matou toda a minha família. — A pergunta foi tão direta que me engasguei, pega de surpresa.

Por que ele estava falando disso agora? Em pleno *café da manhã*? Coloquei o garfo no prato e olhei em seus olhos.

— Sim, milorde. Todo mundo sabe.

— E sabe como ela fez isso?

Eu me encolhi. Claro que não. Ninguém tinha perguntado sobre tais detalhes quando foi descoberto que toda uma família real havia sido massacrada. Eu só soube que a rainha tinha matado todos eles e deixado apenas um. *Ele.*

O rei respirou fundo e olhou para a comida mais uma vez.

— Veneno. Ela envenenou todos eles na minha frente.

Meu corpo inteiro congelou. Eu não conseguia me mexer, não respirava.

O rei pegou mais um pedaço de fruta, colocou-o na boca e mastigou mecanicamente.

— Não gosto muito da hora das refeições. É algo que você deve saber sobre mim.

Dava para sentir as lágrimas brotando em meus olhos, mas não achei que ele apreciaria minha pena, então pisquei até contê-las. Ele assistiu à família toda ser envenenada? Com as mãos na garganta enquanto o estômago queimava? Diziam que seu irmão mais novo tinha seis anos na época. Isso me deixou enjoada. Algumas lágrimas rolaram então pelo meu rosto, a despeito do quanto eu havia tentado contê-las.

O rei me observou sem dizer nada, enquanto eu processava sua dor como se fosse minha.

Ele inclinou um pouco a cabeça de lado.

— Você chora com facilidade?

A vergonha me atravessou. Eu não diria isso, eu era forte, mas... às vezes, quando alguém estava sofrendo, não conseguia não me solidarizar.

— Me desculpe, milorde.

Enquanto eu secava os olhos, ele se levantou, deu dois passos até pairar sobre mim e se abaixou até ficar bem ao lado do meu rosto. Uma onda de tristeza invadiu meu coração, quase me destroçando, e eu arfei. Ele arfou também, depois tropeçou para trás. Eu me virei para olhá-lo. Seus olhos estavam arregalados e ele estava apertando o peito.

— O que foi? — perguntei. Aquele casual café da manhã de negócios tinha tomado um rumo inesperado.

— Você é uma... empática — afirmou ele, afastando-se de mim. Minha tristeza e desespero diminuíram a cada passo dele para longe.

— Uma... o quê?

Finalmente clareei meus pensamentos e pude me concentrar no presente sem pensar na história assustadora da morte de sua família.

Ele juntou as sobrancelhas e se aproximou de novo, dessa vez vindo direto contra mim, de forma que seu braço direito roçou no meu braço esquerdo.

Minha respiração irregular combinava com a dele. Culpa, tristeza, angústia, raiva, vingança... eram tantas emoções que brigavam dentro de mim, ameaçando me devorar. Mas quando olhei para o rei, vi... paz. Ele pareceu conseguir respirar pela primeira vez. Quando ele deixou escapar um suspiro satisfeito, meu estômago deu um nó com toda a emoção repentina.

— Esqueci como era — disse ele, melancólico.

Eu estava tão confusa que só conseguia respirar em meio a fosse lá o que estava acontecendo.

As portas do salão de jantar se abriram e ele tropeçou para trás, afastando-se, dando quatro passos largos para criar distância.

— O Sindicato dos Agricultores está reunido no salão de reuniões — disse um jovem Flecha Real.

Raife pigarreou.

— Obrigado, Cahal.

O rei se sentou à mesa e recomeçou a comer, soltando um suspiro trêmulo entre as garfadas.

— Me informe sobre a reunião — disse, como se não tivesse acabado de se aproximar e descarregar toda a sua tristeza em mim.

Eu queria rir, queria perguntar o que em nome de Hades era um empático, mas também não tinha certeza se estava pronta para saber. Minha cabeça estava a mil. Pensei nas vezes em que as convulsões da minha tia estavam por vir e eu simplesmente soube segundos antes, permitindo que eu já me posicionasse atrás dela. Em quando eu passava pelos bêbados da cidade e minha mente parecia nebulosa. Na raiva que eu sentia perto das lutas de boxe.

Eu...

— Kailani? — O rei me olhava com seriedade.

Afastei esses pensamentos e peguei as anotações da reunião da semana anterior.

— Perdão, milorde. O Sindicato dos Agricultores está exigindo que mais água do Grande Rio seja desviada, contradizendo o Conselho de Levantamento de Terras Élficas. Eles dizem que afetará os peixes e outras regiões, e recomendam abrir um buraco e construir um poço como alternativa.

— Custo e prazo de perfuração do poço?

Examinei as anotações.

— Dez moedas de ouro e... três meses.

Três meses *à mão*. Em Obscúria, era possível perfurar um poço em um dia com uma máquina, mas eu não disse nada. Dez moedas de ouro pareciam muita coisa, mas mantive a boca fechada sobre isso também.

Ele estreitou os olhos.

— Dez moedas de ouro por três meses de trabalho?

Inclinei a cabeça.

— Também acho excessivo, milorde. — Ainda mais porque eu ganhava uma moeda de ouro por ano como assistente.

— Consiga mais informações sobre o escavador de poços. Os fundos da coroa não vão sangrar pelos fazendeiros, por mais que eles ameacem a baixa produtividade das safras — esbravejou.

— Sim, milorde. — Comecei a escrever uma lista de tarefas.

Informações sobre o escavador.
Pedir mais orçamentos?

Ele levou uma última garfada à boca e se levantou.

— Muito bem, vamos.

Enfiei um cubo de melão na boca e juntei meus pertences, seguindo o rei para fora da sala.

◆ ◆ ◆

Durante a reunião com os agricultores e fazendeiros, eu só pensava em uma coisa.

Empática. Empática. Empática.

Será que ele quis dizer isso de forma casual ou como se fosse uma coisa importante? Aliás, ser empática era alguma coisa? Coisa de elfo? Uma coisa mágica?

— Kailani? — O rei Raife olhou para mim e eu corei. Eu nunca me distraía desse jeito, foi constrangedor.

— Perdão, milorde. Sim? — Mantive o tom de voz agradável e a pena posicionada sobre o pergaminho.

O líder dos fazendeiros, o sr. Wilco, acenou com a cabeça para mim.

— Eu só estava dizendo que foi bom conhecer você.

Abaixei um pouco a cabeça.

— Igualmente, senhor. Aguardo nosso próximo encontro.

Ele se levantou, e a outra meia dúzia de fazendeiros fez o mesmo, saindo do salão.

No mesmo instante me virei para o rei.

— Perdão. Espero não ter envergonhado o senhor. Isso não vai se repetir.

Eu não queria ser demitida no meu primeiro dia e acabar sendo relegada a lavar pratos por cinco anos. Ou talvez dez, já que esse trabalho devia pagar muito menos.

— É bom que não se repita, porque o meu conselho é o próximo, e há algo que deve saber sobre eles.

Eu me encolhi discretamente com a repreensão verbal, mas abaixei a cabeça.

— O quê?

Ele se inclinou para perto, baixando a voz.

— Há dois anos eles ameaçam me derrubar se eu não me casar e constituir uma família.

Eu fiquei em choque.

— Isso é traição — rosnei.

Ele avaliou minha resposta incisiva com interesse e me vi estudando seu rosto de perto. Fazia só vinte e quatro horas que eu conhecia esse homem e, no entanto, era como se o conhecesse há mais tempo. Era difícil explicar. Havia uma facilidade em sua presença, algo confortável e familiar.

Seu rosto parecia muito com um retrato impresso em nossos livros de história de Obscúria, só que mais viril. Os livros mostravam-no alguns anos antes, quando suas feições ainda tinham ar de menino. O maxilar forte que eu agora olhava, a sombra de uma barba e os lábios cheios e macios, os cativantes olhos azuis, eram feições de homem.

— Em geral, sim, seria traição, mas há uma cláusula em nossas leis fundadoras — informou, interrompendo meus devaneios. — Se toda a família real for morta, ou se não puder ou não tiver filhos até determinada idade, o conselho poderá eliminá-la por unanimidade e depois votar em um novo quórum de quatro pessoas.

Um quórum? Acabar com a monarquia? Que ideia maluca. Cada território em Avalier tinha um rei ou uma rainha. Eu não conseguia imaginar algo diferente. Ou tínhamos sangue real, ou não tínhamos.

— Então o senhor precisa mesmo da minha ajuda para encontrar uma esposa. — Peguei um novo pedaço de pergaminho.

Ele lançou um olhar melancólico pela janela, como se a ideia de ter uma esposa o entristecesse.

— Mas não quer isso, quer? — Talvez a pergunta fosse um atrevimento, mas não consegui me segurar. Se eu precisava encontrar uma esposa para ele, também precisava saber por que ele não queria uma. Ele tinha mais de vinte invernos de idade! Quase um idoso em termos reais. Já deveria estar casado e ser pai de dois ou três herdeiros.

Raife engoliu em seco e olhou para mim com uma expressão que fez meus braços arrepiarem.

— Por que eu desejaria me apaixonar e colocar crianças no mundo para que a rainha de Obscúria pudesse matá-las também?

As palavras me impactaram tanto que senti um tormento físico. Devo ter estremecido de dor, porque ele se inclinou para trás e se afastou de mim.

— Mas se eu quiser manter a posição de rei, devo me casar, então você terá que me ajudar a encontrar alguém que eu tolere.

— Mas que não ame demais? — O jeito que ele me olhou foi uma advertência, e eu abaixei a cabeça no mesmo instante. — Perdão, milorde.

— Assim que o conselho largar do meu pé, posso planejar a guerra para derrubar a rainha.

Eu congelei.

— Derrubar a rainha de Obscúria?

Ele parecia satisfeito consigo mesmo, como se isso fosse lhe trazer grande alegria. E eu tinha certeza de que traria, mas também era a coisa mais perigosa que eu já tinha ouvido.

— Ninguém se aproxima dela a menos que tenha servido no exército por pelo menos cinco anos. Zafira tem engenhocas e dispositivos que concedem a ela poderes semelhantes aos dos usuários de magia do reino. Ela é intocável, milorde.

Ele me avaliou com um semblante orgulhoso.

— E parece que escolhi a melhor assistente para me aconselhar nos assuntos da rainha.

Foi então que me dei conta. Uma das primeiras coisas que ele havia me dito: *Você cresceu em Obscúria, sob o domínio da rainha.*

— Foi por isso que me contratou? — perguntei, tentando esconder a mágoa na voz. Pensei que ele tinha se impressionado com meu conhecimento em química orgânica, ou por ter acabado com aquele traficante.

Ele inclinou a cabeça.

— Em grande parte, sim. Você é a melhor candidata para o trabalho.

Eu simplesmente balancei a cabeça, me sentindo tola por pensar que ele tivesse se impressionado com minhas outras qualidades. Mas não importava, de qualquer maneira. Eu estava pagando minha dívida e ele era um homem decente. Ele não parecia capaz de me bater ou algo assim, e eu não estava lavando pratos; então, apesar de tudo, ainda encarava isso como uma vitória.

As portas do salão de reuniões se abriram e eu me virei na direção delas. Quatro elfos altos entraram e se curvaram profundamente diante do rei.

— Podem se sentar — ordenou Raife.

Eles deram uma olhada em mim, e abri um breve sorriso, não correspondido. Os homens se sentaram com a postura rígida e as mãos entrelaçadas. Suas idades variavam de trinta a sessenta anos e, ao olhar com mais atenção, percebi que dois deles eram pai e filho. Ambos tinham o mesmo cabelo preto, embora um estivesse ficando grisalho, e o mesmo nariz adunco. Os outros dois elfos tinham cabelos castanhos. Todos tinham o típico cabelo longo com as laterais trançadas.

— Conselho, esta é Kailani Dulane, minha nova assistente pessoal — anunciou o rei, gesticulando para mim. — Kailani, esses são Haig, Aron, Greylin e Foxworth.

O mais velho, Haig, de cabelo preto com fios grisalhos, ergueu uma das sobrancelhas.

— Eu não sabia que Joana havia ido embora. Teríamos ajudado em sua busca por uma nova funcionária.

O rei se recostou casualmente na cadeira.

— Eu não sabia que precisava contar os meandros de minha equipe particular, Haig. Tampouco que precisasse de ajuda para contratar funcionários.

O homem apertou a mandíbula com a reprimenda.

— Não precisa, Sua Alteza. Foi apenas uma oferta para ajudar a garantir a candidata de mais alto calibre possível.

Seu olhar se voltou para mim e suas narinas dilataram. Ele estava me farejando, e de repente me senti desconfortável.

— Metade humana? — Haig pareceu ofendido com o que havia detectado. — O senhor pode mesmo confiar em uma humana na equipe?

O rei gemeu como se já estivesse farto dessa pergunta.

— Ela fez um Juramento Real de Paz. Não sou idiota!

Haig recuou com a censura e eu fiquei quieta.

O filho de Haig, Aron, olhou para a pena em minha mão.

— Ela sabe ler e escrever? — Ele pareceu surpreso.

Muito bem, agora eu também já estava farta.

— Sim, *ela* sabe — retruquei em élfico antigo. — Em *três* línguas diferentes — continuei, mas em novo élfico.

O rei sorriu, enquanto o conselho parecia confuso com a reviravolta. Um longo silêncio se estendeu, pigarreei e prossegui:

— O rei me informou sobre como anseia encontrar uma esposa, e estou feliz em ajudar — menti, o que fez o sorriso do rei desaparecer. Ele sabia que eu tinha mentido, mas eu esperava que o conselho não. O rei estava tudo menos ansiando por aquilo. Haig acenou a cabeça positivamente.

— Sim. Uma esposa e herdeiros são de extrema importância agora.

— A menos, claro, que ele não queira mais governar, e por isso esteja demorando a tomar uma esposa — sugeriu Foxworth.

Lembrei-me dele pelo piscar nervoso de olhos que ele repetia.

O rei estreitou os olhos.

— Estou ansioso para calar a boca de todos vocês.

Ai. Até que era meio atraente ver o rei dando uma patada épica no próprio conselho.

Haig pigarreou e tirou de suas vestes uma carta dobrada, entregando-a ao rei.

— Uma lista com uma dúzia das famílias mais influentes da Cidade dos Elfos. As filhas estão todas solteiras, aprovadas para procriação e ansiosas para conhecê-lo.

Eu me engasguei com a minha própria saliva ao ouvir o termo *aprovadas para procriação*, tossindo e batendo sem parar no peito. O rei pareceu um pouco preocupado, mas acenei para ele e tomei um gole d'água.

— Perdão — falei.

Ele abriu a carta e a olhou rápido antes de entregá-la para mim.

Os nomes pareciam familiares. Franzindo a testa, folheei a programação das reuniões do dia. Logo após a reunião em que estávamos, haveria outra chamada *Reunião com as famílias de possíveis esposas*. Os nomes das participantes eram os mesmos.

— Teremos uma reunião com essas famílias a seguir, milorde — informei.

Raife pareceu surpreso, mas logo disfarçou. Haig acenou com a cabeça.

— Tomei a liberdade de convidar as mães para uma mesa redonda. Elas poderão falar sobre as filhas e o senhor poderá escolher as cinco melhores para convidar para um jantar.

Arregalei os olhos e perguntei:

— Um jantar com todas juntas?

Haig me olhou com seu nariz torto.

— Sim, por uma questão de tempo. O que a senhorita saberia sobre cortejar uma rainha?

O tom foi de desafio. Ele estava sendo grosseiro comigo desde que havia pisado no salão. Se eu não cortasse isso pela raiz agora, ele me faria de capacho para sempre. Meu olhar se voltou para o rei Raife, que balançou a cabeça discretamente como se dissesse: *vá com tudo*. Dei de ombros para Haig com indiferença.

— Não sei, não. Considerando que sou a única nesta sala com seios, acho que sei mais do que qualquer um de vocês.

Dessa vez foi o rei Raife quem se engasgou com a própria saliva. Pareceu uma risada que deu lugar a uma tosse.

Até o velho e enfadonho Foxworth abriu um sorriso. Eu tinha conquistado o respeito de um deles. Acho que não poderia pedir mais.

Haig abriu a boca para repreender, mas o rei interveio:

— Está resolvido, então. Cinco jantares diferentes. Conhecerei cada mulher separadamente. Não quero que a minha futura esposa sinta que a escolhi da forma como escolho o gado.

Dei um aceno triunfante de cabeça, fazendo uma anotação e ignorando o olhar enviesado de Haig.

Eu queria que a escolhida de Raife tivesse uma chance justa de conquistá-lo. Ela merecia jantar sozinha com o rei. Haig se levantou, incitando os outros a fazerem o mesmo.

— Quero um noivado no próximo mês. Nós o aconselhamos desde que era um novo rei na tenra idade de quatorze anos. É pelo bem de todos em Arquemírea e você sabe disso. Chega de brincadeira! — exclamou Haig com um soco na mesa depois de todos terem saído.

Ergui as sobrancelhas e, quando a porta se fechou, olhei para o rei.

— Se eles falassem assim com a rainha de Obscúria, ela os decapitaria.

Ele me lançou um olhar frio.

— Não sou a rainha de Obscúria e sei que eles parecem desrespeitosos e supercontroladores, mas você precisa entender que me tornei rei antes mesmo de ter barba. Eles se tornaram figuras paternas e tios para mim.

A confissão me deu um aperto no coração e me fez ver a situação sob uma nova luz. Haig era como o pai dominador que forçava você a fazer o que era bom para si mesmo, mesmo que você odiasse.

— Bem, hora de conhecer as famílias e escolher as cinco finalistas. Quem sabe não será divertido? — sugeri, tentando melhorar o clima. — De que tipo de coisas o senhor gosta? Posso tentar encontrar alguém com interesses em comum. Não vai querer ficar preso para sempre com alguém que odeia ler, se o senhor ama. Ou com alguém que fala demais, se gosta de silêncio.

Ele olhou para mim e riu.

— Eu gosto de silêncio e você fala demais.

Foi brincadeira, então também ri.

— Bom, ainda bem que não estou concorrendo para ser sua esposa. O que mais?

— Gosto de jogar xadrez quando tenho tempo. Praticar arco e flecha, é claro. Degustar uma boa culinária. Ler. Caminhar pelos jardins de lírios e, acima de tudo, curar meus pacientes. — Ele deu de ombros.

Eu havia escutado apenas boatos, mas o rei-elfo tinha uma enfermaria inteira erguida em seu nome e era o melhor curandeiro em todo o reino. Eu adoraria vê-lo trabalhar com os pacientes e esperava que isso ainda fizesse parte da descrição do trabalho, já que ele praticamente me prometeu isso se eu não o atrapalhasse.

Anotei tudo.

Silêncio.
Xadrez.
Arco e flecha.
Jardins.
Comida.
Leitura.
Cura.

— E quanto à aparência? Gosta de loiras? Ruivas? Altas? Atléticas?

O rei ergueu uma das sobrancelhas e olhou da ponta do meu nariz até meu decote, voltando depois para o meu rosto.

— Beleza é beleza, não importa a cor da embalagem — disse, e senti minhas bochechas esquentarem.

Tudo bem...

Bonita, acrescentei à lista, então alguém bateu à porta.

— Entre — disse o rei.

Um criado entrou com um carrinho de bolos e chá, e logo atrás dele estava a sra. Tirth em seu asseado uniforme de governanta.

— Apresento-lhe a srta. Agatha Trulin, milorde, mãe de Gertie Trulin.

Uma feérica esbelta, com cabelo loiro cacheado e um manto dourado, entrou e fez uma profunda reverência.

— Alteza, é um verdadeiro prazer.

Ela se sentou à mesa e lhe serviram chá e biscoito. Outra mãe entrou, também apresentada pela sra. Tirth, comecei a fazer minhas anotações.

Agatha, mãe de Gertie Trulin. Cabelo loiro cacheado.
Billie, mãe de Bronwyn Gillhard. Unhas compridas.

Quando todas as mulheres terminaram de se sentar à mesa, todos os lugares estavam oficialmente ocupados. O rei me apresentou como sua nova assistente pessoal, e todas sorriram amavelmente para mim.

Então o garçom se aproximou e me serviu duas xícaras de chá e dois biscoitos. Levei um instante para entender o motivo.

Ah. Devo prová-los.

Enquanto o rei jogava conversa fora com as nobres mães da Cidade dos Elfos, tomei um gole de seu chá e esperei. Palpitações? Dor de cabeça? Dores de estômago? Não, não, não. Observei meu relógio de bolso, enquanto Raife lançava olhares preocupados na minha direção.

Quanta ansiedade isso devia lhe causar a cada refeição, sempre se perguntando se a rainha voltaria para acabar com ele.

Depois de dois minutos completos e ainda me sentindo bem, deslizei casualmente o chá para o rei. Ele olhou para o líquido com cautela enquanto eu mordiscava o biscoito.

Está tudo bem, eu queria dizer. *É seguro*. Mas a preocupação em seu rosto quando ele levou a xícara aos lábios e olhou para mim era visível. Abri um sorriso encorajador e ele bebeu. Após provar o biscoito, que estava delicioso porque biscoitos de amêndoa eram os meus preferidos, deslizei-o para ele também e depois me concentrei nas mulheres.

— Minha filha, Gertie, adora ler e cuidar do jardim. Ela também é uma excelente arqueira — afirmou Agatha.

Coloquei uma estrela ao lado do nome de Gertie. Parecia uma boa candidata logo de cara. O rei Raife olhou em meus olhos, concordando.

— Diria que sua filha é de um tipo forte e silencioso, ou ela adora socializar? — perguntei com minha pena pousada sobre o pergaminho.

Ela engoliu em seco, olhando para o pergaminho, posicionado em um ângulo que apenas o rei e eu podíamos ler.

— Ela pode ser os dois — disse Agatha diplomaticamente.

Aprovei com um sorriso. Deve ser difícil ser chamada para uma sala com um monte de mães – todas elas tentavam fazer com que a própria filha fosse a próxima rainha.

— Devo dizer que a minha Bronwyn é bastante tímida. Ela também gosta de ler e pode jogar xadrez por horas, até alguém arrancá-la da mesa. Ela venceu o torneio clássico feminino no ano passado.

— Fiquei sabendo — disse o rei. — Parabéns, deve estar muito orgulhosa.

Coloquei uma estrela ao lado do nome dela também. A reunião continuou com cada mãe dando um pequeno conjunto de informações sobre a filha e respeitosamente permitindo que as outras falassem. Fiquei surpresa com a civilidade. Nada de atropelar quem estava falando ou de tentar prejudicar as filhas umas das outras. Também fiquei surpresa com a ausência das próprias filhas, mas devia ser o costume.

— Alguma de vocês trouxe uma fotografia? — perguntei, mas logo me censurei. Câmeras fotográficas eram uma coisa humana e de Obscúria. — Ou um retrato?

As mulheres acenaram a cabeça positivamente, animadas, e, uma a uma, tiraram de suas bolsas pequenos retratos pintados à mão. Os artistas da Cidade dos Elfos eram os melhores do reino. As pinturas eram extraordinárias, o que ficou evidente ali.

Dei uma olhada nos retratos junto com o rei.

— São todas lindas — disse o rei diplomaticamente.

Eu adoraria ter um momento para conferir com o rei quais ele achava mais bonitas; mas, em vez disso, assinalei com corações os nomes das que eu havia achado mais impressionantes. Ele olhou para o meu pergaminho e concordou.

Eu estava prestes a fazer outra pergunta quando a porta se abriu, assustando todos nós. Uma mulher de vestes brancas de curandeira olhou para o rei. Ela estava salpicada de sangue.

— Peço perdão, milorde, mas um de seus pacientes...

Ele se levantou tão rápido que derrubou a cadeira para trás e saiu correndo do salão, seguindo-a sem dizer mais nada.

— Obrigada por virem. Os pacientes do rei são muito importantes para ele. Entraremos em contato a respeito dos jantares com algumas das moças — anunciei, antes de me levantar também e correr atrás do rei.

Tive que disparar pelo corredor para alcançá-los.

— Quem é? — perguntou Raife à curandeira enquanto atravessávamos o corredor a toda velocidade.

— Corleena — disse ela. O rosto do rei ficou sombrio, e ele amaldiçoou.

— O sangramento voltou? Não faz sentido!

Folheei as anotações para nossas rondas na enfermaria e parei no nome Corleena Yahmeen.

Corleena Yahmeen.
Idade: seis.
Distúrbio hemorrágico de causa desconhecida.

Corremos pelo gramado do palácio a uma velocidade vertiginosa até um prédio gigante de tijolos que presumi ser a enfermaria. A tira da minha sandália apertava meu calcanhar, mas a ignorei. Quando uma criança de seis anos estava sangrando, pouco importava uma dor no pé. Ao passarmos pela placa da enfermaria, mal registrei o nome: *Enfermaria de Cura Raife Luminare.*

Irrompemos em uma recepção movimentada e depois por um corredor até um conjunto de portas duplas marcadas como *Sala de Operações*. Eu sabia que não seria nada parecida com nossas salas de cirurgia humanas, e sim uma sala élfica cheia de varinhas, cristais e luz.

— Fique aqui ou vá para a sala de observação — disse Raife.

— Sim, senhor. — Obedeci. Eu queria ser médica; não tinha medo de sangue ou de doenças, mas ele não sabia disso. Virei para a direita e segui a placa que dizia *Sala de observação do auditório operatório.*

Ao empurrar as portas duplas, logo me deparei com uma mulher de trinta e poucos anos chorando. Um homem mais ou menos da mesma idade a abraçava, segurando-a com força enquanto olhava de modo impassível para uma parede de vidro.

Enrijeci, sentindo-me culpada pela intromissão em um momento como esse para assistir à operação do rei. Esses deviam ser os pais.

A mulher olhou para mim com o queixo trêmulo.

— Quem é você?

Curvei-me um pouco.

— A nova assistente pessoal do rei Luminare. Achei que a sala estivesse vazia. Vou deixar vocês... — Antes que eu pudesse terminar, ela saiu do lado do marido e segurou minha mão, me puxando para dentro da sala.

— Criador, abençoado seja o nosso rei! Ele está aqui? — Ela me puxou até a parede mais distante, toda de vidro. Agora que estava mais perto da mulher, fui dominada por um cheiro forte e doce de amora. Geleia de amora era meu doce favorito quando criança, e isso foi como uma onda imediata de nostalgia.

Ao nos aproximarmos do vidro, percebi que ele proporcionava uma visão perfeita da sala de cirurgia. Meu olhar percorreu o espaço, absorvendo tudo.

Ao contrário das salas de operações humanas que tínhamos em Obscúria, não havia dispositivos, lâminas ou máquinas que tentavam manter alguém vivo. Havia apenas uma enfermeira, uma varinha élfica e *muito* sangue.

Corleena, a menininha, era uma pequena elfa; seu rosto pálido estava virado para o lado, seus olhos estavam fechados, como se ela estivesse dormindo, e o sangue escorria dos cantos de seus lábios e pingava no chão. Eu nunca tinha visto uma criança élfica. Suas orelhinhas eram pontudas e adoráveis e seu rosto parecia o de uma boneca de porcelana. Seu cabelo branco era comprido como os da mãe e estava preso em duas tranças que pendiam das laterais da mesa. Seu corpinho estremeceu de repente, sua boca se abriu e ela vomitou mais sangue.

A mãe caiu de joelhos ao meu lado, soltando minha mão, e foi quando o rei Raife entrou na sala. Ele usava um jaleco branco e gritou uma ordem para a enfermeira que segurava a varinha de cura.

Ao ver o rei, a mãe apoiou as mãos e o rosto no vidro e olhou para a filha moribunda. Eu estava paralisada, sem saber como o rei poderia ajudar em uma situação tão terrível como aquela. O sangue pedia cauterização, pontos ou algo assim, mas não vi ferramentas para isso.

Embora eu fosse metade elfa, não sabia nada sobre cura élfica, exceto que envolvia mágica. Já havia lido alguns livros a respeito, mas nunca tinha visto a prática em ação. Meu pai era um comerciante de artesanato que vendia pingentes com infusões de cura e outras coisas pelo reino, mas seu diário não abordava curas dessa natureza. Se eu soubesse curar, teria ajudado minha tia anos atrás.

Esperei que o rei a cobrisse de luz ou algo assim, mas ele apenas se ajoelhou ao lado da menina e apoiou as mãos de leve em sua barriga. Conforme respirava fundo, uma luz roxa emanava devagar de sua palma. Ele tossiu, deixando um pequeno borrifo de sangue pontilhado no queixo.

Ofeguei e olhei ao redor, assustada, mas a mãe se levantou com um olhar esperançoso para mim. O rei estremeceu, dobrando-se e soltando a menina enquanto apertava o próprio ventre.

Eu estava congelada, presenciando tudo com os olhos arregalados enquanto processava o que estava vendo. Ninguém mais parecia aflito com a aparência grave do rei, incluindo a enfermeira, então continuei observando. De repente, os olhos da menina se abriram e ela olhou pela sala.

— Mamãe? — chamou, toda a palidez deixou seu rosto.

Um rosado saudável corou suas bochechas enquanto ela procurava sem parar pela mãe. A mãe e o pai saíram correndo da sala de observação, me deixando a sós com meus pensamentos.

Será que o rei… assumiu a doença dela e depois a curou dentro de si? Se sim, era um ato *muito* perigoso.

A garotinha estendeu a mão para Raife, apertando seus dedos enquanto ele se levantava. Ele congelou, olhando-a com uma compaixão que derreteu meu coração. O rei amava muito seus pacientes. Observá-lo com ela fez algo crescer dentro do meu peito; uma sensação estranha, diferente de tudo que já havia sentido antes, e que me confundiu, de modo que resolvi ignorá-la.

O rei Raife falou brevemente com os pais e saiu da sala. Deixei a sala de observação às pressas para encontrá-lo na entrada da sala de cirurgia.

Assim que ele saiu, corri até ele.

— Está tudo bem?

Meu olhar caiu no respingo de sangue em seu queixo. Parecendo notar, ele levantou a mão e se limpou, tremendo um pouco.

— Continua acontecendo. Não faz sentido. Não sinto um problema crônico de sangramento. É agudo — murmurou, me ignorando.

Corleena, ele ainda estava fixado no caso dela, mesmo que eu estivesse perguntando sobre *ele*.

— O senhor a curou. Foi a coisa mais incrível que já vi.

Ele me olhou cheio de preocupação.

— É a *quarta* vez que a curo de uma hemorragia interna. Se eu não encontrar a causa, talvez não chegue aqui rápido o suficiente da próxima vez. Eles moram numa grande fazenda de amoras a uma hora de cavalgada.

Um peso recaiu sobre a conversa. Isso explicava por que a mãe cheirava a doce de amora. Ela devia plantar e fazer tudo do zero. Baixei a voz e me inclinei para o rei.

— O senhor não acha que os pais fariam isso com ela... de propósito?

Eu me senti péssima por sugerir isso, mas quatro vezes era muita coisa.

Ele suspirou e, com a proximidade, senti o mal-estar e a preocupação emanarem dele e virem para mim, então recuei um passo.

— Já cogitei, é claro, mas eles estão sempre tão preocupados com ela. A mãe parece desabar em lágrimas e é inegável como o pai fica em choque. Ele a carregou apagada a cavalo o caminho inteiro. Eu simplesmente não vejo como.

Concordei, foi uma sugestão injusta da minha parte. A mãe parecia mais do que sincera, e "em choque" era precisamente como eu descreveria o pai.

Como eu odiava algo não resolvido. Eu ficaria pensando nisso por horas.

— Posso tirar uma amostra do sangue dela? Antes que ela vá embora? — pedi.

Ele franziu a testa.

— Não temos seus aparelhos humanos sofisticados aqui, e não há nada no sangue dela que eu não detectaria pelo cheiro.

Ele pareceu ofendido; então cedi. Eu estava pensando em algum tipo de veneno ou problema de coagulação, mas a menina tinha seis anos, de modo que algo assim estaria presente no nascimento.

— Você precisa deixar pra lá. — Ele suspirou e apertou a ponte do nariz. — Já repassei esse caso centenas de vezes na cabeça. Não há nada que se destaque além do cheiro de amora sempre que a vejo, o que não é incomum, considerando que eles possuem uma plantação da fruta. Tenho outros pacientes para ver. Vamos.

Ele deu meia-volta e saiu apressado pelo corredor, me deixando com a cabeça a mil. Depois de fazer uma ronda para ver os pacientes e checá-los ou curar feridas, voltamos ao castelo para a reunião dos Flechas Reais.

Os Flechas Reais eram o leal exército de elite do rei-elfo, conhecidos pelos passos silenciosos e pela letalidade de suas flechadas. A reunião consistiu em um breve resumo das defesas da cidade e na minha apresentação aos quatro principais comandantes da força.

Cahal, Ares, Tanin e Arok.

Fizemos uma pausa para o almoço, no qual provei toda a comida primeiro, depois enfrentamos outras três reuniões. Uma sobre impostos, outra sobre levantamento de terras e a última com o conselho de mineração. Foram as coisas mais chatas a que eu já tive que assistir. Quase desejei estar lavando pratos. Nos minutos finais do encontro com o conselho de mineração, olhei para o rei e o flagrei cochilando, então, com o tornozelo, cutuquei-o de leve para acordá-lo.

— Tudo bem, acho que dou conta da situação. Obrigado — disse Raife ao conselho, levantando-se em seguida.

Graças ao Criador!

Eu também me levantei.

— Entraremos em contato sobre a questão da falta de mão de obra — garanti amavelmente.

Eles curvaram a cabeça antes de o rei e eu partirmos.

Meu estômago roncou a caminho do salão de jantar privado do rei, me deixando vermelha.

— Estou faminta — confessei.

Seus lábios se curvaram, achando graça.

— O que achou do seu primeiro dia? Fale a verdade.

Falar a verdade. Como se eu pudesse mentir para ele. Achei fofo que ele quisesse saber o que eu achava do trabalho.

— Eu gostei. Mantém a minha mente desperta. Aquelas conversas sobre impostos e terras são chatas, mas que trabalho não tem alguns momentos de tédio? A questão com a degustação de comida ainda me assusta. Fico sempre esperando me sentir mal. Ah, e não consigo parar de pensar na Corleena e em como o senhor a curou.

Eu disse tudo isso às pressas, esquecendo completamente que estava falando com meu chefe, o rei de todos os elfos. Ele era tão… agradável, humilde e fácil de se conviver.

Ele fez um barulho com a garganta que não consegui decifrar. Um *humm* ou *hrumf.*

— Ah, e o seu conselho não é nada divertido — acrescentei.

A confissão o fez gargalhar, e com a risada dele um calor preencheu meu corpo.

Eu fiz o rei rir. Eu gostei de ouvir esse som dele.

— Acho que diversão não está na descrição do trabalho deles. E precisa parar de pensar em Corleena, ou isso vai manter você acordada a noite toda. O primeiro passo da cura é manter a si mesmo saudável. Não se pode dar o que não se tem.

Franzi o cenho.

— Eu sei, mas e se…

— E você não é curandeira — acrescentou ele bruscamente.

Mordi a língua e entramos no salão de jantar. Havia dois pratos cobertos por tampas de aço abauladas.

— Pode ser que deixar pra lá seja difícil para mim, já que sou uma empática — disse friamente.

Ele endureceu. Eu queria saber o que isso significava, o que havia por trás daquela nossa interação no café da manhã.

— Depois de provar a minha comida, pode comer a sua na cozinha — disse ele de repente. — Eu gostaria de jantar sozinho. Tenho muito em que pensar depois de um dia de tantas reuniões.

Ignorando a sensação de rejeição, acenei com a cabeça. Foi como se eu tivesse levado um tapa. O rei tinha suas mudanças de humor, isso era fato.

— Sim, senhor. — Levantei a tampa do prato e fiquei com água na boca ao encontrar ali um ensopado de carne e batata, com um pãozinho amanteigado, e uma porção de vagem coberta por lascas de amêndoas. Havia até uma fatia de torta de especiarias. Pegando um dos três garfos, apanhei um pedaço de carne e batata do ensopado e enfiei na boca. Um gemido de prazer me escapou. — Seu chef é mesmo incrível. O senhor deveria dar um aumento para ele — falei.

Ele me observava de perto.

— Deveria?

Enfiei vagem com amêndoas na boca e gemi mais uma vez, então baixei o garfo e peguei um limpo, cortando a torta de especiarias.

— Criador, tende piedade de mim — cantarolei ao sentir a doçura do mel na língua.

Os olhos do rei se cravaram com tanta intensidade em mim, que me endireitei um pouco, imaginando que estivesse fazendo algo errado.

— O pão também? — perguntei, pigarreando.

Ele engoliu em seco e confirmou. Arranquei um pedacinho e mastiguei, sem fazer barulho, com medo de estar quebrando algum protocolo real. Eu tinha modos, mas não deviam ser modos *nobres*.

— Eu adoraria gostar tanto de comida quanto você — admitiu ele, melancólico, o que me deu um aperto no estômago.

Ele temia que todas as refeições fossem envenenadas? Que jeito horrível de viver.

— Acha mesmo que a rainha Zafira tentaria isso de novo, milorde?

Era uma pergunta séria. Eu sabia que a rainha de fato queria aniquilar todas as raças mágicas, sobretudo os reis, mas envenenamento de novo? Parecia óbvio demais. Ele estreitou os olhos e me encarou como se eu fosse uma completa tola.

— Por que acha que preciso de um novo provador?

Congelei, os pelos dos meus braços se arrepiaram.

— Por que a antiga vai se casar? — arrisquei.

Ele me olhava, impassível.

— Essa era a minha assistente. Minha antiga provadora morreu. Uma vez por ano, desde que fui coroado, a rainha *Zafira* tenta me matar. Nunca sei quando, então estou sempre em estado de alerta, o que aposto que é a intenção dela. Sempre um veneno insípido e inodoro que não consigo detectar até que um provador esteja morto.

Fui tomada pelo mais puro terror e, sentindo o corpo vacilar, engoli o nó na garganta.

— O senhor... não consegue curá-los?

Ele suspirou.

— É complicado curar envenenamento. Preciso absorver o suficiente para filtrar e permitir que a cura da pessoa entre em ação, mas não tanto a ponto de eu mesmo adoecer. É impossível fazer às cegas com um veneno inodoro e insípido. Não sei o que ela está usando, mas não é nada que cultivamos aqui.

No mesmo instante, desejei ter sido designada para lavar louça.

— Recomendo que encontremos um novo provador agora mesmo, senhor.

Ele riu, mas logo pareceu triste.

— Como pode imaginar, são poucos os que desejam o emprego, mas continuarei procurando.

Zafira ainda estava tentando envená-lo depois de deixá-lo vivo tantos anos antes? Era um comportamento seriamente psicótico.

— Está se sentindo bem? Estou com muita fome — disse ele.

Ao verificar o relógio de bolso, vi que dois minutos haviam se passado e eu estava bem, exceto pela sensação de morte iminente que agora sentia.

— Estou bem. Bom apetite, senhor. — Fiz uma reverência, pegando meu prato e o deixando em paz. Quando cheguei à porta, ele me chamou:

— Kailani? Quando estivermos a sós, pode me chamar de Raife.

Sorri, tentando encarar isso como uma coisa boa, mas tudo em que conseguia pensar era que havia aceitado um emprego de cinco anos, mas talvez não vivesse nem mesmo um ano para contar. A primeira coisa que eu faria pela manhã seria entrevistar novos provadores.

Minha mente era insaciável, e quando eu dava a ela algo que não conseguia decifrar, ela não descansava.

Estava acordada na cama nas primeiras horas da manhã, incapaz de dormir a noite toda. Eu não conseguia parar de pensar em Corleena. *Amoras. Vomitando sangue.* Por que essas coisas pareciam estar conectadas? Elas não deveriam: amoras não fazem ninguém vomitar sangue. Se fizessem, a mãe e o pai estariam na mesma situação.

Decidi me levantar mais cedo e ir à biblioteca. Talvez algo ali pudesse me ajudar a resolver o enigma. Optei por um vestido de chiffon rosa-claro com recortes nas costas e trancei o cabelo para trás, aplicando um batom rosa para finalizar. Eu gostava do *status* que o título do meu novo emprego me dava, e me vestir de maneira adequada para ele era importante e divertido. Todos os dias chegava um novo vestido da costureira em uma cor ou estampa linda, e todos me serviam com perfeição. Era o sonho de qualquer garota.

Ao longo da hora seguinte, conforme o sol começava a nascer, continuei com o nariz enterrado nos livros. O bibliotecário do palácio ainda não estava lá, mas eu tinha certeza de que nos tornaríamos amigos uma hora ou outra. Ler era meu passatempo favorito. Pesquisei sobre fitoterapia, venenos, horticultura, distúrbios hemorrágicos. Quando cheguei a um capítulo chamado "espécies invasoras", meu corpo inteiro congelou.

Corlia Mortífia, ou frutos da noite, são espécies invasoras em Arquemírea e crescem apenas em Obscúria. Esses

frutos têm aparência e odor semelhantes aos das amoras de Arquemírea, mas desencadeiam hemorragia interna em crianças e cólicas estomacais leves em adultos.

Foi como se minha alma tivesse deixado o corpo; o choque daquele fato invadiu todo o meu ser. Os pais não a estavam envenenando. Ela mesma estava fazendo isso! Ela devia estar comendo aquelas frutinhas pensando que eram amoras.

Sem pensar duas vezes, saltei da cadeira de leitura e corri pela pequena biblioteca com o livro aberto na página sobre os frutos.

Eu não me lembrava bem onde o rei havia dito que ficavam seus aposentos, mas por sorte eu tinha um mapa. Consultei a planta do gigantesco palácio e segui na direção de sua ala particular. Quando cheguei às gigantescas portas duplas de seu quarto, notei um Flecha Real de cada lado. Eles apertaram as armas com força quando me aproximei, o que era ridículo, considerando que eu os tinha conhecido na reunião do dia anterior. Cahal, o gigante de cabelo ruivo e barba, e Ares, o de pele escura e olhos sonhadores, me olharam com desconfiança, como se meu livro fosse agredi-los ou algo assim.

— Preciso falar com o rei. É urgente! — exclamei, correndo para bater à porta.

Eles estenderam os braços para me impedir e depois se espremeram para bloquear a passagem.

— O rei não deve ser incomodado — disse Cahal.

— É uma questão de vida ou morte! — gritei. — Se não me deixarem bater nessa porta, uma garotinha poderá morrer e aí eu vou…

A porta se abriu e os homens saíram do caminho, cabisbaixos. Meu olhar recaiu sobre os músculos definidos do rei, que não usava túnica. Seu cabelo estava todo solto, espalhado pelos ombros, e a calça estava frouxa na metade do quadril, mal se segurando.

Santo Criador de todas as coisas belas.

Sua pele envolvia os músculos fortes com perfeição; não havia um grama de gordura em seu corpo esguio e esculpido.

Dentro do quarto, alguém se mexeu, e eu me assustei ao ver uma loira passando atrás dele e entrando num banheiro. Ela estava toda vestida e parecia estar chorando, o que era estranho.

Ah. *Ah.*

O rei não deve ser incomodado. Agora eu sabia por quê. Meu rosto ficou quente quando percebi que tinha acabado de interrompê-lo na cama com uma mulher.

— Kailani, o que foi? — Sua voz estava rouca e carregada de sono... ou da excitação da transa evidente que eu havia acabado de interromper.

Criador, pode me matar agora.

Eu não conseguia encontrar as palavras, então, em vez disso, entreguei a ele o livro, com a página aberta no capítulo sobre os frutos. Observei seus olhos se arregalarem conforme ele lia. Ele rosnou e olhou para um de seus Flechas Reais.

— Cahal, prepare os cavalos. Vamos para Povoado dos Espinhos.

Sem dizer uma palavra, o líder Flecha Real disparou como um garanhão pelo corredor.

Então Raife olhou para mim, parecia que pela primeira vez. Seu olhar percorreu todo o comprimento do meu vestido rosa e depois subiu de volta, com os olhos semicerrados.

— Você sabe montar?

Apenas confirmei com a cabeça, ainda incapaz de falar. Estava com medo de dizer alguma besteira, ou pior – comentar quão incrível ele ficava seminu.

— Me encontre nos estábulos — disse, devolvendo o livro, fechando a porta na minha cara e quebrando assim o transe em que seu peitoral me havia feito cair.

Meu peito estava arfando quando olhei de soslaio para o único Flecha Real que agora protegia a porta – Ares. Se ele percebeu que eu estava vermelha, teve a decência de não dizer nada. Um verdadeiro profissional.

Depois de afastar todos os pensamentos sobre o que eu tinha acabado de testemunhar, consultei o mapa e saí às pressas do castelo rumo aos estábulos. Fiquei surpresa ao ver que o rei já estava lá. Ele devia ter uma segunda saída do quarto ou um túnel subterrâneo ou algo assim.

Uma égua branca de tamanho médio já estava selada à minha espera. Em Obscúria, tínhamos em sua maioria carruagens motorizadas sem cavalos, eliminando a necessidade desses animais, mas mesmo assim aprendi a cavalgar por esporte. Enganchando o pé no estribo, montei na égua e me sentei de lado, abrindo o vestido.

— Precisamos chegar lá antes que ela coma mais dessas frutas — disse Raife, e eu acenei a cabeça em concordância.

◆ ◆ ◆

Cavalgamos com pressa e determinação pelo início da manhã até a pequena vila agrícola de Povoado dos Espinhos. Eu não estava acostumada a cavalgar por tanto tempo. Meu traseiro estava dormente e minhas pernas estavam doloridas quando chegamos. O sol já pairava acima das nuvens quando guiamos os cavalos até uma pequena fazenda azul com telhado de palha. Os raios iluminavam os campos de amoras que se estendiam além do que os olhos podiam ver.

Logo reconheci a mãe, com seu cabelo branco agitado pelo vento. Ela ordenhava uma cabra em um campo aberto e devia ter acabado de nos notar, porque parou o que estava fazendo e se levantou, colocando o balde no chão ao perceber que tinha convidados. Limpando as mãos no avental, correu para nos receber.

— Milorde. — Ela fez uma profunda reverência. — Está tudo bem?

Sem dúvida ela estava se perguntando por que o rei dos elfos estava ali. Quando desmontamos dos cavalos, a porta da frente da casa da fazenda se abriu. O pai de Corleena saiu para nos receber também.

— Meu rei. Não sabíamos que teríamos visita — admitiu, ajoelhando-se e abaixando a cabeça o máximo possível. Um verdadeiro sinal de humildade e respeito no reino élfico. Em Obscúria, as pessoas praticamente iam até o chão para ganhar o respeito da rainha.

O rei foi direto ao cerne da questão:

— Minha assistente pode ter descoberto o que está deixando Corleena tão doente.

A mãe ficou rígida, torcendo o avental e olhando para mim.

— O que seria?

— Cadê ela? — perguntei, rezando para que a menina não tivesse comido nenhuma das frutas nas últimas doze horas, desde a última vez que a vi.

— Ela está nos campos, deve estar se enchendo de amo…

Decolei como um foguete, levantando o vestido elegante para correr pelos campos de amora.

— Corleena! — gritei, em pânico.

— Corleena! — Veio a voz do rei atrás de mim.

A mãe e o pai não tinham ideia do que estava acontecendo, mas também começaram a gritar o nome da filha em pânico. Eles obviamente perceberam que a questão era séria.

Cheguei às fileiras densamente compactadas de amoras e diminuí a velocidade, com o coração disparado. E se ela estivesse desmaiada, sangrando naquele mesmo campo? E se fosse tarde demais?

— Estou aqui! — chamou uma vozinha à minha esquerda.

Virei na direção da voz, encontrando-a com um punhado de amoras na mão, e uma já próxima à boca.

Quando ela me viu, franziu a testa, surpresa, e eu estendi o braço para fazê-la soltar a fruta com um tapa.

— Não coma isso!

Os olhos da menina se encheram d'água e no mesmo instante me senti mal por assustá-la.

— O que foi?

O rei, a mãe e o pai chegaram correndo até nós duas e pararam.

Tirei o livro do bolso da capa e entreguei-o, aberto na página sobre os frutos, à mãe.

— Acho que ela encontrou alguns desses frutos e os comeu pensando que fossem amoras — expliquei.

Corleena correu para os pais, agarrando-se à cintura da mãe. Observei a mãe arregalar os olhos. O pai leu por cima do ombro da esposa, boquiaberto de surpresa. Ele se virou, olhou para os arbustos ao nosso redor e começou a examiná-los, arrancando alguns para inspecioná-los. Depois ele seguiu para outro arbusto, arrancando uma folha e um fruto, levando-o ao nariz.

Seus olhos se arregalaram quando ele os soltou e os deixou cair no chão.

— Estas frutas aqui não são amoras — disse, apontando para o arbusto à sua direita. — Aquelas ali são — completou, gesticulando para a esquerda. Ele balançou a cabeça. — Minha família cultiva frutas vermelhas há cinco gerações. Eu... eu não entendo como não soube disso.

— Você não pensou em examinar com atenção, é compreensível. Já fez sua colheita principal? Começou a fazer algum xarope?

O fazendeiro balançou a cabeça.

— A temporada de colheita acabou de começar, então não muito, graças ao Criador. Só para alguns moradores.

— Preciso de uma lista de quem são para que a minha equipe possa visitá-los e alertá-los.

— Claro.

A esposa parecia à beira das lágrimas e ainda abraçava forte a pequena Corleena. O pai pareceu aflito de repente.

— Os campos... teremos que queimá-los e começar tudo de novo, por precaução.

A constatação me deixou arrasada. A casa da família era humilde, suas roupas eram puídas; eles não pareciam poder perder uma estação inteira de renda e recomeçar.

O rei inclinou a cabeça.

— Tenho motivos para acreditar que essa foi uma espécie invasora plantada pela rainha de Obscúria. Portanto, é minha responsabilidade cuidar disso. Pagarei a vocês pelos frutos desta estação e cobrirei os custos da queima dos campos e do plantio de um novo lote no próximo ano.

A mãe apertou o peito, as lágrimas rolavam por seu rosto, mas o fazendeiro balançou a cabeça.

— Meu rei, eu não poderia aceitar. Não depois do que Sua Alteza fez para salvar a vida de Corleena. É demais.

A esposa deu um leve tapa na nuca do homem, e tive que esconder um sorriso.

— Meu marido é um homem orgulhoso. Aceitaremos *humildemente* sua oferta, milorde, e na próxima temporada ficaremos mais atentos, agora que sabemos o que procurar. Vamos alertar os outros fazendeiros também.

— Muito bem. O tesoureiro do castelo entrará em contato. — Então ele se abaixou até ficar face a face com Corleena. — Comeu alguma daquelas frutas ontem à noite ou hoje, srta. Corleena?

Ela acenou a cabeça positivamente.

— Só uma.

Raife estendeu a mão e pousou-a no ombro da menina. Um brilho roxo emanou de sua palma e, por uma fração de segundo, vi uma escuridão subir pela veia de seu pulso e correr por seu corpo. Ele a soltou e estremeceu um pouco.

A mãe estendeu os braços e abraçou Corleena com força de novo, balançando a cabeça.

— Nós não sabíamos. Como poderíamos não saber?

Meu coração doeu por essa família. Cultivar amoras por tanto tempo e não notar uma impostora no meio. Olhei para os dois arbustos diferentes que o fazendeiro havia apontado e mal consegui distingui-los. A ponta das folhas nas amoreiras falsas parecia um pouco mais redonda, os frutos pareciam um pouco mais gordos, mas era quase impossível notar a diferença entre elas.

O rei se endireitou.

— Certo, acho que você ficará bem agora.

Depois de mais cinco minutos de muitos agradecimentos por parte da esposa e do fazendeiro ao rei e a mim, enfim montamos em nossos cavalos.

Quando meus músculos doloridos tocaram a sela rígida, estremeci, e Raife notou.

— Está machucada?

Corei.

— Não estou acostumada a cavalgar.

Ele olhou para mim por mais tempo do que era socialmente apropriado e eu pigarreei.

— Você salvou a vida dela, Kailani. Mesmo depois que eu desisti e mandei você parar de pensar no caso dela. Deveria se orgulhar...

O ar à nossa volta pareceu eletrizado. Dava até para senti-lo como uma força palpável.

— Eu estou orgulhoso — acrescentou.

Orgulhoso. Ele estava orgulhoso de *mim*?

Era uma bobagem da boca para fora, algo que um professor dizia ao pupilo, ou um pai ao filho, mas despertou algo dentro de mim. Aqueceu meu coração e me deu um leve nó na garganta. Eu não tinha pensado naquilo como uma forma de salvar a vida dela, mas nós a havíamos pegado comendo as frutas, portanto... acho que salvei.

— Qualquer um teria feito aquilo. Quando temos a chance de salvar uma vida, temos que salvá-la.

Ele riu, exibindo seu belo sorriso.

— Nem sempre é tão fácil. — Ele estava olhando para minha testa, então me perguntei se havia um inseto nela ou algo assim. — Sua mente funciona de uma maneira bela, por isso ela está curada.

Ele chamou minha mente de *bela*? Porque isso estava despertando um novo calor em minhas entranhas.

— Já ouviu falar das cavernas da cura? — perguntou.

— Não.

O rei fincou o calcanhar em seu cavalo e saiu correndo, Cahal disparou atrás dele, e eu instantes depois, sacolejando com o sobe e desce de meu traseiro na sela.

Nenhuma outra palavra foi dita. Cavalgamos por uma hora em uma direção que eu não reconheci. Quando já estava pronta para ficar de pé no estribo a fim de descansar o traseiro, o rei guiou seu cavalo até a base de uma grande montanha. Cahal amarrou o cavalo e foi até a entrada de uma caverna, desaparecendo lá dentro.

Ergui uma sobrancelha para o rei, que desmontou, olhando para mim.

— Venha.

Eu meio que amava o tratamento mais informal que adquirimos depois de apenas três dias desde que nos conhecemos. Seria exaustivo ficar usando *Sim, milorde,* ou *Não, Sua Alteza* a cada frase pelos próximos cinco anos.

Escorreguei do cavalo assim que uma elfa idosa saiu das cavernas com uma toalha enrolada em volta do corpo.

Estávamos nas cavernas da cura que ele havia mencionado?

Quando a idosa viu o rei, curvou-se profundamente e depois disparou por um caminho de pedras que saía da abertura da caverna. Ao olhar na direção em que ela estava indo, notei uma aldeia ao longe.

Cahal saiu e acenou para o rei.

— Tudo em ordem agora, milorde — disse.

Fiquei boquiaberta.

— Você acabou de expulsar aquela doce senhorinha só para poder entrar?

Raife abriu um sorriso travesso.

— Ela poderia ser uma doce senhorinha assassina. — Eu já ia dar um tapa em seu ombro de brincadeira, mas mudei de ideia. — A vila se beneficia do uso das piscinas de cura. Cada vez que venho, deixo uma grande doação. — Raife apontou para uma pequena tigela de pedra na entrada da caverna que continha moedas de cobre e prata, e até algumas garrafas de mel. O rei deixou uma pilha de moedas de prata na tigela e entrou.

Engoli em seco, olhando para Cahal para ver o que ele estava fazendo. O arqueiro estava de pé ao lado da porta, com uma flecha encaixada no arco.

— Devo entrar? — sussurrei para ele.

— Kailani — chamou o rei, e eu corri para a escuridão, sem saber o que encontraria.

Depois de tropeçar alguns metros no escuro e dobrar a uma passagem, notei uma luz forte à frente, delineando o corpo do rei. Ele desapareceu de vista e então entrei em um espaço aberto cavernoso.

— Santo Criador. — Arfei ao entrar no oásis escondido.

O topo da caverna era aberto, permitindo que a luz do sol resplandecesse sobre as águas azul-turquesa. Uma corrente escorria pelas laterais da rocha da montanha, enchendo a piscina abaixo.

— Que incrível. — Um respingo à esquerda me assustou e me fez virar e ver o rei levantando a cabeça de dentro d'água. Ele estava sem sua túnica, mas ainda de calça, e graças à água cristalina pude até ver seus pés descalços. Ele soltou um longo suspiro enquanto nadava sem pressa.

— O único lugar onde posso me curar — murmurou.

Franzi a testa.

— Como assim?

Ele me olhou de cima a baixo. Um calor tomava conta do meu rosto toda vez que ele fazia aquilo – o que era frequente, comecei a notar.

— Venha aqui.

Fiquei vermelha. Estava usando um lindo e caro vestido de seda. Não havia como entrar na água com ele, e ficar apenas de roupas íntimas não seria apropriado. Elas eram brancas e ficariam bem transparentes quando molhadas.

— Pode vestir minha túnica — disse ele, virando-se de costas para mim. — Vai por mim. Depois de um mergulho nessas piscinas, você não sentirá dor alguma na volta para casa.

Aquilo curaria a dor no meu traseiro? Agora estava curiosa, e foi o bastante para eu me mexer. Desamarrei as costas do vestido, o tirei e o deixei dobrado em uma rocha próxima. Levantei o rosto para garantir que ele ainda estava de costas e vesti sua túnica escura, cobrindo meu pequeno sutiã e calçola cor de creme.

— E-está bem — gaguejei, depois mergulhei os pés na água, sentada na beirada. Um pequeno formigamento que subiu pelas minhas pernas me fez suspirar. — Minha nossa. — Era como se o peso que meu corpo sentia por carregar minha pele e ossos o dia todo tivesse desaparecido. Eu simplesmente não sentia... nada.

— Mergulhe o corpo todo. — De repente, o rei estava diante de mim. Minhas pernas balançavam sobre a borda, e eu mordi o lábio.

— Eu... não sei nadar, e parece fundo.

Ele levantou o braço e, como se não fosse grande coisa, enganchou as mãos sob minhas axilas e me jogou na água diante de si.

— Eu seguro você.

Eu seguro você.

Essas três palavrinhas mexeram comigo. Elas abriram caminho em minha alma e eu estava começando a ficar confusa de verdade sobre os meus sentimentos pelo meu novo chefe. Engoli em seco, ao mesmo tempo tentando mexer as pernas para não afundar e também experimentar o relaxamento total e profundo que as águas proporcionavam. Ele afastou as mãos de minhas axilas e segurou meus pulsos, me mantendo acima da superfície, enquanto eu batia os pés de modo um pouco frenético.

— Não se preocupe. Não vou deixar você se afogar.

Ao me ver tão perto dele, daqueles olhos azuis e longo cabelo loiro, do corpo sem a túnica, no mesmo instante me perguntei como seria ir para a cama com ele. Também me perguntei com quem ele estava dormindo naquela manhã quando o interrompi. Talvez ele fosse um sedutor em série, só esperando dormir comigo sem compromisso nos próximos cinco anos em que eu trabalharia para ele, enquanto ele também dormia com metade do castelo! E tudo isso enquanto casado!

— No que está pensando agora? — perguntou ele, estreitando os olhos.

Ai, Criador, não me diga que ele consegue ler meus pensamentos.

— Estou me perguntando por que você disse que as piscinas são a única coisa capaz de curar você — menti.

Seus olhos se estreitaram ainda mais com a mentira, mas não me importei. Uma mulher tinha o direito de não revelar aquilo em que estava pensando!

— Sou o maior curandeiro do reino. Não há ninguém que se iguale ao meu poder. É assim que a cura élfica funciona. Alguém inferior ao seu poder de cura não pode curar você. É por isso que me chamam para os casos mais difíceis, enquanto os mais leves ficam com os curandeiros menos capazes, que ainda precisam de varinhas.

Eu havia visto as varinhas de cura e me perguntei por que ele não usava uma. Achei que ele não precisava. Franzi a testa, batendo os pés mais devagar agora que sabia que não afundaria, por mais profunda que a piscina fosse.

— Então, se você adoecesse, um curandeiro do palácio não poderia te ajudar? — perguntei.

O rei balançou a cabeça.

— Eu nem tenho um curandeiro no palácio por isso. Se meus funcionários adoecerem, eu os curo.

Eu fiquei em choque.

— Eu não sabia. Esse é um fato conhecido?

Ele me olhou com curiosidade.

— Não, e eu não deveria ter te contado.

A resposta doeu um pouco, mas entendi o que ele quis dizer.

— Como está seu traseiro? — perguntou ele. — Ainda dói?

Não. Eu me sentia incrível, verdade seja dita.

— Não, mas você poderia ter curado ele — respondi.

Ele sorriu.

— Você teria permitido?

Não. Não, eu não teria. Eu teria dito que estava bem e sofrido quieta. Será que ele sabia disso? Tão pouco tempo juntos e ele já sabia como eu era? Foi por isso que ele tinha ido ali? Por mim? É claro que não, com certeza foi por ele também.

— Não estava doendo tanto assim — menti, logo me arrependendo ao lembrar que ele perceberia.

O rei balançou a cabeça.

— Duas mentiras. Devo começar a contar? Dá para acumular uma boa quantidade nos próximos cinco anos.

Suspirei.

— Às vezes mentiras são para o bem. Você não vai querer saber o que eu estava pensando antes.

A confissão o intrigou, fazendo-o erguer uma sobrancelha e curvar os lábios.

— Ah, com certeza quero.

Tudo bem, se ele queria a verdade, poderia tê-la.

— Eu estava me perguntando sobre a mulher com quem você estava hoje de manhã e se você fazia isso com frequência com muitas mulheres — admiti com ousadia. — E se continuaria a fazer isso depois que se casar.

Seu pomo de adão subiu e desceu.

— Tem razão, algumas mentiras servem a um propósito — foi tudo que ele disse. Ele não ia me responder, e tudo bem, não era obrigado. Quando abri a boca para dizer alguma coisa, ele pigarreou. — Eu nunca dormiria com outra enquanto fosse casado. Dara é uma amiga com quem eu tinha um acordo — disse sem rodeios.

Um acordo para transar? De repente, eu queria um amigo que se parecesse com ele para ter um acordo também.

Tinha. Ele disse *tinha*.

— Tinha? — Levantei uma sobrancelha.

Ele suspirou.

— Estou procurando uma esposa agora, então, quando Dara entrou no meu quarto hoje de manhã e me acordou, eu disse para ela que o acordo havia acabado.

Um ciúme ganhou vida dentro de mim com tanta força que fiquei perplexa. Ela o havia acordado para fazer sexo? Isso significava que ela tinha acesso ao quarto dele e fazia aquilo com regularidade. Também devia ser por isso que ela estava chorando. Ah, como eu queria ser capaz de sentir o cheiro de uma mentira!

— Quer continuar me interrogando sobre a minha vida pessoal? — perguntou ele com frieza.

Ops. Eu tinha esquecido que estava falando com o rei dos elfos. Algo que eu vivia fazendo. Mas porque ele parecia tão casual.

— Então… — Resolvi mudar de assunto. — Você sempre foi o maior curador da sua família? — Torci para que o novo assunto fosse mais seguro, mas ao ver a tempestade enevoar seu olhar, logo percebi a gravidade do erro.

Por Hades! Por que fui mencionar a família morta dele? Foi a primeira coisa em que pensei e estava tentando não fazer mais perguntas sobre sexo.

— Eu não era — respondeu ele, baixinho, com o olhar perdido na parede da caverna, como se estivesse preso em uma lembrança. — Era a minha irmã Trini, depois meu pai, depois eu.

A família real tinha a linhagem de cura mais forte. Foi como eles se tornaram a família real, para início de conversa.

A dor e a tristeza que senti foram tão intensas que me engasguei. Choraming12 Choraming22guei com a visão de cadáveres espalhados pelo chão do salão de jantar, e a espuma branca saindo de suas bocas passou pela minha mente. O rei élfico, a rainha, os irmãos de Raife, todos com seu cabelo da cor do luar e suas roupas chiques. Espalhados por um elegante salão de jantar, com as mãos em volta do pescoço, enquanto o jovem Raife gritava, disparando rajadas de magia curativa roxa em cada um. Mas não bastou; ele não era forte o suficiente e havia muitos. Senti sua sanidade se esvaindo quando a escuridão o tomou, e agora ela me tomava também.

O rei afastou as mãos de mim e eu logo comecei a afundar, a água foi subindo até meus ouvidos e cobrindo meu rosto. Comecei a bater os pés como louca, mas fui forçada a prender a respiração enquanto minha cabeça afundava. Quando já estava convencida de que me afogaria, o rei mergulhou e me envolveu pela cintura, me puxando para cima.

Quando me vi com a cabeça fora d'água, ofeguei em busca de ar, tossindo.

— Por Hades! — amaldiçoou ele. — Onde eu estava com a cabeça? Me desculpe. — Ele pressionou meu corpo contra o dele enquanto batia nas minhas costas e eu me engasgava mais em busca de ar.

— Estou bem — murmurei, meu coração martelava na garganta enquanto ele ainda me segurava junto dele.

Meus seios estavam pressionados em seu peito, separados apenas por uma fina camada de tecido, e parece que percebemos ao mesmo tempo. Ele me empurrou para longe, me mantendo um pouco afastada, mas sem me soltar.

Seu rosto parecia em pânico e senti sua decepção infiltrar-se em mim.

— Você confiou em mim e eu quase te afoguei. Me desculpe, eu estava tentando te dar espaço porque sabia que você estava sentindo... as minhas emoções.

— Está tudo bem — repeti, enquanto ele nos puxava até a beira da gruta rochosa.

Quando a alcancei, me afastei dele e segurei desesperadamente a borda, me erguendo. Então me deitei de costas, ofegando enquanto deixava os nervos em frangalhos se acalmarem.

Ele saiu da piscina em um movimento elegante e já estava ficando de pé, mas eu segurei seu pulso, forçando-o a olhar para mim. Quando seus olhos encontraram os meus, pareciam feitos de aço, reduzidos a fendas.

— Me diga o que é. — Minha voz estremeceu.

Eu não precisava explicar. Ele sabia. Eu tinha acabado de sentir o que ele estava sentindo através do toque. Em minha mente, por uma fração de segundo, eu *vi* sua família morta. Isso não era normal.

Ele suspirou, soltando-se do meu aperto e sentando-se ao meu lado. Também me sentei e me virei de frente para ele, decidindo encará-lo até ele contar toda a verdade. O rei me analisou como se estivesse se perguntando o quanto deveria me contar.

— Isso será como foi com Corleena para mim — avisei. — Não vou descansar enquanto não souber de tudo. Nenhum livro sobre empáticos ficará intocado na biblioteca.

Um sorriso torto curvou seus lábios e me deu um frio na barriga.

— Você está ameaçando ler todos os livros da minha biblioteca? — Ele estremeceu. — Que medo.

Fiz cara feia e seu sorriso vacilou.

— Empáticos são *extremamente* raros — disse ele. — Tão raros, na verdade, que se acredita que pouquíssimos vivem na mesma época. Como uma força mágica com a qual o mundo não consegue lidar direito.

Senti arrepios nos braços.

— Bem, se são tão raros, como sabe sobre eles?

Todo o seu ânimo pareceu desabar por dentro, e eu soube que a resposta seria sofrida.

— Porque a minha mãe era uma.

A confissão me deixou sem ar. Mesmo sentados a alguns centímetros de distância e sem nos tocarmos, senti sua dor de onde eu estava. Era ela quem ele mais amava. Ele nunca admitiria em voz alta, mas era. Sua mãe era *tudo* para ele, sua protetora e fonte de nutrição, sua inspiração. A dor consumia tudo, atingindo meu coração como um golpe físico. Uma lágrima borrou meu campo de visão e rolou pelo meu rosto. Quando ele se moveu para se afastar de mim, estendi a mão para detê-lo.

— Me deixe sentir. Mesmo que apenas por um momento, me deixe sentir a dor.

Ele olhou para mim com uma vulnerabilidade e confusão que me pegaram de surpresa. Era como se ele estivesse implorando para eu aliviar sua dor, mas não quisesse me fazer mal. Sem pensar muito, me inclinei e o envolvi com os braços, abraçando-o.

Então, uma tristeza insuportável se infiltrou em mim, mas o suspiro de alívio que escapou dele fez tudo valer a pena. Tive que segurar os soluços que queriam me escapar da garganta.

Tanta. Tanta. Culpa. Ele se sentia tão culpado por ter sobrevivido; a culpa o devorava a cada segundo do dia. Raife preferia estar morto com eles a viver sozinho. As lágrimas escorriam pelo meu rosto sem controle, minha garganta doía por tentar guardar o choro dentro de mim. Eu quis gritar, quis bater no peito, quis matar alguém. Eu estava com tanta raiva.

A vida não era justa. Eu quis morrer. Como continuar vivendo em um mundo sombrio como esse, onde crianças de seis anos eram envenenadas?

Foi com esses pensamentos desesperados que o rei se afastou de mim e pigarreou.

— É melhor voltarmos. Tenho muitas reuniões. — Ele se levantou, pegou as botas e saiu da caverna, levando sua tristeza consigo e me deixando num turbilhão de emoções conturbadas.

O que em nome de Hades tinha acabado de acontecer?

Enquanto eu tirava sua túnica molhada e recolocava o vestido, um pensamento me ocorreu.

Ele foi muito mais dilacerado do que eu pensava.

◆ ◆ ◆

Depois de nossa pequena troca empática, o rei se fechou totalmente para mim. Ele mal me olhou nas últimas reuniões do dia. Depois que provei sua comida, ele pediu para jantar sozinho e agora estava se preparando para sua primeira convidada.

Sim, tive vergonha de admitir que, enquanto imaginava como seria dormir com ele, nas piscinas curativas, havia me esquecido de que também deveria ajudá-lo a encontrar uma esposa.

Depois de provar seu jantar incrível, me preparei para deixar a cozinha e voltar para o quarto a fim de comer sozinha.

— Srta. Kailani, acaba de ser convocada — avisou um dos garçons.

Franzi o cenho, mas balancei a cabeça e entrei no salão de jantar. O rei me convocou? Será que ele temia que eu não tivesse provado a comida?

Quando entrei, meu olhar foi de imediato para a mulher de cabelo ruivo e decote excessivamente profundo. Eu a reconheci pelo retrato que sua mãe havia trazido. Ela estava falando alto e tive que me esforçar para não me encolher com sua risada irritante.

Bonnie.

— Algum problema, milorde? — perguntei a Raife, com uma profunda reverência para garantir.

Ele parecia irritado, quase revirando os olhos.

— A srta. Harthrop também gostaria que provassem a comida dela.

Congelei onde estava, erguendo as sobrancelhas.

— Afinal, sou uma pessoa importante na vida do rei, e talvez em breve a *mais* importante. Não quero ser envenenada pela rainha de Obscúria também.

Ela empurrou o prato para mim, e tentei esconder o choque e a repulsa por sua presunção.

— Jamais iríamos querer algo assim — declarei secamente. Peguei um garfo limpo de cima da mesa. Em vez de fazer o possível para não bagunçar a comida, finquei o talher bem no meio da torta de carne e queijo e tirei um enorme pedaço. Depois, coloquei-o na boca e gemi.
— Está divina.

Bonnie franziu a testa, olhando de mim para Raife. Quando olhei para o rei, vi que ele mal conseguia conter o sorriso diante do meu espetáculo.

— O pãozinho também — pedi. — Ouvi dizer que a rainha gosta de usar venenos em pães.

Ela arregalou os olhos e concordou, passando o pão para mim.

Eu o parti ao meio, dando uma grande mordida e saboreando a camada crocante da massa.

— Manteiga? — perguntou ela, pegando o pequeno cubo de manteiga do prato.

Peguei tudo, passei no outro pedaço de pão e engoli.

— Água, por favor — pedi. — O veneno da rainha não tem gosto.

Bonnie me entregou o copo d'água com a mão trêmula e eu bebi metade de uma vez.

Depois de colocar o copo de volta na mesa, aguentei um minuto inteiro a donzela assustada que me observava, esperando que eu levasse a mão ao estômago. Eu estava meio tentada a fazer isso, só para zombar com a cara dela, mas jamais faria o rei passar pelo susto. Nem de brincadeira.

Depois que meu relógio mostrou que estava tudo bem, estendi a mão e dei um tapinha em seu braço.

— A comida é segura, milady.

Ela quase desabou na cadeira, então olhou para Raife.

— Não sei como o senhor faz isso em todas as refeições! É assustador.

Olhei para o prato dela, que parecia ter sido atacado por um gato, e precisei me segurar para não sorrir.

— Boa noite.

Segurei a barra do vestido e fiz outra reverência.

Aqueles olhos azul-acinzentados como aço me acompanharam por todo o caminho de volta até as portas da cozinha.

Uma mera hora depois, eu estava prestes a tomar banho quando vi um bilhete sendo deslizado por baixo da minha porta.

Bonnie: Não.
– Raife

Por alguma razão, fiquei feliz por ele tê-la rejeitado de imediato. Ela era irritante. Quem aguentaria conviver com aquela risada para sempre!?

Enquanto tentava cair no sono, não conseguia tirar uma imagem da cabeça. Os mortos no chão com a boca espumando, a família de Raife. Só de pensar na cena e na culpa que havia acompanhado a visão, meu estômago virou do avesso. Quanto tempo alguém poderia viver com tamanha culpa antes que o sentimento o consumisse?

Demorei um bom tempo para dormir.

Os três dias seguintes foram repletos de reuniões, sessões de cura na enfermaria e encontros particulares com os cinco melhores homens de Raife. Todas as noites, um bilhete passava por baixo da minha porta.

E todos diziam o mesmo: o nome da garota e a palavra *Não*.

Aquela era a última noite, a última moça.

Lottie Sherwood.

O conselho tinha acabado a reunião. A tensão dos integrantes pelo rei não ter anunciado um noivado depois de quatro encontros era tangível.

Comecei a me levantar para sair e provar o jantar do rei antes de seu encontro final, mas ele deixou a cabeça cair sobre a mesa com um baque alto.

Isso me fez sorrir. O rei e eu havíamos nos tornado amigos, e ele mostrava cada vez mais sua personalidade para mim. Não falávamos sobre o que tinha acontecido nas cavernas e a profunda transferência emocional que havíamos compartilhado nelas, mas ele parecia mais relaxado perto de mim.

— Você parece bem animado para esse encontro — brinquei. — Acho que Lottie Sherwood será a grande eleita.

Ele levantou a cabeça para me olhar, exibindo uma marca vermelha na testa que a mesa havia deixado.

— Quando penso em passar o resto da vida ao lado de uma mulher com quem passei apenas uma hora, minha vontade é de ter uma morte prematura.

Bufei e ri, mas logo pigarreei para disfarçar.

— Os encontros não podem ter sido *tão* ruins assim, milorde.

Ele me lançou um olhar sério.

— Você não faz ideia. Venha hoje à noite e verá. Ela terá algum defeito com o qual não posso conviver. Com o qual *você* também não poderia conviver.

Levantei uma sobrancelha.

— Está me pedindo para comparecer ao seu encontro?

Ele deu de ombros.

— Não são encontros *de verdade*. Gertie até trouxe o pai dela. É uma coisa formal, careta. Não será um problema eu levar a minha assistente.

Comparecer ao encontro do rei com uma possível esposa? Era estranho, mas eu também estava intrigada, então jamais recusaria a oportunidade.

— Estarei lá — respondi, me levantando.

Ele passou os olhos pelo meu vestido vermelho de seda com renda preta.

— Quem sabe você não possa vestir algo um pouco mais sem graça? Não quero deixá-la com ciúmes. — Ele piscou.

Meu corpo inteiro se aqueceu com o elogio. *Foi* um elogio, não foi? Ri de nervoso.

— Claro, milorde.

Depois de uma leve reverência, saí do cômodo e me dirigi para meus aposentos. *Algo um pouco mais sem graça.* Será que significava que eu estava bem-vestida demais ou que eu poderia aparecer mais que ela? Todos os meus vestidos eram feitos após a aprovação do palácio, e eu era instruída a me vestir assim por ser uma representante do rei...

Ele estava dizendo que eu era bonita? Minha mente ficou tão acelerada que passei direto pela minha porta e tive que dar meia-volta.

Vinte minutos depois, eu estava usando um vestido de seda azul--marinho com mangas dramáticas que cobriam meus braços até os cotovelos. A amante de moda que eu era não conseguiu deixar o visual tão sem graça assim, então o combinei com sapatos de salto alto em verde-limão. A mesada para roupas que a coroa me dava basicamente permitia um vestido novo dia sim, dia não. Eu vivia fazendo visitas à costureira para ajustes ou para ver novos tecidos. Era a minha parte favorita da semana.

Depois de entrar na cozinha, um novo chef me cumprimentou. Franzi o cenho.

— Onde está Brulier?

— A mãe dele adoeceu. Ele foi a Prado Serpentino para visitá-la, mas estará de volta na próxima semana. Você é a provadora? — Ele me olhou de cima a baixo, me examinando.

Quando confirmei, ele colocou dois pratos idênticos de comida diante de mim. Eu também havia começado a experimentar a refeição das possíveis esposas, e era bom me acostumar com a tarefa, já que ninguém mais tinha se apresentado para se candidatar ao cargo. Como disse o rei, ninguém queria uma contagem regressiva de doze meses para morrer. Mas eu tentava não pensar nisso.

Enfiei um garfo no grande pedaço de carne, cortei uma pequena fatia do canto e comi. Em seguida, peguei uma vagem e meia colher de algum tipo de molho. Logo fiz o mesmo com o prato seguinte, ansiosa para conhecer essa mulher e comparecer a um dos encontros do rei. Assim que meu relógio marcou um minuto inteiro desde a última mordida, levei os dois pratos pelas portas duplas e estampei um sorriso nos lábios.

— Boa noite — cumprimentei a bela mulher diante de mim e depois fiz uma reverência para o rei. Lottie estava usando um vestido de baile pêssego com acabamento em renda branca. Seu cabelo loiro-claro estava preso em uma cascata de cachos com tranças na lateral. Ela era de tirar o fôlego. Por algum motivo, senti ciúmes logo de cara.

Colocando o prato diante dela e depois do rei, fui até meu lugar, onde vi que um prato já me esperava.

— Esta é a minha assistente pessoal, Kailani. Achei que seria bom ela se juntar a nós. Como passo muito tempo com ela, gostaria que você a conhecesse também.

Um lampejo de aborrecimento cruzou o semblante da candidata, mas ela o transformou em um sorriso radiante.

— Claro. Olá, Kailani.

— Prazer em conhecê-la, Lottie. Ouvi dizer que gosta de jogar xadrez. — Tomei um gole d'água, pois uma coceira seca tinha se formado em minha garganta.

Ela concordou com a cabeça, cravando o garfo na carne. O rei levou uma vagem aos lábios.

— Gosto do estímulo mental — respondeu ela.

De repente, uma cólica retorceu meu estômago e uma onda de medo me invadiu.

Garganta seca. Cólica.

O rei estava prestes a morder a ponta da vagem quando me levantei tão rápido que a cadeira caiu para trás. Esticando o braço, arranquei o garfo de sua mão e o atirei no chão. Depois, peguei os pratos dele e de Lottie e lancei os dois no chão.

— O que foi isso!? — gritou Lottie, e eu dobrei o corpo de agonia. Minha garganta estava em chamas, meu estômago parecia repleto de lâminas e eu soube que estava prestes a morrer. Então Lottie pareceu entender, levantando-se e gritando: — *Veneno!* — E correu para fora do salão.

Olhei para o rei e vi tanto medo e dor em seu rosto que meu coração se partiu.

— Não — sussurrou ele, correndo para me pegar nos braços. Então senti, emanando dele e entrando em mim. Todo o trauma de assistir à própria família morrer estava de volta. Engraçado que era eu quem estava morrendo, e ainda assim estava preocupada com ele.

— Está tudo bem. — Estendi a mão e sequei uma lágrima que havia escorrido de um de seus olhos.

Ele piscou depressa, como se estivesse chocado com a lágrima, e balançou a cabeça. Colocando uma das mãos na minha barriga, ele cerrou a mandíbula.

— Aquela *megera* não vai tirar outra pessoa de mim.

De repente, foi como se as cólicas estomacais e a queimação na garganta tivessem sido arrancadas do meu corpo pelo umbigo. O rosto do rei ficou vermelho. Ele começou a se engasgar e caiu para trás.

— Raife! — gritei, me sentando e me jogando em cima dele. Seu rosto estava roxo, como se ele não pudesse respirar, e me lembrei do que ele havia dito sobre nunca ter salvado vítimas de envenenamento pela rainha Zafira. Era muito difícil saber quanto veneno tirar da pessoa quando a substância era insípida e inodora. Ele deveria tirar metade, mas havia tirado tudo, o idiota havia tirado todo o veneno de mim. — Por que fez isso!? — As lágrimas jorravam de meus olhos enquanto eu esmurrava seu peito, em pânico. — Devolva. Devolva — implorei, segurando suas mãos suadas como se pudesse sugar o veneno de volta para o meu corpo.

Meu peito estava apertado, meu estômago queimava; pensamentos de uma ruína iminente me invadiam. Eu soube que eram pensamentos dele, não meus, e não fiquei surpresa quando senti outra emoção atravessá-lo.

Ele quer morrer. Talvez não ativamente, mas quer que a dor se vá, que o medo de ser envenenado pela rainha todos os dias se vá. Ele estava animado para deixar tudo aquilo para trás, para encerrar o assunto e reencontrar a família nos reinos celestiais.

Algo instintivo me dominou e me fez montar em cima dele, posicionar as pernas ao redor de sua cintura e começar a comprimir seu peito. Podia não ser uma técnica mágica e sofisticada como a cura élfica, mas funcionava no mundo humano. Se o rosto dele estava roxo, era porque não estava conseguindo respirar, então eu respiraria por ele. Eu faria tudo o que pudesse para salvá-lo; eu não estava pronta para abrir mão dele.

Abaixei o tronco e pressionei meus lábios nos dele, beliscando seu nariz com os dedos e expirando. Foi como se um raio tivesse atingido minha espinha: uma descarga elétrica irrompeu por minhas costas e a respiração que soprei em sua boca saiu... roxa. Pequenos filetes escaparam de seus lábios entreabertos, apesar dos meus melhores esforços. Ofeguei, tomando um pouco do sopro roxo de volta na boca, e foi quando ele tossiu, a tonalidade azul foi deixando seu rosto, mudando para um vermelho violento, e depois pêssego.

Ele olhou para mim com os olhos arregalados, com o peito arfando, e eu continuava sentada em cima dele, olhando para baixo em completa e absoluta perplexidade.

— Seu idiota! — gritei, batendo em seu peito. — Achei que você estivesse morrendo!

Ele pegou minha mão no ar, suas pálpebras pesavam.

— Eu estava, e se você não sair de cima de mim, meu corpo vai acabar mostrando o quanto me sinto vivo agora.

Raife olhou para a própria virilha e para as minhas pernas montadas nela e eu corei, rolando de cima dele e caindo no chão, ao seu lado.

Ele se sentou, apoiou os braços nos joelhos, e passou os dedos pelo cabelo.

— O que aconteceu? — perguntei. — Você… você não deveria ter feito aquilo. Não sou tão valiosa.

A vida dele era muito mais importante que a minha.

Ele me lançou um longo olhar de soslaio, abriu a boca para falar, e então as portas da cozinha se abriram. Era a sra. Tirth.

— O chef fugiu. Lottie disse que havia veneno. Estão todos bem? — Ela olhou freneticamente de mim para o rei.

Raife levantou-se com os punhos cerrados.

— Fugiu para onde? — rosnou.

A sra. Tirth engoliu em seco.

— Para os jardins, milorde. Minutos atrás…

Raife disparou do salão e atravessou a cozinha, pelo visto atrás do chef que tinha acabado de tentar matar nós dois.

Foi nesse exato momento em que tive um colapso mental. Soluços sacudiram meu peito ao processar tudo o que havia acabado de acontecer.

— Oh, céus. — A sra. Tirth se agachou ao meu lado e me ajudou a ficar de pé. — Ele curou você? — Ela parecia não entender como eu ainda estava viva.

Balancei a cabeça.

E depois eu o curei de volta… eu acho, quis dizer, mas não fiz isso. Não sabia o que era aquele sopro roxo, mas foi esquisito e eu estava abalada demais para processar direito.

— O que aconteceu com o seu cabelo? — Ela estendeu a mão e tocou em meu cabelo.

Franzi o cenho, confusa com o que ela queria dizer, então vi uma grossa mecha branca no meu cabelo castanho.

Foi demais para suportar. Apenas balancei a cabeça e voltei a chorar.

— Tenha calma, querida. Está tudo bem.

Ela me puxou para um abraço que me lembrou de minha doce tia. Como eu sentia saudade dela e de seus abraços apertados. Eu me perguntei o que ela estaria fazendo agora e se estava preocupada comigo. Se ela suspeitasse de como cheguei perto da morte, enlouqueceria de vez.

Depois que a sra. Tirth me acompanhou de volta aos meus aposentos, tirei o vestido e mergulhei num banho quente. Após o banho, vesti uma camisola curta de cetim azul e decidi ler junto à janela para me distrair. Eu adorava ciências e matemática, mas em dias como aquele, só um romance serviria. Por sorte, o rei tinha muitos em sua biblioteca – imagino que eram de suas irmãs ou mesmo de sua mãe.

O exemplar em que eu estava de olho era de J. Hall. Era sobre um ser alado caído chamado de anjo e sua alma gêmea. Acariciei a pena dourada gravada na capa e me assustei com uma breve batida à porta.

Larguei o livro e me levantei assim que o bilhete branco passou pela fresta.

Prendi a respiração quando o abri.

Era mais longo do que todos os outros e levei-o comigo para ler no sofá.

> *Espero que você esteja bem. Não queria acordar você caso estivesse descansando.*
> *Obrigado por me salvar.*
> *Lottie também é um Não. Ela disse para a sra.*

Tirth que não poderia viver sempre com medo de ser envenenada.

De volta à estaca zero amanhã? Os anciãos querem uma reunião logo cedo.

– Raife

• • •

Acariciei as palavras: *espero que você esteja bem*. Nunca, em um milhão de anos, pensei que estaria a serviço de um rei para pagar minhas dívidas, e não esperava que ele fosse um homem decente. Reis eram babacas, canalhas ricos que se achavam superiores e nunca deixavam ninguém dizer o que pensava. Mas Raife não. Era meu trabalho encontrar uma esposa para ele e, *por Hades*, eu encontraria. Eu sabia agora, mais do que nunca, como era importante convencer o conselho a apoiar sua guerra. A rainha jamais o deixaria em paz e faria o mesmo com sua futura esposa, seus filhos. Se Raife e seu exército tivessem mesmo uma chance de acabar com ela, eu queria ajudá-lo. Isso tornaria Obscúria um caos por um curto período, mas depois um dos filhos mais equilibrados de Zafira assumiria o controle. O primogênito e psicopata oficial da família havia sido morto alguns meses antes por Drae Valdren, o rei-dragão. Agora, só restavam seis, que pareciam decentemente normais quando se tratava de governo. Bem diferentes do monstro que era a mãe deles.

Eu mal preguei os olhos. Em vez disso, enchi páginas e mais páginas de ideias. Depois de eliminar a maioria, cheguei às três mais plausíveis e as escrevi na minha melhor letra cursiva.

1. Um casamento arranjado como o povo feérico, com uma família nobre, em que Raife pagará uma espécie de dote e a mulher concordará sem nem mesmo vê-lo;

2. Um grande baile com a presença de todas as mulheres de Arquemírea. Ele escolheria a mais bonita depois de uma noite toda dançando e faria o pedido no dia seguinte;

3. E, por último, uma ideia totalmente desesperada: um casamento falso. Uma amiga ou antiga amante que concordaria com uma farsa para convencer o conselho de que ele estava comprometido e teria herdeiros, podendo, assim, financiar sua guerra. Talvez a Dara?

Pela manhã, usando um vestido de veludo azul amassado, com um espartilho sem mangas, peguei com orgulho meu pequeno pergaminho com as ideias de casamento.

A reunião com o conselho seria em cinco minutos, e depois de ouvirmos o que eles tinham a dizer, eu havia reservado um tempo para Raife e eu discutirmos minhas ideias e qual delas ele gostaria.

Fiz uma parada na cozinha, onde encontrei a sra. Tirth com um semblante preocupado, enquanto o resto da equipe limpava e lavava a louça ao seu redor. Todos pareciam mal-humorados e o clima estava pesado.

— O rei decidiu jejuar hoje — informou ela.

Senti um aperto no estômago. Raife estava com medo demais para comer. Depois da noite anterior, ele preferia ficar com fome a ser envenenado novamente. Eu não o culpava.

— Já se sabe alguma coisa sobre o veneno usado?

Ela balançou a cabeça.

— A mistura especial da rainha. Sem gosto, sem cheiro e agora leva pelo menos cinco minutos para fazer efeito.

Peguei uma maçã e dei uma mordida, decidindo comer apenas a fruta de café da manhã. Com certeza não haveria como injetar veneno em uma maçã, haveria?

Depois de engolir a única mordida, me perguntei se *poderia* haver e a joguei no lixo.

— Quando o chef Brulier vai voltar? — perguntei.

Ela deu de ombros.

— A mãe dele está morrendo. Velhice, nada que se possa fazer.

Ele era o único chef em quem eu confiava.

— Muito bem. Até ele voltar, *eu* vou cozinhar todas as refeições do rei e as minhas — informei.

Metade dos funcionários da cozinha parou e se virou para mim.

A sra. Tirth franziu a testa.

— Você cozinha?

Dei de ombros.

— Mantive a minha tia e eu vivas. É tão difícil assim? Vocês estão todos dispensados até novo aviso! — falei alto.

Eles congelaram, olhando preocupados da sra. Tirth para mim.

— Vocês a ouviram — disse Raife atrás de mim, me dando um leve susto.

Eles interromperam o que estavam fazendo e começaram a se retirar. A sra. Tirth sentiu que era um momento íntimo e decidiu sair também.

— Você sabe cozinhar? — ele perguntou.

Eu me virei, olhando-o com atenção. Ele usava uma túnica de gola alta de seda cinza e seu cabelo estava preso num coque na nuca. As olheiras sob os olhos indicavam que ele também não havia dormido muito.

— Pode não ser do agrado de um rei, mas sei fazer ensopado e pães mais simples. Posso nos manter alimentados e não envenenados.

Ele coçou o queixo.

— Achei que você odiasse lavar a louça.

— E odeio. Não vou lavar. Vamos chamar as criadas de volta todas as noites para limpar.

Um sorriso puxou seus lábios e seu olhar viajou de cima a baixo pelo meu vestido. Meu corpo esquentou quando ele fez isso; eu esperava que fosse de excitação, e não por causa de algum veneno injetado na minha maçã. Eu queria perguntar o que havia acontecido na noite anterior, o que foi aquele sopro roxo curativo, por que ele ficava tão bem em uma simples túnica de seda cinza...

— Está tudo bem? — Ele estendeu o braço e deslizou o dorso da mão pela lateral do meu pescoço, continuando pela garganta, até chegar à clavícula.

Congelei e ao mesmo tempo derreti com o toque.

Ele afastou a mão como se percebesse o que estava fazendo.

— Quer dizer, a minha garganta continua um pouco arranhada — continuou.

Balancei a cabeça.

— Estou bem... fisicamente.

— E emocionalmente?

— Um desastre total — confirmei, o que o fez cair na gargalhada.

Por Hades, que som apaixonante. Não pude deixar de sorrir, sua felicidade era contagiante.

— Bom, então somos dois — confessou Raife, olhando para minha maçã mordida no lixo.

Mexi na mecha branca em meu cabelo, na região da nuca, e Raife estendeu a mão para tocá-la.

— Passei na biblioteca tarde da noite e li que um evento traumático pode fazer com que o cabelo fique branco — disse ele.

— Pode?

Ele afirmou com a cabeça, e eu torci e prendi o cabelo num coque para que nenhum de nós tivesse que olhar para aquilo.

— O conselho está esperando — avisei.

Eu ainda queria perguntar o que era o sopro roxo; mas, sinceramente, não sabia se conseguiria lidar com a resposta. Eu o havia salvado? Foi isso mesmo que aconteceu? Porque se fosse, eu começaria a surtar, então não queria mais pensar no assunto.

Ele gesticulou para que eu fosse à frente, e apoiou a mão na minha lombar para me conduzir pela cozinha. Eu me virei e olhei para o pequeno cômodo.

— Instale dois de seus Flechas Reais de maior confiança em cada entrada e saída da cozinha. Ninguém entra ou sai, exceto eu e quem lava os pratos. *Ninguém* mais. Nem a sra. Tirth. Esta é a minha cozinha agora. — Eu gostava dessa mulher, mas não confiava mais em ninguém.

O rei franziu a testa, parecendo preocupado, mas concordou.

◆ ◆ ◆

A reunião com o conselho foi mais intensa do que eu tinha imaginado.

— Lamento ouvir sobre mais uma tentativa de assassinato — disse Haig. — Mas esta é a prova de que precisamos que o senhor se case e constitua uma família para não ser exterminado pela rainha de Obscúria.

Raife esfregou a ponta do nariz.

— Estou providenciando isso.

— Está? — perguntou Aron. — Porque as mães disseram que o senhor não chamou nenhuma das moças para um segundo encontro.

Raife olhou para mim, suplicante, e levantei o pedaço de pergaminho contendo minhas ideias.

— Na verdade, senhores, estou com a seleção do rei bem aqui. Vamos repassá-la depois da reunião. Escolher uma mulher com quem passar o resto da vida não é pouca coisa. Os senhores são casados, devem saber bem disso — aleguei, olhando para os anéis élficos nos dedos anelares.

Eu sabia que Raife podia sentir o cheiro da mentira, mas ele não se importaria.

Os membros do conselho se ajeitaram nos assentos.

— Queremos um pedido oficial até o fim da semana. Casamento no próximo mês e um herdeiro no próximo ano. Entendeu, rapaz? — perguntou Haig, com a voz austera de um pai carinhoso.

Raife suspirou.

— Entendi.

Aff. Isso não deixava mesmo muito tempo para se apaixonar e viajar pelo campo, nem para um casal crescer junto antes de colocar um bebê chorão na história. Não me leve a mal, eu adorava crianças. Bebês eram sinônimo de vida nova e alegria, mas também ocupavam todos os dias e todas as noites, e a vida nunca mais era a mesma depois que se tinha um. Eu queria pelo menos cinco anos sozinha com meu marido antes de ser mãe.

Pobre Raife.

Toda a sua vida era ditada pelo conselho, pelo reino, por essa vida. O conselho nos desejou um bom-dia e saiu da sala, fechando a porta. Raife se virou para mim e olhou para o pergaminho.

— Seleção, é?

Dei de ombros.

— Quer dizer, não é de todo mentira. É uma listinha de ideias. — Entreguei a lista para ele.

Ele leu tudo, seus olhos iam do pergaminho para mim e de volta para o pergaminho. Ele voltou a olhar para mim e coçou o queixo, mordendo o lábio inferior.

— Talvez você esteja no caminho certo, Lani.

O apelido carinhoso me pegou de surpresa.

Lani. Era como minha tia e amigos próximos me chamavam.

— Ah. De qual delas gostou? — Me inclinei para a frente e o vi sublinhando com o dedo a terceira opção, a mais desesperada.

Casamento falso.

— Quer dizer… esse é o último recurso, depois do baile e…

— Não quero baile nem nada grandioso e demorado. Quero me casar, tirar o conselho do meu pé e obter o financiamento para a minha guerra.

Meu coração doeu um pouco por ele não querer a opção do amor verdadeiro. Teria sido divertido planejar um grande baile.

— Muito bem. Já tem alguém de confiança em mente que concordaria com esse arranjo? Quem sabe… a Dara? — Dizer isso me matou. Eu não sabia por que sentia ciúmes de sua meretriz, mas sentia.

Seu rosto ficou vermelho e ele balançou a cabeça.

— Ela não é… mulher para casar.

Escondi o alívio que senti.

— Bem, quem o senhor tem em mente?

Ele me encarou por um tempo desconfortavelmente longo. Deixando o pergaminho na mesa, ele estendeu o braço e pegou minha mão.

— Você.

Agora foi um choque completo e total que senti.

— Eu?

— Já passamos o dia todo juntos mesmo, todas as refeições, todas essas reuniões. O conselho acreditaria piamente nisso, e você se tornou uma grande amiga para mim. Eu gosto muito de passar um tempo com você.

Grande. Amiga. Foi como uma punhalada no coração. Fiquei com medo de que ele de alguma forma sentisse a dor, então discretamente tirei minha mão da dele.

— Ah — respondi, me levantando e começando a andar pela sala.

O que está acontecendo?

— Você está nervosa.

— Só processando um casamento falso com o rei dos elfos — brinquei.

Ele inclinou a cabeça.

— Claro que eu aumentaria seu salário. Teria que ser crível. Não posso permitir que o conselho fique sabendo disso no meio de uma guerra com a rainha de Obscúria e com isso retire o meu financiamento.

Aumentar meu salário. Uma posição *remunerada*. *Caramba*. A punhalada no meu coração se aprofundou.

— Você não disse nada — continuou, o nervosismo transparecia em sua voz.

— Ainda estou processando. — Dei algumas voltas no pequeno cômodo, deixando rastros no tapete.

Um casamento falso com o rei. Tipo… com direito a beijos, dividir a cama e tudo mais?

— A gente… consumaria esse casamento? — perguntei, corando.

Ele pareceu surpreso com a pergunta.

— Não. Seria de mentira. Ninguém precisa saber o que se passa entre quatro paredes. Mas seria necessário dar as mãos e um beijo de vez em quando.

Grande. Amiga.

Eu já havia pensado em beijá-lo – antes de ele me chamar de sua *grande amiga*. Agora eu só queria morrer. Fiquei grata por ser eu a empática, não ele.

— Aumentar meu salário seria estranho. Não sou uma prostituta — desabafei finalmente, me virando para encará-lo.

Ele se encolheu como se eu o tivesse estapeado.

— E não te vejo como uma. Eu *jamais* pensaria assim. Eu só estava tentando tornar o arranjo atraente para você.

— De quanto tempo estamos falando?

Eu estava mesmo considerando isso?

— O tempo que levar para eu vencer a guerra contra a rainha. Já consegui que o rei de Escamabrasa concorde em se juntar a mim. Agora preciso conversar com Lucien Almabrava e Axil Lunaferis.

Caramba, ele já tinha a palavra do rei-dragão, e ia atrás do rei feérico e do rei-lobo?

— Vocês pretendem ir atrás da rainha juntos? — perguntei surpresa.

— Só assim vai funcionar. Infelizmente ela é poderosa demais de outra forma.

Ele tinha razão. Eu estava me sentindo mais confiante sobre seus esforços de guerra agora que sabia que ele planejara envolver os outros.

— Quero ver a minha tia curada — declarei. — Não quero mais dinheiro, mas quero que extradite a minha tia e a cure, e arranje um lar para ela aqui. Não quero que ela more em Obscúria se está pretendendo iniciar uma guerra lá.

Ele se levantou.

— Feito. Lamento não ter me oferecido para curá-la antes.

Feito? Fácil assim? Eu me perguntei o que mais poderia ter pedido.

— O conselho disse que espera um filho para o ano que vem — observei, ficando vermelha mais uma vez.

— Direi que estamos tentando. Você é metade humana, fator que podemos culpar por alguns anos.

Santo Hades, eu estava mesmo aceitando participar disso?

Raife contornou a mesa e pegou minhas mãos.

— Kailani, desde que eu tinha quatorze anos e a rainha me roubou o privilégio de ter uma família, jurei me vingar. Jurei fazer justiça por minha mãe, meu pai, Trini, Raelin, Dane, Akara, Gwen e Sabe.

Ouvir esses nomes trouxe lágrimas aos meus olhos. Eu podia sentir as emoções passando por ele, como ondas. Empolgação com a ideia que poderia funcionar para apaziguar o conselho, raiva da rainha, um sentimento de proteção e adoração por mim.

Ele afastou as mãos e pigarreou.

— Me faça esse favor e eu não vou negar nada a você. Enquanto eu viver, tudo o que você pedir, eu concederei. Por favor, Lani.

Nossa. Ele estava quase implorando.

Então nos casaríamos, derrotaríamos a rainha e depois nos divorciaríamos? Acho que existiam maneiras piores de passar meus vinte e poucos anos.

— Tudo bem, Raife. Vou fazer isso. Por você e pela sua família.

Ele sorriu, correndo para me erguer do chão. Seus braços envolveram a parte de trás de minhas coxas, e ele me levantou e me girou. O riso borbulhou de mim enquanto a mais pura euforia correu por nós dois. Naquele momento, ser uma empática foi uma coisa maravilhosa. Sentir a alegria de outra pessoa, compartilhar sua euforia, era lindo.

Então ele me pôs no chão e bateu com a mão aberta na mesa, entusiasmado.

— Temos um casamento para planejar. E depois uma guerra.

Tipo, não era bem o que uma noiva gostaria de ouvir, mas eu aceitaria.

Alguma vez você já se perguntou como sua vida chegou ao momento atual? Em pé, do outro lado da porta da reunião que Raife estava tendo com seu conselho, me perguntei como a minha havia chegado ali. Toquei o delicado ouro élfico em formato de redemoinho que enlaçava meu dedo anelar. Eu havia acabado de vir da costureira, dando-lhe ideias sobre como desenhar meu vestido de noiva falso para usar no meu casamento falso.

Pressionei o ouvido na porta enquanto Haig berrava:

— Ela é meio humana, fraca, um risco!

Eu me encolhi.

Raife praticamente rosnou:

— *Não* ouse falar de minha futura esposa e *sua* futura rainha desse jeito.

— Milorde, quero apenas dizer que qualquer filho que o senhor tenha pode ter o dom de cura comprometido se a linhagem humana dela for mai…

— Ela é uma empática — declarou Raife, e a sala explodiu em suspiros.

Meu coração martelava na garganta com a revelação do que eu achava ser o *meu* segredo.

— Tem certeza disso? — perguntou Haig, o choque aparente na voz.

— Não insulte a minha inteligência — disse Raife.

— Será que podemos nos concentrar na informação de que o rei finalmente está noivo? — interrompeu Foxworth. — É uma boa notícia. Quando será o casamento?

— No próximo mês. Mal podemos esperar para nos casarmos — acrescentou Raife às pressas.

Ele mal podia esperar para começar uma guerra com a rainha, foi o que ele quis dizer.

Uma risada profunda veio da sala. Não reconheci quem era até ouvir a voz de Greylin:

— Todo aquele flerte e olhares demorados para ela… Eu sabia que vocês estavam se apaixonando.

Fiquei vermelha, desejando que fosse verdade.

Raife pigarreou.

— O que posso dizer? Ela é linda, e inteligente, e… todas as coisas que podemos querer numa parceira.

Ah, como eu queria sentir o cheiro de mentira!

— Devemos organizar uma festa de noivado amanhã. A corte ficará feliz em saber que o senhor tomou uma decisão. Talvez agora as perguntas diárias das mães cessem — acrescentou Haig meio aborrecido.

As mães estavam abordando Haig e perguntando sobre quando Raife iria escolher? Agora eu me senti um pouquinho mal.

Embora uma festa de noivado no dia seguinte parecesse precoce demais, Raife concordou de imediato.

— Vou pedir para que o meu planejador de eventos prepare tudo.

Ao som das cadeiras se arrastando para trás, pulei do corredor para a parede oposta, ainda apertando minhas anotações e a programação do rei para o resto do dia. Quando a porta se abriu, Haig foi o primeiro a me ver.

Ele me olhou dos pés à cabeça com desconfiança antes de parar no anel de noivado em meu dedo, e seu semblante relaxou.

— Parabéns, Kailani. Mal podemos esperar para as núpcias.

Dei a ele um sorriso de orelha a orelha, interpretando o papel de recém-noiva animada.

— Obrigada, senhor.

Os outros membros do conselho saíram, cada um me parabenizando, então seguiram pelo longo corredor para alguma parte do castelo que eu ainda não havia explorado.

Raife parou diante de mim, observando meu vestido lavanda com um profundo decote em V e mangas transparentes.

— Foxworth e Greylin estão satisfeitos — sussurrou. — Mas precisamos convencer Haig e Aron.

Engoli em seco.

— Convencer?

— Sabe como é, sobre estarmos apaixonados de verdade.

Ah, é.

Joguei o cabelo para trás.

— Bem, não é para me gabar nem nada, mas tirei as melhores notas na aula de teatro no meu último ano.

Raife sorriu, o que o deixava insanamente bonito.

— Também fiz teatro. Excelentes notas.

— Que comecem os jogos, então — desafiei.

Ele estendeu a mão e entrelaçou os dedos nos meus devagar para acariciarem minha palma, desencadeando um calor em meu peito e rosto.

— Vamos almoçar agora, meu bem? — ronronou, caindo facilmente na atuação, e meu estômago ficou apertado.

Eu simplesmente balancei a cabeça, incapaz de responder por medo de minha voz falhar. Ser casada de mentira com um monstrengo cheio de verrugas no nariz envolveria uma atuação excepcional. Já fingir estar apaixonada por Raife Luminare era fácil até demais.

◆　◆　◆

Depois que preparei nosso almoço, Raife se ofereceu para lavar a louça, insistindo que chamar outra pessoa para nossa cozinha "segura" era arriscado.

Fiz careta, colocando os pratos na pia.

— Você é rei. Já lavou um único prato na vida?

Ele deu de ombros, pegando o prato sujo e olhando para a escova.

— Sou o homem mais bem instruído deste castelo, é tão difícil assim?

Ele pegou a barra de sabão e esfregou no prato, fazendo pequenos círculos e misturando a comida ao sabão. Tentei cobrir a boca e conter a risada, mas deixei escapar uma bufada. Raife olhou para mim.

— Perdão, meu amor... — pratiquei o apelido carinhoso. Raife e eu havíamos concordado que, mesmo a sós, fingiríamos que estávamos noivos e apaixonados, assim não nos confundiríamos demais com os papéis. — O sabão vai na escova, depois a escova vai no prato e faz bolhinhas.

Ele fez careta.

— Sempre há mais de uma maneira de fazer tudo.

— Mas só com essa o sabão continua limpo e sem migalhas.

Ele pôs a mão debaixo da água corrente e espirrou um pouco em mim de brincadeira, me fazendo gritar e tropeçar para trás.

— Você fica sexy quando dá uma de sabe-tudo.

Prendi a respiração. Isso era mais que atuação. Não era?

Grande amiga, ele me chamou de grande amiga, lembrei a mim mesma.

— Eu tento. — Dei de ombros, tentando parecer fofa, sem saber o que mais fazer. Ouvir Raife Luminare me chamar de sexy fez todo o sangue correr da minha cabeça para outro lugar.

— Tudo bem por você fazer essa festa de noivado de última hora? Desculpa não ter tido tempo de perguntar.

Foi muita consideração da parte dele perguntar como eu me sentia. Confirmei com a cabeça.

— Sim, mas não faço ideia do que vestir.

Raife riu; ele sabia como eu adorava moda.

— Por que não tira o resto do dia de folga para visitar Samarah e escolher seu modelo e tecido?

— Sério? — perguntei com um gritinho.

Quando ele anuiu, corri na sua direção, ficando na ponta dos pés para dar um beijo rápido em seu rosto.

Senti seu corpo enrijecer sob o meu, então corri da cozinha atrás da costureira. Eu precisava de um vestido que deslumbrasse o reino inteiro, ou pelo menos Raife Luminare.

O dia seguinte passou voando. Tivemos reuniões e sessões de cura até uma hora antes da festa. O bufê do evento era de uma empresa local que teve a honra de organizar tudo na ausência do chef de cozinha. Raife e eu concordamos que era arriscado demais comermos no evento e que jantaríamos antes, o que havíamos acabado de fazer.

— Preciso me arrumar — avisei.

Ele acenou com a cabeça, lendo alguns pergaminhos.

— Vejo você lá, amor — disse ele, distraído.

Havia um mordomo na sala pegando nossos pratos, então eu sabia que a exibição era para ele, mas não pude negar que ouvi-lo me chamar de "amor" mexeu de um jeito engraçado comigo.

Corri de volta para o quarto e encontrei duas assistentes de Samarah lá, esperando para me vestir.

— Que o Criador abençoe vocês — desejei, enquanto nós três entrávamos correndo.

Tirei depressa a roupa de baixo, enquanto elas passavam o volumoso vestido roxo-escuro pela minha cabeça.

Quando começaram a apertar o espartilho nas costas, observei o detalhado trabalho de contas e o capricho.

— Vocês devem ter costurado a noite toda — murmurei, maravilhada.

Uma delas bocejou e balançou a cabeça.

— Samarah já está dormindo. Faremos isso logo, logo.

Estendi o braço e segurei as mãos das duas.

— Obrigada. Fico muito grata a vocês.

As duas sorriram para mim.

— Claro, Kailani. É uma grande honra.

Depois que terminaram com meu vestido, calcei sapatos de salto prateados e me sentei para elas trançarem meu cabelo admiravelmente.

Houve uma batida à porta e uma das criadas atendeu.

— Um presente do rei — disse uma voz masculina que reconheci.

Um presente de Raife?

Espiei por cima do ombro e vi um dos Flechas Reais de confiança de Raife na porta. A moça aceitou o presente e trouxe o pacotinho para mim.

Estava envolto em seda azul-clara. Quando desembrulhei, encontrei um lindo frasco de vidro com perfume.

Havia um bilhete.

Pensei que ficaria incrível em você
– Raife

Meu coração começou a martelar com o gesto romântico. As moças que penteavam meu cabelo devem ter espiado por cima do meu ombro e lido o bilhete, porque uma delas suspirou.

— Que fofo.

Sorri, sem saber se o presente e o desejo de sentir o perfume em mim eram verdadeiros ou parte da farsa.

Quando terminaram, as meninas saíram e eu borrifei duas vezes a fragrância: uma no pulso e outra no pescoço. Após inalar fundo, sorri. Era *delicioso*.

Houve mais uma batida, e eu atravessei a sala e abri a porta.

Raife estava parado do lado de fora em uma túnica de seda cinza--escura de gola alta. Seu cabelo estava penteado para trás num rabo de cavalo na nuca, e de repente esqueci de como falar.

— Uau — disse ele, me olhando de cima a baixo.

Sorri de orelha a orelha.

— Recebi seu presente.

Dando um passo à frente, levantei o pulso e o aproximei de seu nariz. Ele pegou minha mão e me puxou para mais perto, de modo que eu estivesse a apenas alguns centímetros de distância. Inclinando o nariz para meu pulso, ele inalou e enviou um arrepio pela minha espinha.

Suas emoções estavam vindo para mim com tudo, e nenhuma delas tinha a ver com tristeza ou raiva, como em geral acontecia. Elas tinham a ver com desejo e satisfação.

— Pronto, milorde? — perguntou um Flecha Real no corredor, me despertando do transe.

Raife soltou minha mão e passou os dedos pelos meus, mais uma vez acariciando minha palma enquanto fazia isso. Era um gesto sutil e já familiar, mas eu não sabia se ele tinha noção de que me causava tanto prazer.

Caminhando pelo corredor de mãos dadas, acenamos para os funcionários enfileirados para nos ver.

— Parabéns, milorde — disse um deles.

— Desejamos muitos anos de felicidade, Alteza — disse outro.

Ele agradeceu, sorriu e acenou até chegarmos às portas abertas do grande salão de festas. De repente, ao ouvir as centenas de vozes vindas do lado de dentro, fiquei nervosa, minhas palmas ficaram escorregadias de suor.

Raife olhou de soslaio para mim.

— A mesma mulher que uma vez nocauteou um traficante de escravos está... com medo?

Dei um leve soco em seu braço, fazendo com que os Flechas Reais ficassem tensos ao nosso lado.

— Medo não. Só estou... nervosa.

Raife sorriu.

— Dá no mesmo.

— Não dá, não — rebati.

Antes que pudéssemos continuar aquela conversa, Raife me puxou para dentro do salão. Então mais de cem pares de olhos recaíram sobre nós.

Criador, socorro. Eu odiava multidões. Eu só queria ir para casa e me enfiar debaixo das cobertas com um bom livro.

Como se sentisse meu desejo de fugir, Raife me puxou para mais perto e levantou a mão para acenar para as hordas de pessoas, que agora batiam palmas.

Todos vestiam suas melhores sedas; havia música ao vivo, e duas grandes mesas de bufê foram alinhadas nas paredes. Havia até decorações com faixas de seda prateada e flores roxas. Eu estava surpresa por a equipe do castelo ter conseguido organizar um evento tão grandioso em tão pouco tempo.

Pessoas correram para formar uma fila e cumprimentar o rei e eu. Elas falavam com entusiasmo sobre o casamento e nos desejavam felicidades e muitos filhos. Raife lidou com todas as conversas e sorrisos como um campeão. Ele tinha nascido para aquilo. Eu, porém, só seguia sua deixa, sorrindo sem jeito e agradecendo às pessoas com o mínimo de palavras possível.

O tempo todo, Raife estava nos levando pouco a pouco para o meio da pista de dança, e assim que chegamos lá, a banda parou no meio da música e recomeçou a tocar. Dessa vez, era uma música mais lenta, muito romântica.

A multidão entendeu a deixa e se afastou, formando um grande círculo ao nosso redor. Raife pôs as mãos em minha cintura e sussurrou em meu ouvido:

— Vamos dançar.

Meu corpo derreteu com seu toque. Sem dizer uma palavra, apoiei os braços em seus ombros, entrelacei os dedos em volta de seu pescoço e me afastei para olhar em seus olhos azul-acinzentados, deixando-o guiar a dança.

Ele estava me olhando com uma intensidade que não consegui decifrar. Eu podia sentir as emoções se agitando dentro dele. A mais predominante era… medo. Quis perguntar o que ele temia, mas não era o momento.

Ele se inclinou mais uma vez e sussurrou junto ao meu pescoço:

— Me prometa uma coisa, Lani.

— Qualquer coisa — respondi de imediato. Eu era como barro em suas mãos, sob um feitiço que eu nem percebera que ele havia lançado. Tudo se misturava. Mentira ou verdade, eu já não sabia. Eu só queria ficar daquele jeito para sempre.

— Me prometa que não vai se apaixonar por mim — sussurrou ele, e eu enrijeci quando ele se afastou para olhar em meus olhos.

Mentira. Isso tudo era *mentira*. Eu precisava me lembrar disso. Ele estava me alertando sobre isso.

Concordei com a cabeça e descansei-a em seu ombro para que ele não me visse lacrimejando.

Acreditar que eu poderia estar em um casamento falso com Raife Luminare sem me magoar começava a parecer cada vez menos provável.

Ó Criador, onde é que fui me meter?

Pela manhã, acordei com um humor estranho. Eu havia me deixado levar pelo noivado com Raife e tudo desabou quando ele me disse, sem rodeios, para não me apaixonar por ele. Agora eu faria um esforço intencional para sempre me lembrar de que era tudo ilusão. Raife era meu empregador. Raife era um acordo comercial. Raife seria meu marido *de mentira*.

Com isso em mente, me preparei para o dia como sempre fazia. Fiz o café da manhã para nós dois, conduzi suas reuniões e depois tirei uma pausa para o almoço.

Depois do almoço, ele lavou a louça, um ato que antes eu considerava romântico, mas que agora considerava um dever a fim de manter a cozinha livre de venenos.

— Os Flechas Reais vão me levar mais tarde para beber e comemorar — disse Raife enquanto esfregava o prato com a escova sem nenhuma técnica. — Quando fazemos isso, as esposas têm uma espécie de noite social. Uma aula de artesanato ou algo assim. Gostaria de uma?

Trabalhos manuais? Tipo, prefiro um clube do livro, mas não me importaria de fazer algumas amigas, ainda mais se ia me tornar rainha.

Eu ainda não havia processado o fato de que não apenas me casaria com o rei dos elfos, como também me tornaria a rainha do povo. Uma rainha falsa, mas ainda assim uma rainha.

— Claro. Eu adoraria.

— Vou levar você para a casa da mulher de Cahal logo após o jantar.

Torci as mãos com nervosismo, um pouco tímida para abordar o próximo assunto.

— Já pensou em como vai trazer a minha tia para cá e curá-la?

Ele colocou os pratos no escorredor e fechou a torneira. De frente para mim, secou as mãos em uma toalha.

— Dei minha palavra e prometo que vou trazê-la para cá e curá-la em breve, mas acho que não posso fazer isso antes do casamento.

Um mês? Ela teria que esperar mais um mês se preocupando com o meu bem-estar? Ela já devia estar pensando que eu tinha sido vendida para o cruel rei feérico e passava os dias acorrentada.

— A razão é que tirar alguém assim do território de Obscúria não é tarefa tão simples. Exigirá que uma dúzia de leis sejam quebradas, que centenas de moedas de ouro sejam gastas, e vidas poderão ser perdidas. Terei que obter a aprovação do conselho e temo que eles não aprovem até você ser a rainha.

Caramba, vidas perdidas, leis quebradas… Eu não havia mesmo pensado direito quando pedi que ele fizesse isso. Minha tia tinha mais um mês de medicação para suas convulsões, o que era arriscado, mas concordei. Ela ficaria bem por mais um mês.

— Obrigada.

O resto do dia passou com os afazeres habituais que constituíam a vida do rei. Ele estava enfurnado na enfermaria, curando pelas últimas três horas, enquanto eu preparava um jantar simples com ovos cozidos, carne grelhada e salada.

Eu não sabia cozinhar aqueles salgados e doces chiques, mas Raife não reclamava e eu estava gostando de não temer pela minha vida toda vez que mastigava e engolia alguma coisa.

A hora do jantar chegou, passou e o rei ainda não havia voltado da enfermaria, então resolvi colocar a comida coberta por tampas de aço em uma cesta e conferir por que ele estava demorando tanto. Após entrar na recepção da enfermaria, acenei para a curandeira de plantão, que me reconheceu.

— Ele está em cirurgia há horas. Uma criança de quatro anos caiu e ficou empalada. Não sei se vai sobreviver.

Meu santo Criador.

Isso parecia terrível, e eu sabia que os casos com crianças afetavam Raife mais do que com adultos. Elas o lembravam dos irmãos que ele não conseguiu salvar.

Deixando a cesta de jantar com ela e pedindo-lhe para cuidar dela para mim, atravessei o corredor em busca do rei.

Eu o encontrei na sala de cirurgia, curvado sobre o corpo sem vida de uma criança com sangue *por toda parte*. Arfei ao ver a cena horrível através do vidro.

— Não consigo fazer sangue correr do nada! — vociferou Raife para uma enfermeira.

Não havia família na sala de observação e eu sabia o porquê. Era uma cena traumática demais. Eles deviam estar na sala de espera, rezando para o Criador proteger seu bebê. De repente fui tomada por uma calma repentina, e aquele mesmo impulso instintivo que tive quando o rei estava morrendo brotou dentro de mim. Saindo depressa da área de observação, atravessei as portas duplas para a sala de cirurgia.

Quando eu já estava sob as luzes fortes e olhando a cena em primeira mão, Raife virou rápido o rosto na minha direção.

— Saia! — rugiu.

A enfermeira pareceu chocada com a explosão, mas o ignorei, apenas olhando para a menina sem vida na mesa. De alguma forma, eu sabia que sua alma estava prestes a deixar o corpo; ela estava às portas da morte. E por mais assustada que eu estivesse, não pude deixar de seguir meu instinto.

— Lani, não! — rosnou o rei quando atravessei a sala às pressas e estendi a mão para a criança. Segurando seu rosto, inclinei-o em minha direção e me debrucei, me preparando para pressionar meus lábios nos dela. — Eu proíbo! — gritou Raife em pânico, se lançando sobre mim.

Eu não sabia do que ele tinha medo, mas era tarde demais. Meus lábios tocaram os da criança e eu expirei. Dessa vez, não apertei o nariz dela nem pressionei os lábios com força – na verdade, eles mal tocaram os dela, mas o sopro roxo mágico que saiu de mim encheu os pulmões da criança e atravessou seu rosto. A enfermeira arfou ao mesmo tempo que a menininha, que começou a ter um acesso de tosse.

Raife me puxou para longe, segurando meus ombros com força, depois olhando para meu cabelo com um terror absoluto nos olhos.

Minhas mãos tremiam. Haveria outra mecha de cabelo branco? Se sim, o que significava? Estresse, como Raife havia dito? Eu não me sentia estressada.

— Ela é... abençoada. — A enfermeira suspirou, me olhando em estado de choque.

Abençoada? Ela disse isso como se fosse uma coisa conhecida. Uma pessoa, um nome.

— Mamãe — choramingou a menininha, se sentando sem esforço, como se não estivesse coberta de sangue e morrendo momentos antes.

Lágrimas correram pelo meu rosto enquanto a confusão se instalava. Eu tinha salvado a vida dela? Como era possível? O que era o sopro roxo?

Raife inclinou-se para a frente e descansou a testa na minha.

— Não posso te salvar do seu próprio coração — sussurrou, enviando sua confusão em ondas para mim.

O quê? Ele não pode me salvar do meu próprio coração? O que em nome de Hades aquilo significava?

Ele recuou.

— Srta. Baka. — Raife se voltou para a enfermeira, que consolava a criança assustada. — Vou precisar que assine uma declaração jurando manter em segredo a natureza dos poderes de cura da minha futura esposa. Ela se tornará a próxima rainha e é para a segurança máxima dela que isso não saia daqui.

Um pavor se instalou em meu estômago. Eu me perguntei se, quem sabe, por ignorância, curar a criança não tivesse sido a coisa mais inteligente a fazer. Não que eu soubesse que a curaria, mas também não mudaria se soubesse.

A enfermeira olhou do meu cabelo para o rei e de volta para a menina, balançando a cabeça freneticamente.

— Claro, milorde.

Raife estava irado e lançava olhares na minha direção com a mandíbula cerrada. Curvando-se, ele olhou a menina nos olhos.

— Eu curei você. Pronta para ir até os seus pais?

A menininha concordou, secando as lágrimas dos olhos, e Raife a pegou pela mão.

— Srta. Baka, pode levar a pequena Oaklyn de volta para os pais dela na sala de espera? Vou pedir para que alguém da minha equipe passe aqui com os pergaminhos mais tarde.

A enfermeira pareceu abalada ao concordar e, em seguida, puxou a menina para fora da sala. Quando as portas se fecharam, Raife olhou para a sala de exibição, aparentemente para garantir que estava vazia.

— Por que está bravo? — perguntei, nervosa, puxando fios do tecido do vestido.

Raife suspirou e beliscou a ponte do nariz.

— Você acabou de colocar um alvo nas costas. Um alvo do qual não precisamos.

Engoli em seco.

— Como assim? O que foi aquilo? Raife, me diga o que acabei de fazer. Você está escondendo alguma coisa.

Ele veio até mim, colocou uma mão sobre cada ombro meu, e me olhou bem nos olhos.

— Você é o que chamam de *abençoada*. Pode dar o *Sopro da Vida* e trazer alguém de volta da beira da morte, ou curar alguém de coisas incuráveis.

Não tive reação, apenas pisquei para ele em estado de choque.

— Isso é coisa de empáticos? Sua mãe podia fazer isso também?

Trazer alguém de volta da beira da morte? Isso não era possível.

Ele soltou meus ombros.

— Não, é algo bem diferente. Algo tão raro que chega a ser lenda. Não temos nem livros sobre isso, só histórias.

Tudo bem, era chocante, mas eu não pude deixar de ver isso como uma bênção, provavelmente o motivo que originou o nome.

— É uma maravilha poder salvar a vida de alguém, Raife. Não pode ser ruim.

— É terrível! — gritou ele, me assustando. — Os abençoados têm uma quantidade limitada de Sopros da Vida antes de doarem a própria vida e morrerem. Cada vez que o seu cabelo fica branco é porque doou um. Quando chegar ao último fio, você *morrerá*.

Cambaleei para trás, puxando o cabelo diante do rosto para ver. Ele tinha razão, mais uma mecha havia ficado branca desde que salvei a garotinha. Ainda maior do que quando salvei Raife. Talvez quanto mais energia usasse, mais fios ficavam brancos. E mais da minha vida era doada.

— Se você estivesse por perto quando eu tinha quatorze anos… minha família ainda estaria viva. — Ele estava com raiva, dava para sentir. Ele estava com raiva de mim por ter esse dom.

— Se eu estivesse por perto, eu os teria salvado, você sabe disso — declarei.

Ele flexionou o maxilar.

— Sei disso, mas se a notícia se espalhar, você será caçada. As pessoas vão te forçar a curar parentes, entes queridos. A própria rainha de Obscúria pode raptar você visando se tornar imortal.

Minhas mãos tremiam.

— Eu… eu não faria isso por ela! — retruquei.

Raife balançou a cabeça.

— Nem se ela encostasse uma faca no pescoço da sua tia? Ou de uma criança inocente?

Senti um aperto no estômago. Eu… eu faria qualquer coisa pela minha tia ou por um inocente.

— Você deveria ter me contado — desabafei, frustrada.

— Eu não tinha certeza — murmurou. — Eu estava semiconsciente da última vez e, como falei, eram apenas histórias que ouvi quando criança. Achei que a sua única mecha de cabelo branco fosse de estresse. — Ele estendeu a mão e tocou a nova mecha branca. — Agora vejo que não.

Por Hades. Ser confrontada com minha própria mortalidade aos dezenove anos estava me deixando meio enjoada. Ainda assim, não me arrependi.

— Não me arrependo de ter salvado a garotinha — afirmei, erguendo o queixo.

Raife entrelaçou os dedos e esfregou a nuca.

— Volte para o castelo e pinte o cabelo, Lani. Não podemos deixar isso se espalhar.

Franzi o cenho.

— Mas achei que íamos sair hoje à noite. Até trouxe o jantar...

— Perdi o apetite, Kailani — retrucou, soltando as mãos e atravessando a sala. Ele puxou a capa de um gancho na parede, veio até mim e cobriu meus ombros com ela. Depois, levantou o capuz e começou a enfiar meu cabelo debaixo dele com raiva.

Atordoada com sua ira, levantei a mão para acariciar a dele e senti um instinto de proteção inabalável. Era como um animal raivoso parado sobre uma presa que acabou de ser caçada. Uma possessividade selvagem e desenfreada borbulhava de Raife e vinha na minha direção. Esse instinto de proteção era medo pela minha segurança. Ele mataria por mim, morreria por mim, faria qualquer coisa para me manter segura.

Peguei sua mão e ele se acalmou.

— Vou ficar bem — prometi.

Ele puxou a mão da minha.

— Que seja — foi tudo o que disse, saindo da sala em seguida.

Embora tenha tentado, não consegui conter as lágrimas. Raife Luminare sem dúvida tinha uma maneira interessante de gostar de alguém. Era tudo confuso demais para suportar. Mantendo o capuz levantado, saí e passei pela recepção sem nem pegar a cesta de jantar que havia preparado. Talvez a enfermeira o tivesse envenenado. Assim era a minha vida agora, sentindo medo a cada esquina, tudo por causa da rainha de Obscúria e sua missão psicótica de livrar o reino de toda magia.

Meu estômago roncava. Aquele frango e os ovos cozidos que fiz pareciam um sonho agora.

A essa altura, eu já não sabia quem estava com mais vontade de matar a rainha: eu ou Raife.

◆　　◆　　◆

Depois de avisar à sra. Tirth que eu estava com alguns fios brancos precoces que desejava cobrir, ela saiu correndo e comprou uma tinta castanha para mim. Passei a noite inteira tingindo o cabelo – duas vezes até cobrir os luminosos fios prateados. Depois, morrendo de fome, fiz um segundo jantar.

Tomei um banho demorado, vesti a camisola e mergulhei no meu livro. A personagem não estava aceitando bem sua nova realidade de poder ver o reino espiritual. Parecia familiar. Eu bem que gostaria de tirar umas férias da minha realidade agora.

Houve uma batida à porta. Vesti um roupão por cima da camisola de seda.

— Quem é? — perguntei através da porta de madeira.

— É Raife — respondeu uma voz um pouco arrastada do outro lado.

Quando abri, todos os pensamentos sobre nossa briga mais cedo foram esquecidos diante de seus olhos sonolentos e a maneira como ele balançava o corpo na porta. Seu longo cabelo loiro estava preso num coque bagunçado e sexy, e ele colocou uma das mãos na cintura.

— Você está bêbado! — acusei. Não sei por que isso me deixou feliz, mas deixou.

— Posso estar um pouco embi… embiragado. Embigarado. — Ele franziu a testa, incapaz de dizer a palavra, e foi impossível não cair na gargalhada.

— Ah, Raife, isso salvou minha noite, obrigada. — Sorri, então um pensamento me ocorreu. — Quem provou a cerveja para você?

— Meus Flechas Reais. — Ele apressou as palavras e se aproximou de mim, tanto que precisei dar um passo para trás. — Andei pensando. — Seu olhar caiu em meus lábios. — Se a gente só se beijar no dia do casamento, na frente de milhares de convidados, não vai parecer real.

Senti um frio na barriga e lambi os lábios em expectativa. O Raife zangado da enfermaria não estava mais ali. Ele não olhou para meu cabelo nem disse nada sobre eu ser abençoada.

— O que você tem em mente? — perguntei.

Se a ideia dele era esquecer que eu havia salvado a menininha mais cedo, eu estava de total acordo.

Toda essa conversa sobre beijos pareceu deixá-lo um pouco sóbrio no mesmo instante. Ele parou de balançar e seus olhos pareceram mais atentos quando reparou na minha camisola. Olhei para baixo, seguindo seu olhar.

Ops. Meu roupão havia se aberto, então me cobri de novo.

— Eu estava pensando que, para parecer natural, a gente deveria praticar. Um beijo por dia.

Agora era eu quem estava balançando. Uma adrenalina inebriante me consumiu, meu coração batia feito louco no peito.

Beijar Raife? Tipo, um beijo *de verdade* para fazer um beijo falso parecer real? Eu não sabia mais o que era o quê, mas para falar a verdade eu já tinha pensado um bocado em beijar esse cara, e desde o dia em que o conheci. A maioria das mulheres podia se importar por ele estar bêbado, mas eu não. O que quer que fosse necessário para fazê-lo se abrir sobre seu desejo de me beijar, por mim tudo bem. Raife passava muito tempo na própria cabeça. Ele precisava ouvir o coração de vez em quando.

Dei de ombros casualmente.

— Acho que tudo bem. Ainda mais se você não for bom nisso. Nesse caso, terei que treiná-lo.

Minhas palavras tiveram o efeito pretendido. O choque e a raiva estampados em seu rosto logo deram lugar a uma determinação ferrenha. Num segundo, ele estava parado diante de mim e, no seguinte, avançou. Uma das mãos apoiou minhas costas e puxou meu corpo para o dele, a outra segurou meu queixo. Ele usou o polegar para levantar meu queixo à força até alinhá-lo com o dele. Quando suspirou, o aroma de hidromel tomou conta de mim, e eu inspirei fundo, ansiosa.

Mas ele não fez nada. Apenas me olhou como se estivesse se satisfazendo com minha sede.

Vai logo! Quis gritar.

Então ele sorriu e minhas pernas ficaram bambas. Se aproximando mais, ele roçou os lábios nos meus. Foi tão delicado que quase fez cócegas. Tudo em meu corpo ficou dormente e quente ao mesmo tempo. Quando pensei que isso seria tudo, ele veio pra valer.

Pressionando os lábios nos meus com urgência, choraminguei de alívio, abrindo a boca enquanto sua língua deslizava pela minha. Seus dedos apertavam com força as minhas costas, mas de um jeito bom, e eu pressionei o ventre com mais força contra o dele.

Nossas línguas estavam fazendo uma dança que parecia coordenada, mas eu mal conseguia raciocinar.

Este é o melhor beijo da minha vida.

Naquele momento, decidi que cada beijo que eu tinha dado antes havia sido patético e deveria ser esquecido. Eu teria que queimar as páginas do meu diário sobre eles, pois não chegavam nem aos pés deste beijo.

Me senti tonta e um pouco embriagada quando as emoções de Raife começaram a se misturar às minhas. Ele também estava gostando do beijo, mais do que gostando, embora também houvesse uma tristeza ali, sempre subjacente aos seus momentos felizes. Como eu gostaria de poder absorver sua dor para sempre, e não apenas naqueles momentos.

Então, ofegante, ele se afastou.

Eu sorri.

— Mal posso esperar para praticar de novo amanhã.

O sorriso torto que ele me deu fez meu estômago dar piruetas.

— Eu também, Lani, eu também.

Ao se virar, ele saiu e fechou a porta, me fazendo cogitar se eu estava, de fato, namorando meu noivo.

Dormi melhor naquela noite do que durante toda a semana.

Pela manhã, eu estava louca para ver Raife, incapaz de tirar o beijo da noite anterior da cabeça, pensando em como tinha parecido real, no que tudo aquilo significava. Depois de fritar alguns ovos e carne de alce, entrei no salão de jantar.

Raife estava debruçado sobre alguns pergaminhos e mapas.

— Bom dia — falei com um sorriso, deixando um prato diante dele.

— Preciso viajar por algumas semanas — disse, sem erguer os olhos para mim.

Tentei esconder a decepção da voz.

— Ah...

— A esposa do rei de Escamabrasa está esperando um bebê. Vou atrair a rainha de Obscúria para um confronto em nossa fronteira leste a fim de desviar a atenção dele e de sua nova esposa.

— É uma gentileza da sua parte. — Eu me perguntei por que ele faria aquilo, arriscando a vida de seus próprios homens.

Raife colocou um pouco do ovo frito na boca e mastigou.

— Ele é um amigo de infância e concordou em se juntar à minha aliança numa guerra contra a rainha.

Balancei a cabeça, comendo minha refeição devagar enquanto o observava devorar a dele. Ele ainda não havia olhado para mim. Eu estava usando um lindo vestido verde e esperava que ele notasse.

— Ah, e me desculpe por ontem à noite. Eu estava bêbado e quase não me lembro de nada — continuou, dando a última garfada no prato.

Eu já tinha ouvido o termo *coração partido*, mas nunca o havia compreendido até agora. O centro do meu peito de fato se abriu com aquele comentário frívolo sobre nosso beijo incrível.

— Você não pareceu *tão* bêbado assim — comentei, colocando o garfo no prato, de repente sem apetite.

— Muito bem. — Ele se levantou, ainda sem olhar nos meus olhos. — Irei para a muralha leste com os Flechas Reais. Cancele as minhas reuniões das próximas duas semanas e anote para mim qualquer assunto urgente que venha a surgir. Pode me inteirar de tudo quando eu voltar.

Concordei com a cabeça, tentando não encolher o corpo.

— Quem vai te alimentar? Provar a sua comida?

Raife pousou a mão em seu arco, pendurado no cinto, e finalmente encontrou meu olhar. Havia dor ali. Eu não sabia como ou por qual motivo, mas ele parecia estar sofrendo.

— Sou um caçador experiente. Vou comer caça fresca, ou então os Flechas Reais vão provar para mim.

Engoli o nó na garganta, tentando não me sentir indesejada.

— Se cuida — consegui murmurar, agora também incapaz de olhar para ele.

Eu me sentia um pedaço de lixo descartado. Ele não estava tão bêbado. Eu tinha percebido que ele estava um pouquinho embriagado. Mas ele se lembrava… Eu sabia que ele se lembrava daquele beijo.

Canalha.

Percebi um movimento à minha esquerda, mas continuei de cabeça baixa, fitando o prato. Senti seus lábios quentes roçarem minha bochecha, e então ele se foi.

◆　　◆　　◆

Duas semanas planejando um casamento falso com um homem por quem eu sabia que tinha me apaixonado de verdade, mas um homem que também havia me rejeitado, era uma droga. Flores, tapeçarias de seda, provas de bolos – tudo ficava ofuscado pelo beijo supostamente esquecido. O chef Brulier estava de volta. Infelizmente, sua mãe tinha falecido, e o período de luto acabara. Havíamos inventado um bolo cremoso de baunilha e lavanda que era mesmo extraordinário, mas não importava quantas fatias eu comesse, ainda me sentia um lixo.

Aquele beijo. Por que o cafajeste me beijou daquele jeito se estava planejando ir embora? E fingir esquecer o beijo e o pacto de praticar todos os dias?

— Aff! — gritei, atirando meu machado numa árvore. Sem as antigas reuniões diárias na agenda, passei a ir para a floresta para atirar coisas. Estava fazendo maravilhas pelo meu humor.

Ao ouvir um galho estalar à minha esquerda, girei o corpo. Levei um segundo para entender o que estava vendo.

— Autumn? — Arfei, sem entender por que minha vizinha de Obscúria estava em Arquemírea. Ela estava coberta de lama e galhos e dava para sentir seu cheiro de onde eu estava. Ela fedia a madeira queimada e estava coberta de fuligem, mas parecia aliviada em me ver.

— Lani.

Ela correu para mim e, apesar da lama e da fuligem que a cobria, a puxei para um abraço.

— O que aconteceu? O que você está fazendo aqui? — perguntei.

Ela era dois anos mais velha e estudava para ser engenheira mecânica na Universidade de Obscúria.

— Já faz semanas que a sua tia está doente de preocupação. Eu me ofereci para vir até aqui e perguntar sobre o seu paradeiro. Quase me mataram quando tentei cruzar a fronteira. Parece que estourou um pequeno confronto por lá e eu me vi bem no meio.

Ai, não. O confronto que Raife tinha mencionado. Não era de admirar que ela parecesse ter se arrastado pela lama e pelo fogo. Ela devia ter se arrastado. *Literalmente.*

A irmã de Autumn era humana e casada com um elfo, algo de que eu havia me esquecido até agora. Portanto, Autumn costumava viajar para cá em segredo para visitar os sobrinhos e conhecia bem a região. Se ela fosse pega, a rainha a mataria.

— Então você é… metade elfa? — Ela me olhou mais de perto, sua atenção foi direto para minhas orelhas arredondadas. — Ouvi dizer que venderam você como escrava, aí sua tia me contou sobre a sua linhagem. Ela espera que o rei seja tolerante com um elfo. A vizinhança inteira está morrendo de preocupação, Lani.

Abri a boca para responder, e ela notou meu vestido de seda creme com detalhe de fita em azul-claro, depois seu olhar foi para o anel em meu dedo anelar, e ela arfou.

— Mas acho que você está mais do que bem. O que está rolando, Lani?

Eu não estava preparada para ser confrontada pelo meu passado, e Autumn era a pessoa mais próxima de uma melhor amiga que eu tinha.

Suspirei, passando os dedos pelo cabelo.

— Fui capturada, vendida como escrava para o rei dos elfos e, de alguma forma, me tornei a assistente pessoal dele e agora estamos noivos. — Soltei uma risada nervosa.

Ela ficou de queixo caído.

— Desculpa, mas você acabou de dizer que está *noiva do rei-elfo*?

Eu confiava em Autumn, mas se ela fosse interrogada a meu respeito, eu não queria que ela tivesse segredo algum guardado, então resolvi omitir que era um casamento falso. Caso contrário, também teria que contar sobre a guerra do rei contra a rainha, e eu não queria fazer isso e comprometer os planos dele.

— Santo Hades, Kailani! — gritou ela finalmente, sorrindo. — Você vai se tornar a rainha dos elfos?

Engoli em seco.

— Vou.

Ao vê-la sorrindo de orelha a orelha, não pude deixar de sorrir de volta.

— Sua tia vai surtar quando souber disso. — Autumn tirou um bilhete do bolso e me entregou.

— Como ela está? E as convulsões? — Procurei sinais de preocupação em seu rosto.

— Ela está ótima. O remédio está funcionando, ela não está tendo convulsões, e voltou ao trabalho.

Isso era bom, mas o estoque de remédio acabaria logo, então o rei teria que cumprir a promessa de tirá-la de lá logo após o casamento.

— Ei, Autumn, será que você pode desenhar para mim um mapa com a sua rota secreta para se esgueirar até Obscúria? Caso eu queira ver a minha tia?

No mesmo instante, ela ficou na defensiva.

— Está pedindo como a minha amiga Lani ou como a futura rainha de Arquemírea?

Por Hades. Autumn não era uma humana fiel a Obscúria, que odiava os povos mágicos, mas também não iria gostar da ideia de ver uma guerra assolando seu povo.

Revirei os olhos.

— Estou pedindo como Lani, a sua amiga de infância, que quer garantir que a minha tia esteja segura. — E era verdade.

Ela sorriu.

— Posso ser convencida com um jantar, quem sabe com um pouco daquele famoso vinho élfico de chocolate de que tanto ouço falar?

Ela olhou para o palácio, sem dúvida querendo que eu a convidasse para entrar.

Eu não sabia o que o rei ou o conselho pensaria sobre eu receber uma amiga humana para jantar. Não era como em Obscúria, onde todas as outras raças eram proibidas, mas os humanos eram menosprezados ali graças à associação com a nossa inimiga mortal.

— Perfeito, vou buscar uma cesta de piquenique e podemos comer no jardim! Só espere aqui. Já volto. — Indiquei as roseiras e um prado verde perfeito para estender uma toalha.

Ela entendeu a deixa e foi esperar no jardim.

— Vou trazer roupas limpas para você também.

— Não se preocupe. — Ela dispensou. — Tenho várias na casa da minha irmã. Vou para lá depois.

— Tudo bem, então. Já volto.

Corri para a cozinha, peguei bolos em camadas, carnes defumadas, ovos cozidos, geleia de tomate picante e frutas frescas, e enfiei tudo em uma cesta de vime para correr de volta para minha amiga. Também peguei uma das garrafas de vinho de chocolate de Raife. Ele tinha centenas e só parecia abri-las para convidados. Na verdade, eu mesma nunca havia provado o famoso vinho élfico desde que tinha chegado, e estava animada para fazer isso.

✦   ✦   ✦

Três horas depois, eu estava bêbada e gargalhando sob o céu estrelado com minha amiga mais antiga. Autumn sorria.

— Lembra quando o Robbie tentou tocar os meus seios na aula de ginástica e você quebrou o nariz dele?

Eu ri histericamente, sentindo a onda inebriante das três taças de bebida. Não só era o vinho mais saboroso que eu já tinha provado, como também o mais *forte*.

— Ele era um idiota. — Ergui minha taça vazia e Autumn brindou com a dela. Havíamos terminado a garrafa uma hora antes, mas continuávamos brindando com as taças vazias.

— O rei-elfo é bonito? Como vocês se apaixonaram? Me conta sobre ele!

Autumn virou de bruços e olhou para mim com os olhos pidões.

Suspirei.

— Os lábios dele são cheios e ele vive mal-humorado.

Ela caiu na risada, o que me fez gargalhar. Então uma sombra se projetou no alto, bloqueando o sol poente.

Quando olhei para cima, me deparei com Raife Luminare em pessoa pairando sobre nós com a cabeça inclinada, olhando intrigado para Autumn e para mim.

Autumn me encarou com os olhos arregalados.

— Sr. Lábios Cheios?

Concordei com a cabeça; o medo anulou um pouco da minha embriaguez, mas não o suficiente. Será que ele ficaria bravo por eu estar bebendo com uma amiga em seu jardim? Ele tinha voltado da guerra de vez? Estava ferido? Será que me ouviu chamá-lo de mal-humorado? Eram tantas perguntas que minha cabeça rodopiava.

— Acho que ainda não nos conhecemos. — O rei olhou para Autumn, seu olhar foi para as orelhas de ponta curta dela, enquanto o meu olhar ia para a meia dúzia de Flechas Reais atrás dele.

Me sentei depressa, me arrependendo no mesmo instante em que o vinho bateu com força total e me fez vacilar. Por que ficar bêbada deitada era tão mais fácil? Quando se precisava andar, era uma dificuldade.

— Que bom que está em casa, meu amor! — Eu me levantei e cambaleei, abrindo as pernas para não cair.

Raife me pegou, apoiando as mãos na minha cintura e me puxando para perto de seu peito. Me inclinei e plantei um leve beijo em seus lábios. Então olhei para Autumn.

— Esta é a minha querida amiga de infância, Autumn. A irmã dela é casada com um elfo e mora na cidade.

Senti o rei relaxar sob meu peso, como se antes suspeitasse de que Autumn e eu estivéssemos planejando seu assassinato ou coisa do tipo.

— Olá, Autumn, é um prazer. Gostaria que um dos meus Flechas Reais acompanhasse você até a casa da sua irmã?

Autumn se levantou, tropeçou um pouco e deu uma risadinha antes de saudar Raife.

— Sim, senhor, sr. Lábios Cheios.

Precisei morder o interior da bochecha para não rir.

— Leve-a para a casa da irmã em segurança e me informe quando voltar — ordenou Raife a um de seus Flechas.

— Sim, meu rei — respondeu o homem, fazendo os demais se dispersarem.

Agora que estávamos a sós, Raife olhou para mim, ainda me segurando nos braços. Ele se inclinou e cheirou meus lábios.

— Vinho élfico de chocolate?

Confirmei com a cabeça.

— Eu ainda não havia experimentado.

Agora que ele estava tão perto, eu não queria que me soltasse. Eu tinha sentido saudade dele, e só agora, em seus braços, percebi o quanto. Traçando os dedos por seu pescoço, suspirei.

— Você não está ferido. Fiquei preocupada.

Sua respiração saiu irregular e então seu olhar se voltou para a toalha de piquenique.

— O que é isso? — Sua voz ficou gélida.

Virei a cabeça para ver do que ele estava falando.

Raife estava olhando para o mapa que Autumn tinha desenhado para mim.

Olhei para ele e sorri.

— Quero algo em troca por contar o que é.

Seu semblante pareceu ainda mais desconfiado.

— Como o quê? Dinheiro?

Bufei e ri, então lutei para manter a compostura. Cheguei mais perto e passei os lábios em sua orelha.

— Um beijo.

Seu corpo inteiro ficou rígido feito pedra.

— O que é aquilo, Kailani? — rosnou.

Pelo tom de voz, estava claro que ele pensava ser alguma coisa nefasta. Ele com certeza tinha reconhecido seu território no mapa, e doeu ver tamanha falta de confiança em mim.

Afastei o rosto para olhar em seus olhos e passei os dedos sobre seus lábios.

— É uma rota daqui até a casa da minha tia, em Obscúria. Uma rota secreta pela qual Autumn já passou dezenas de vezes sem ser pega. Achei que a gente poderia usá-la para buscar a minha tia, mas também para vencer a sua guerra quando chegar a hora.

A forma como ele prendeu a respiração denunciou seu choque, e então, antes que eu me desse conta, seus lábios estavam nos meus. Um gemido de prazer escapou da minha garganta e eu enfiei os dedos em seu cabelo. Nossas línguas procuraram uma pela outra com uma necessidade faminta, acariciando de leve e depois com força. Aquelas poucas semanas longe, depois do beijo nos meus aposentos, foram infernais. Eu só pensava nisso. Pressionei o corpo no dele e ele apoiou a mão na minha lombar, me inclinando para trás enquanto me deitava na toalha.

Permiti e me deitei de costas, enquanto ele se abaixava sobre mim. Por cerca de dois segundos, temi que alguém nos visse e achasse impróprio – então percebi que simplesmente não me importava. Eu era uma futura rainha que estava beijando seu noivo, e isso não era da conta de ninguém.

Raife deslizou a mão por baixo do meu vestido, primeiro perto do meu tornozelo, então devagar pela minha canela, passando pelo joelho até a parte externa da coxa. Por um segundo inebriante, tudo em que eu conseguia pensar era quando eu havia me depilado pela última vez, mas então ele agarrou meu quadril, gemendo profundamente em minha boca aberta. Engoli o som, sentindo a tontura arrebatadora do vinho élfico combinada a pensamentos lascivos de consumirmos um ao outro.

Então ele se afastou e olhou para mim com tristeza.

— Você está bêbada — constatou, quase decepcionado.

Balancei a cabeça, abrindo bem os olhos em um esforço para parecer sóbria.

— Estou superlúcida.

Ele riu, descendo um dedo pelo meu peito.

— Sabe o que o vinho élfico faz com os humanos?

Quem liga, só me possua. Bem aqui sob o luar.

— Hein? — Tracei seu maxilar esculpido, imaginando como deveria ser passar a língua por ele.

Raife suspirou, tirou a mão de baixo do meu vestido e desceu a barra.

— Rouba a memória deles quando estão bêbados. Você e a sua amiga Autumn não vão se lembrar de nada disso amanhã.

Um pavor se instalou em mim. Não se lembrar de um beijo desses? Seria um crime.

— Sou só *metade* humana — lembrei a ele. A tontura foi tomando conta enquanto eu fechava um olho, tentando ver melhor o rosto de Raife.

Ele balançou a cabeça, sorrindo.

— Vamos colocar você na cama.

Em um segundo eu estava deitada e no outro estava sendo puxada para seus braços.

— O mapa! — Me virei para olhar para a toalha de piquenique.

— Já está no meu bolso.

Então relaxei, descansando a cabeça em seu peito, ouvindo as batidas de seu coração. Eu podia, agora tão perto dele, sentir o que ele estava sentindo. *Adoração, medo, lealdade.*

— Do que você tem medo? — perguntei, sonolenta, enquanto o vinho tentava me derrubar.

Raife se eriçou, mas não disse nada enquanto navegava pelos corredores do castelo. Quando chegou ao meu quarto, abriu a porta e me deitou na cama, tirando meus sapatos e me cobrindo com o cobertor. Então, se inclinando em direção ao meu ouvido, ele sussurrou:

— Você. Tenho medo de você. Você é o tipo de mulher em quem eu poderia me perder.

Dava para sentir minhas sobrancelhas erguidas no meio da testa. Tudo estava embaçado e minhas palavras se embolavam na minha cabeça. Eu queria responder, mas não conseguia. Passos recuaram, então a porta se fechou.

É, melhor falar sobre o assunto no dia seguinte, quando eu estiver mais lúcida.

◆　　◆　　◆

Pela manhã, acordei com a sensação de ter caído de um cavalo e levado um soco no rosto. Abri um dos olhos, vi que estava com o mesmo vestido do dia anterior e gemi.

O que em nome de Hades tinha acontecido na noite passada? Eu só me lembrava de um piquenique divertido com Autumn e de ter bebido vinho élfico demais.

Tudo depois disso era uma névoa.

Com um suspiro, me sentei e comecei a me preparar. Sem vontade de me arrumar demais, resolvi deixar o cabelo solto e ondulado e não passei maquiagem. Eu também não me dei ao trabalho de escolher um vestido chique. O rei estava fora da cidade, de qualquer maneira; e todas as reuniões seriam canceladas. Em vez disso, usei um vestido de verão azul na altura dos joelhos, sem babados nem firulas.

Por fim, peguei meu livro de romances angelicais e fui até a cozinha para ver o que o chef Brulier havia preparado. Quando entrei, ele olhou para o meu cabelo e vestido, um contraste gritante com minha aparência habitual, e ergueu uma sobrancelha.

— Vinho élfico demais — murmurei.

Ele sorriu um pouco.

— O café da manhã já está à espera na mesa.

— Obrigada. — Acenei para ele. Era bom não ter que cozinhar todas as refeições, agora que ele estava de volta.

Abri o livro e comecei a ler enquanto atravessava as portas do salão de jantar pessoal do rei. Eu já estava no meio da sala quando ouvi Raife dizer:

— Bom dia, Kailani.

Congelei, tirando pouco a pouco os olhos do livro e me deparando com o rei sentado diante de dois pratos fartos. Havia um pequeno vaso de flores frescas entre eles.

— Você voltou. — Fechei o livro e o coloquei sobre a mesa, juntando meu cabelo e começando a trançá-lo na tentativa de melhorar minha aparência.

Seu rosto ficou desanimado e ele pareceu bastante decepcionado.

— Sim… voltei ontem à noite. Não se lembra?

Santo Criador. Será que o vi quando estava bêbada ou algo assim?

— Lembrar o quê? — perguntei, com o estômago embrulhando.

Ele flexionou o maxilar e foi como se um muro tivesse se erguido ao seu redor.

— De me dar este mapa? — respondeu, colocando-o sobre a mesa.

Olhei para o mapa, me lembrando de ter pedido que Autumn o desenhasse, mas não que ela o tivesse feito ou que eu o tivesse entregado ao rei.

— Desculpa, mas não me lembro.

— Bem… deve ser melhor assim. É melhor você provar a comida antes que esfrie. Temos uma reunião sobre o planejamento do casamento com o conselho.

Engoli em seco, andei até a mesa e me sentei sem dizer nada, colocando a comida na boca. Foi impossível não sentir que eu estava deixando passar alguma coisa. Fazia semanas que eu não o via e essa era a recepção que ele me dava? Olhei para o rei, feliz por ver que ele não estava sangrando ou com algum machucado.

— Fico feliz em ver que não está ferido.

— Sua amiga nos deu uma mina de ouro ao desenhar este mapa. Sabia que a rainha não aparafusa seus bueiros e drenos para tempestades? Acho que é assim que a sua amiga entra e sai pelas muralhas do castelo.

Ele apontou para o desenho de um ralo no mapa. Me inclinei sobre a mesa, mas como não havia amarrado minha trança, meu cabelo se desenrolou e caiu diante do rosto do rei.

— Desculpa — falei, jogando o cabelo para trás.

Ele olhou para mim com os olhos azuis ardentes.

— Gosto do seu cabelo solto — foi tudo que disse, e eu engoli em seco. — Já passou tempo suficiente? Estou morrendo de fome — disse ele por fim.

Como o último veneno da rainha tinha levado mais tempo para agir, havíamos aumentado a espera de um minuto para três.

Consultei o relógio de bolso e acenei a cabeça positivamente.

Algo parecia diferente entre nós. Eu não sabia explicar, mas ele parecia distante e eu não sabia o que fazer a respeito.

Me inclinando de novo, pressionei os lábios em seu ouvido, e ele enrijeceu.

— Senti saudades… — confessei, pegando sua mão.

Então me afastei para olhá-lo com expectativa. As duas semanas sem Raife foram difíceis, ainda mais depois do beijo inexplicável que trocamos quando ele estava bêbado. Eu não sabia mais em que pé estavam as coisas com ele e não gostava disso. Eu não queria que ficássemos nesse chove não molha.

Ele tirou os olhos de um de seus pergaminhos como se não tivesse me ouvido e afastou a mão da minha.

— Preciso revisar uns mapas de guerra que vão ocupar a mesa toda, então… se importa de comer na cozinha?

A rejeição fria me magoou profundamente. Tive que morder o interior da bochecha para não chorar enquanto me levantava e pegava o prato. Dando meia-volta, me dirigi para a cozinha.

— Kailani? — chamou Raife enquanto eu me afastava.

Eu girei.

— Sim?

Havia esperança na minha voz, esperança de que o beijo que demos antes de ele partir tivesse significado algo para ele, bêbado ou não.

— Não se esqueça do seu livro. — Ele apontou para onde eu havia deixado o livro na mesa.

Nossa.

Estava claro que eu era a única que tinha gostado daquele beijo, ou talvez a mentira dele sobre não lembrar *não fosse* mentira, afinal. Porque ele sem dúvida não estava agindo como o homem que queria mais beijos meus. Isso tudo era para um casamento falso e eu precisava parar de me importar e tratar como se fosse outra coisa.

Disparei pelas portas duplas e bati o prato na bancada. O chef me olhou, mas não disse nada enquanto eu comia minha comida com raiva.

Raife Luminare amaldiçoaria o dia em que me rejeitou assim.

O DIA DO CASAMENTO CHEGOU E EU JUREI PASSAR OS PRÓXIMOS CINCO anos de matrimônio fazendo Raife pensar em mim em todos os sentidos sexuais possíveis. O canalha imploraria por mim – e eu negaria toda vez. Eu o deixaria sentir a rejeição esmagadora que eu havia sentido nas duas semanas anteriores.

Era um comportamento maduro, digno de uma futura rainha? *Não.*

E eu ligava? *Nem um pouco.*

Se ele queria ficar de joguinhos, eu dobraria minhas apostas como lição.

De alguma forma, Raife e eu mal passamos tempo juntos nos últimos quinze dias – eu estava sempre ocupada planejando o casamento, e ele trabalhava duro na enfermaria e planejava sua eventual guerra contra a rainha. Eu não podia acreditar que em apenas algumas horas eu seria a esposa de Raife e rainha de Arquemírea. As pessoas estavam vindo de todo o reino para participar do grande evento. Tendas de seda branca foram erguidas nos jardins do palácio, e guirlandas de flores cobriam todas as superfícies do castelo.

Para um casamento falso, era bem mágico.

De pé em um pódio, suspirei, perdida em pensamentos, enquanto a costureira puxava e remexia meu vestido. A maquiadora aplicou em minhas bochechas um brilho cintilante e, em seguida, pincelou um tom de rosa em meus lábios.

— Como a senhora está linda, milady. Está ansiosa?

Olhei para ela e dei um sorriso falso.

— Melhor dia da minha vida — menti.

Eu não conseguia tirar a rejeição de Raife da cabeça. Qual era o problema dele? Ele sem dúvida chegou a gostar de mim em algum momento, não é? Ele me disse que eu era bonita, disse que meu cabelo ficava melhor solto, elogiou meus vestidos e até ficou bravo por se preocupar tanto com a minha segurança. Conforme nos aproximávamos mais e mais da cerimônia, não parei de pensar em como seriam os próximos cinco anos da minha vida.

Mais uma hora se passou até a costureira, as cabeleireiras e maquiadoras finalmente se afastarem de mim, esfregando as mãos.

— Prontinho — disseram em uníssono.

Eu me preparei enquanto elas me levavam a um espelho de corpo inteiro.

Quando vi meu reflexo, prendi a respiração. Eu nunca estive tão bonita em toda a minha vida. Seja lá o que fizeram nos meus olhos, a maquiagem os havia realçado e aumentado de tamanho. O brilho nas bochechas acentuava meu rosto em formato de coração e meus lábios pareciam carnudos e beijáveis.

Mas o vestido seria o verdadeiro centro das atenções. Eu havia desenhado o modelo, mas foi Samarah quem de fato o fez ganhar vida. O decote era em um V profundo, não o suficiente para ser impróprio, mas o suficiente para Raife notar os contornos de meu busto. As mangas eram de um comprimento dramático e feitas de renda branca, e o vestido se ajustava em minha cintura numa seda branca antes de se abrir e se arrastar atrás de mim uns bons três metros. A assistente de maquiagem se adiantou com seu pequeno pincel de brilho e passou um pouco no meu decote, me dando uma piscadela.

Caí na gargalhada, as lágrimas de repente encheram meus olhos enquanto era tomada de emoção.

Estava ciente de que era um acordo falso, mas, por meio segundo, desejei que minha tia pudesse estar ali. Por ter crescido sem meus pais, minha tia era tudo que eu tinha e, embora não fosse real, esse poderia ser meu único casamento. Nenhum homem iria me querer depois que o rei se divorciasse de mim. Sim, eu poderia encontrar alguém para me fazer companhia, mas ex-membros da realeza não podiam se casar legalmente uma segunda vez. Era como se precisássemos ficar de luto pelo resto da vida depois de sermos largados. Talvez fosse minha única chance de caminhar até o altar e dizer *sim* formalmente.

— Obrigada — murmurei, secando o canto dos olhos.

Todas fizeram uma reverência para mim, o que foi bem estranho, e depois juntaram suas coisas. Fiquei sentada ali por mais uma hora, lendo, suando e basicamente surtando, quando ouvi uma batida à porta.

Achei que fosse a sra. Tirth para me buscar e me levar para o salão de baile onde o casamento seria realizado, mas quando abri a porta, prendi a respiração. Era Raife.

Ele usava uma túnica de seda preta até os joelhos, bordada com um fio de prata brilhante em um padrão de redemoinho tipicamente élfico. Seu cabelo estava trançado em seis pequenas tranças na frente, presas para trás em um rabo de cavalo grosso junto à nuca. O homem estava mais sexy do que nunca, e eu me esqueci totalmente de como falar.

Fiquei apenas olhando para ele, observando seus olhos em mim. Nenhum de nós disse nada.

— Hã, oi. — Enfim encontrei as palavras. — Você... quer entrar?

Por que ele estava ali? Mal nos falamos nas últimas duas semanas. Será que ele ia cancelar tudo? Meu coração martelava no peito.

Devagar, Raife olhou o meu rosto e desceu descaradamente pelo meu corpo, me avaliando da cabeça aos pés.

— Acho que... não devo. Dá azar, não é? — Ele também parecia sem palavras.

Eu ri.

— O que dá azar é *ver* a noiva. Tarde demais.

Ele esfregou as mãos, olhando nos meus olhos com uma intensidade que me arrepiou.

— Eu só queria... te agradecer. Por fazer isso. Sei que não deve ser fácil. Você é uma boa amiga.

Foi como um bisturi atravessando meu peito. Era como se, a cada murmúrio da palavra "amiga", ele estivesse removendo cirurgicamente meu coração.

— Essa sou eu… uma grande *amiga* — murmurei. Essa foi a pior ideia que já tive. Enquanto ele elogiava minha amizade, eu sonhava em arrancar aquela túnica de seda e levá-lo para a cama.

Então ele avançou, me puxou em seus braços, me apertou junto ao peito. E apenas… me abraçou. Foi o abraço mais demorado e intenso que eu já havia recebido de alguém e quase me levou às lágrimas. Não houve beijo apaixonado, não houve sentimentos de sedução vindo dele; era puro respeito e lealdade, e meu coração se derreteu um pouco.

— Nunca vou me esquecer disso. Do que você me deu. Uma chance de fazer justiça pela minha família — sussurrou ele em meu ouvido.

Suspirei, saboreando e ao mesmo tempo odiando estar em seus braços. Eu queria muito mais do que ele podia dar. Era triste, mas eu estaria mentindo se não admitisse que era uma honra ajudar Raife a obter a justiça que ele merecia por sua família.

— O prazer é meu, Raife — respondi, e quando ele finalmente me soltou, estava sorrindo.

— Até logo, então. — Ele acenou sem jeito e saiu do quarto. Quando parou na porta, antes de ir embora, me olhou de cima a baixo novamente. — Você é a noiva mais linda que já vi. — E então se foi.

Por que ele faz isso? Me chama de *amiga* uma hora e diz que sou linda na outra? Ele não sabia a tortura que era para mim?

Fechei a porta e bati a testa na madeira dura.

Por quê? Por que fui concordar com esse casamento falso? Eu era péssima em seguir instruções. Era óbvio que eu tinha me apaixonado por ele.

Uma leve batida à porta me fez afastar o rosto, abrindo-a de supetão na esperança de que ele tivesse voltado para me beijar ou algo assim. Quando vi a sra. Tirth, murchei.

— Ah, oi.

A governanta do castelo pôs a mão na cintura.

—*Ah, oi?* Você está linda! Que cara é essa?

Engoli em seco e soltei uma risada nervosa.

— Só estou ansiosa. Vai ter muita gente lá.

— Mas o rei estará lá para ajudar você. Ele está acostumado com esses grandes eventos. — Ela estendeu as mãos e segurou as minhas. — Conte com ele. Ele é seu parceiro de vida agora. Vão precisar um do outro.

Eu odiava ter concordado com isso. Um casamento falso que estava começando a parecer real. As coisas estavam se misturando e pessoas iam se machucar.

E por pessoas, quero dizer eu.

Eu ia me machucar e não havia nada que pudesse fazer a respeito. Raife iria atrás da rainha se eu me casasse com ele ou não. Ele encontraria outra pessoa para apaziguar o conselho, e minha tia ficaria presa em um país massacrado pela guerra, coisa que eu não podia deixar acontecer. Eu não decepcionaria Raife. Quando sugeri o casamento falso no começo, foi por dever para com ele. Como sua assistente, eu levava meu trabalho a sério, mas nunca pensei que ele me sugeriria para aquela posição.

— Pronta? — A sra. Tirth estendeu a mão para mim e eu balancei a cabeça.

Conforme atravessávamos os corredores, não pude deixar de sentir uma sensação sombria se instalando. As flores espalhadas por toda parte e a música mágica da harpa que tocava no jardim… Tentei simplesmente aproveitar a beleza do dia, mesmo que não estivesse se desenrolando exatamente como eu queria.

Quando passamos pela saída do jardim a caminho do salão principal, notei que as tendas de seda já estavam cheias de gente.

— Já não cabia mais gente no salão. Vá cumprimentá-los depois, antes da recepção — avisou a sra. Tirth.

Eu seria uma *rainha* agora. O dever vinha antes do conforto.

Quando chegamos às portas fechadas do salão de baile, meu estômago embrulhou. Era agora. Não havia mais como voltar atrás. Se fizesse isso, ligaria minha vida à de Raife para sempre. Mesmo muito tempo depois de nos divorciarmos, restaria uma mancha em meu coração. O dia em que me casei de mentira com o rei seria uma história engraçada que tinha se tornado real demais.

— Parabéns — disse o conselheiro Haig atrás de mim, interrompendo meus pensamentos.

Engoli em seco e plantei um enorme sorriso no rosto.

— Obrigada, senhor.

O resto do conselho se espalhou atrás de mim e meu coração foi para a garganta.

Era agora. Esse momento mudaria tudo. A tristeza tentou se instalar em meu peito – pela guerra que ainda não havia sido vencida, pelo coração que não havia conquistado –, mas a afastei e acenei para a sra. Tirth.

Raife precisava de mim, e embora ele não gostasse de mim como eu tinha passado a gostar dele, eu não o abandonaria agora. Ele havia sido abandonado pela família ainda jovem, não de propósito, mas foi abandonado mesmo assim. Eu não faria isso com ele também. Mesmo que me matasse, mesmo que deixasse em meu coração feridas que jamais cicatrizariam, eu não abandonaria Raife Luminare. Eu seria leal a ele até o fim.

◆ ◆ ◆

As portas se abriram e a melodia mágica da harpa começou. Uma voz etérea vibrou por todo o espaço e, ao seguir o som, vi uma elfa no canto do salão, murmurando uma canção sem letra, o que tornava a música ainda mais bela. Ao caminhar pelo corredor de pessoas, reconheci alguns rostos – Flechas Reais de uniforme com esposas e filhos, funcionários do castelo, as famílias das moças com quem eu achava que Raife se casaria.

Agora esse ciclo se fechava. Ao longe, estava Raife, parado no altar. Não olhei nos olhos dele de propósito, ainda não me sentia pronta. Enquanto sorria para os convidados presentes, reconheci Autumn na multidão com sua irmã e dei-lhe um pequeno aceno. Antes que eu me desse conta, cheguei ao altar e à hora da verdade.

Você é uma boa amiga.

Essas palavras me assombrariam, mas eram verdadeiras. Quando levantei o rosto e vi o semblante de Raife, senti as emoções que vinham dele. Fiquei sem fôlego.

Seus olhos estavam um pouco semicerrados, e ele engoliu em seco e estendeu a mão para mim. Quando tomou minhas mãos nas suas, fui atingida por uma sensação avassaladora de adoração e luxúria.

Raife Luminare queria ir para a cama comigo tanto quanto eu queria ir para a cama com ele. Ele tinha escondido isso antes, mas não podia agora, não com todos os olhos em mim e como me achava bonita. Ao sentir suas emoções em mim com toda a intensidade, senti um quentinho no estômago.

Isso mudava tudo.

Meu plano de ser uma amiga leal até o fim de repente se tornou um plano para provar que ele estava escondendo o que sentia por mim. Eu o obrigaria a admitir; a ver que, apesar do quanto estava com medo, superaríamos isso juntos.

A música parou e, com os olhos ainda fixos nos dele, senti seu desejo e afeto logo se transformarem em medo e arrependimento. Mordi a bochecha, odiando meu dom de sentir o que os outros estavam sentindo. Suas emoções se transformaram em pânico assim que o sacerdote começou a abençoar nossa união, e eu estendi a mão e acariciei sua face.

— Faremos dar certo. Juntos — sussurrei.

Era como se eu tivesse apagado um incêndio. Ele relaxou no mesmo instante, as emoções tempestuosas se transformaram em determinação. Ao longo de toda a bênção da união, que durou uma hora, não desviei os olhos dos dele nem por um segundo. Observei enquanto ele vacilava entre querer sair correndo e querer me beijar, e apertei forte suas mãos, sentindo o mesmo.

Quando o sacerdote enfim pôs a gigantesca guirlanda de flores sobre nós dois, nos envolvendo juntos, as mãos de Raife relaxaram nas minhas.

— Rei Luminare, declare publicamente a estas testemunhas sua intenção de se casar e cuidar de sua noiva. — A voz do sacerdote era calma e branda, o completo oposto de como eu me sentia.

Raife pigarreou e desviou o olhar de mim pela primeira vez desde que eu havia entrado no salão.

— Eu, Raife Luminare, pretendo me casar, cuidar e dedicar todo o meu tempo e esforço para tornar Kailani Rose Dulane feliz, saudável e próspera.

Embora fosse uma frase-padrão, dita há milhares de anos por elfos que se casavam, mesmo assim as lágrimas brotaram do canto dos meus olhos.

O sacerdote olhou para mim, e eu olhei para a multidão.

— Eu, Kailani Rose Dulane, pretendo me casar, cuidar e dedicar todo o meu tempo e esforço para tornar o rei Raife Luminare feliz, saudável e… — Fiz uma pausa. — Mais próspero?

A multidão explodiu em gargalhadas, e até os cantos dos lábios de Raife se curvaram. Fiquei contente com o momento cômico, porque o próximo passo fazia meu estômago embrulhar. Seria um selinho modesto para o deleite da multidão ou um beijo sincero do fundo do coração?

O sacerdote ergueu os braços.

— Tenho a bênção do conselho élfico?

Olhei para o lado, onde o conselho ocupava cadeiras de espaldar alto. Um a um, eles consentiam com a cabeça.

— Que o Criador abençoe esta união por muito tempo — continuou o sacerdote, levando a multidão à loucura. — Meu rei, pode beijar sua rainha.

Eu o encarei, prendendo a respiração, e observei a indecisão atravessar suas feições.

Então senti. Leves sopros de tristeza abriram caminho por sua energia e inundaram nós dois. Ele estava se controlando por medo de se apaixonar por mim. Ver toda a família morrer havia deixado uma cicatriz em sua alma, uma cicatriz que não permitia que ele amasse outra pessoa.

Ainda.

Inclinando-se para a frente, ele segurou meu rosto e encostou os lábios nos meus. O beijo não foi tão breve quanto pensei que seria, mas ainda assim foi dolorosamente curto. Eu já sabia como era beijá-lo, então era difícil não ficar triste com o gesto agora, que pareceu corriqueiro.

A multidão não pareceu se importar, e suas exclamações e aplausos ecoavam por todo o espaço. Raife se afastou de mim e deslizou a mão na minha, acariciando minha pele e levantando nossos dedos entrelaçados no ar.

Ele olhou para o conselho com um grande sorriso que dizia: *Viram só? Estou casado. Agora vão aprovar a minha guerra?*

Era um evento duplo: casamento e coroação. O sacerdote me coroou como rainha, algo que eu ainda não conseguia processar. Quando ele pôs a coroa na minha cabeça e eu prometi proteger Arquemírea e fazê-la prosperar a todo custo, o povo reunido bateu palmas e gritou tão alto que as janelas tremeram.

Eu me sentia um pouco entorpecida ao andar entre a multidão, acenando e fingindo sorrir. O tempo todo eu só queria que o homem ao meu lado me desse algo que eu não tinha certeza de que podia dar. Me agarrei a Raife enquanto a multidão nos pressionava e eu captava toda aquela energia eufórica. Apesar da ocasião avassaladora, a noite estava linda. Dividimos uma refeição maravilhosa que a sra. Tirth provou – o trabalho não era mais meu, afinal uma rainha não podia provar comida para o marido; não era adequado. Dançamos e caminhamos por horas em meio à multidão de elfos, que nos elogiavam e desejavam felicidades. Antes que eu percebesse, estávamos sendo conduzidos ao quarto de Raife.

Dois Flechas Reais estavam parados como sentinelas de cada lado da porta. Raife acenou com a cabeça e me levou para dentro. Era quase meia-noite e eu estava cansada, mas havia me esquecido completamente de conversar com ele sobre nosso arranjo doméstico. Ele havia discutido brevemente sobre compartilhar um quarto no primeiro ano para que o conselho não suspeitasse de nada e, depois que a guerra fosse financiada e estivesse encerrada, dormiríamos separados. Agora que eu me deparava com a ideia de dividir um quarto, senti uma série de emoções.

A última vez que tinha visto o lugar, uma mulher o havia atravessado. Meu olhar passou rápido pela grande cama de dossel à esquerda. Havia um tapete gigante à direita e fileiras e mais fileiras de estantes. Na frente da lareira, ficava um grande sofá e uma poltrona de leitura. Percebi que o quarto não tinha janelas, o que presumi ser por segurança, mas havia muitas luzes, então não era escuro. Assim que Raife fechou a porta, foi até um guarda-roupa na parede oposta e tirou um travesseiro, um cobertor e os levou até o sofá, começando a fazer a cama.

Tudo bem... isso respondia minhas perguntas.

— Foi um dia bom. Todos pareciam tão felizes — falei, tentando afastar o nervosismo que sentia.

— O conselho parece satisfeito e o povo se sente seguro quanto à futura linhagem da monarquia.

Foi uma resposta automática, muito focada no dever do casamento e não nas emoções da ocasião. Eu entendia. Não passava de um acordo de negócios para ele, ou havia começado como um. Olhei para a minha camisola na cama, devia ter sido deixada ali pela sra. Tirth, e corei. Depois de olhar para trás e encontrar a porta do banheiro, peguei a camisola.

Havia cerca de vinte laços nas costas do meu espartilho, todos amarrados individualmente por minhas camareiras, e eu sabia que não conseguiria alcançá-los, então me aproximei de Raife e pigarreei. Quando ele olhou para mim, notei um ar de curiosidade em seu rosto.

— Foram necessárias umas três pessoas para me colocarem neste vestido. Preciso de ajuda com as costas — expliquei, sentindo o calor subir pelas bochechas.

Ele concordou com a cabeça e eu me virei de costas. Quando senti o calor de seu corpo atrás de mim, fechei os olhos de leve. Ele pousou a mão quente no meu ombro direito para se firmar e então, um a um, abriu os laços do espartilho. A cada laço desfeito, a peça de roupa ficava mais frouxa, o que me fazia inspirar fundo. Sofrer pela moda era um sacrifício que eu aceitava de bom grado em ocasiões especiais, e essa era uma delas. Com certeza eu teria marcas nas costelas, mas o vestido era a roupa mais bonita que eu já tive, então valeu a pena.

Com a mão de Raife em meu ombro, pude sentir suas emoções. Ele não estava fazendo nenhum esforço para escondê-las: luxúria, desejo, respeito e medo. Sempre o medo.

Quando chegou à metade das minhas costas, as mangas escorregaram, e eu não fiz nenhum esforço para puxá-las de volta. Ele afastou a mão direita, deixando cair o tecido que estava segurando. A frente do meu vestido de repente foi parar na minha cintura e me vi com os seios expostos de frente para a estante. Meus olhos ainda estavam fechados, o coração martelava no peito, enquanto respirava, trêmula.

Eu deveria me cobrir e ir até o banheiro. Deveria fazer um esforço para levantar as mangas de novo e parecer surpresa com a minha nudez inesperada. Mas não fiz nada disso. Porque, em vez de se virar, Raife se aproximou de mim. Seu corpo de repente estava prensado contra o meu, e sua respiração estava no meu pescoço. Um calor de expectativa se irradiou por minhas pernas. Por dez segundos agonizantes, ele pairou sobre meu pescoço, apenas respirando, e eu só queria estender as mãos e agarrar seu cabelo, puxar seu rosto para baixo para beijar minha carne. Mas eu sabia que não podia apressá-lo. Ele precisava lidar com seu turbilhão de emoções sozinho.

A emoção subjacente era o medo. Quando pensei que não aguentaria mais, seus lábios beijaram meu pescoço, e eu gemi, jogando a cabeça para trás. Suas mãos envolveram meus seios e eu virei o rosto, levando a boca de encontro à dele.

O beijo trocado naquela noite, quando ele estava bêbado, não foi nada comparado ao que ele me dava agora. Esse beijo foi faminto, ansioso e totalmente arrebatador. Nossas línguas gananciosas se acariciaram, e então, de repente, ele se afastou. Choraminguei quando ele me virou toda de frente para ele. Eu ofegava, sem fôlego e sem saber o que fazer.

Seus olhos estavam selvagens agora. Então senti. Uma cascata de medo tomou conta de mim, vindo dele.

Eu me aproximei, estendendo a mão para ele.

— Do que você tem tanto medo?

Ele balançou a cabeça e pôs a mão sobre meu coração agitado, bem entre meus seios nus.

— De me apaixonar por você. De perder você. De estar dentro de você. De *não* estar dentro de você. Tudo que envolve você me assusta, Lani. — Suas palavras foram tão cruas, tão cheias de verdade, que não pude deixar de respeitá-las.

Eu me aproximei, segurando-o pela mandíbula.

— Me deixa te amar. — Olhei bem em seus olhos, sem saber ao certo o que essa frase significava, o que eu estava tentando dizer de verdade. Simplesmente saiu. Me aproximei ainda mais, deslizando os dedos pela frente de sua calça. — Me deixa cuidar de você. — Beijei seu pescoço. — Curar você.

Apertei sua ereção com vontade e plantei os lábios em seu rosto, prestes a falar outra vez, mas ele apertou minha cintura com força e me vi sendo levantada do chão. Tirei a mão de sua cintura e a envolvi com as pernas, enquanto ele me levava, determinado, para a cama.

Quando a alcançamos, Raife me jogou no colchão e me ajudou a tirar o vestido. Pairando sobre mim, ele me olhou, cada parte minha, com os olhos brilhando.

— Se consumarmos este casamento, será mais difícil sair dele.

Eu não quero sair, quis dizer, mas fiquei de boca fechada.

— Gosto de um desafio — afirmei, por ele. Tornar as coisas sérias demais, rápido demais, só o assustaria mais.

Ele semicerrou os olhos e deitou o corpo sobre o meu, me mostrando como era estar na cama com Raife Luminare. Cada segundo da experiência foi tão alucinante quanto eu imaginava.

Cada. Maldito. Segundo.

No casamento, os Flechas Reais haviam convidado Raife e eu para irmos às praias de Arquemírea para assistir a uma competição de vela no dia seguinte. Os Flechas casados levariam as esposas, e haveria jogos e a chance de se bronzear. Parecia divertido. Eu havia ido à casa de Samarah pela manhã e pedi que ela costurasse para mim um traje de banho de duas peças como os que usamos em Obscúria. E tomara que ele desse um ataque cardíaco em Raife. Depois de dormirmos juntos, em nossas núpcias na noite anterior, Raife amoleceu. Beijos aqui e ali no café da manhã, mãos dadas, palavras doces. Ele estava se permitindo sentir sem ter medo das emoções, o que me deixava mais feliz do que nunca. Tudo que eu queria era que déssemos uma chance real um ao outro. Deixar ser o que poderia ser.

Ouvi uma batida à porta do nosso quarto e, quando abri, me deparei com Raife com o nariz enfiado em um livro de tipografia.

— Pronta? — perguntou ele, sem erguer os olhos.

— Sim.

Então ele olhou para cima e deu olhada no meu vestido de verão. Eu costumava usar vestidos formais que iam até o chão, repletos de bordados e detalhes pesados, mas seria ridículo usar um em um evento na praia em que se poderia bronzear. Em vez disso, escolhi um vestido curto que terminava bem acima do joelho. Era feito de uma fina seda roxa, minha cor favorita, e o decote era baixo, dando uma boa amostra dos contornos de meus seios.

— Posso esperar enquanto você se veste — disse ele, brincando.

O comentário arrancou de mim uma risada gutural e sarcástica.

— Ah, meu bem, mas eu já estou vestida.

Ele estreitou os olhos, indo do decote para minhas pernas nuas, e fiquei encantada ao sentir um pouco de ciúme emanando dele.

— Opa, quase esqueci. — Corri até o guarda-roupa e peguei um grande chapéu branco de abas largas. — Agora estou pronta.

Raife respirou fundo e suspirou, segurando a porta aberta para eu passar. Eu podia jurar que, quando passei e rocei o corpo no dele, ele me cheirou.

— Você me mata — sussurrou meu marido, e eu apenas sorri.

Missão cumprida.

◆　◆　◆

Foi uma viagem agitada de cavalo e carruagem até o oceano. A carruagem acomodava seis pessoas e tinha uma mesa no meio. Raife e eu ficamos um de frente para o outro, ao lado de outros dois casais. Os melhores Flechas Reais de Raife, Ares e Cahal, jogavam cartas com ele, e eu conversava sobre moda com suas esposas, Baylie e Naia.

— Ficamos tão tristes quando você não pôde comparecer à noite do artesanato — disse Baylie. — Espero que esteja se sentindo melhor.

Olhei para Raife. Ele tinha dito que eu estive doente e elas acreditaram? Raife era o maior curandeiro do mundo. Não ocorreu a ninguém que ele poderia me curar?

— Muito melhor, obrigada — respondi.

Ao longo do trajeto, descobri que Baylie era a ruiva tagarela que tricotava e Naia era a loira mais quieta que gostava de costurar. As duas foram muito acolhedoras e fiquei aliviada ao ver que seus vestidos também eram curtos. Eu não sabia nada sobre ser rainha, mas me vestir de maneira apropriada e ao mesmo tempo sexy era meu objetivo.

— Amei esse decote — disse Naia, apontando para a miçanga que eu tinha pedido a Samarah para acrescentar. O detalhe brilhava e chamava a atenção.

— Obrigada.

Falamos sobre o casamento, sobre como o bolo estava divino e outros assuntos triviais. Apesar de tudo, eu estava me sentindo muito relaxada ao chegarmos à praia. A carruagem parou, e os homens saíram na frente e ofereceram a mão para cada uma de nós. Quando aceitei a mão de Raife e comecei a descer, a ponta da minha sandália ficou presa na borda do degrau. Em um segundo, eu estava saindo graciosamente de uma carruagem real para passar um dia na praia com meu novo marido, o rei. No outro, eu estava agitando os braços para não cair. Soltei um gritinho agudo enquanto tombava, pronta para me estatelar de cara no chão. Raife se reposicionou, segurando minha cintura com força e me levantando como se eu fosse feita de papel. Quando ele me colocou de volta no chão, me segurei em seus ombros para me firmar.

— Obrigada — murmurei.

Que humilhante. Não só os Flechas Reais e suas esposas estavam assistindo, mas também metade da praia. Era a primeira vez que as pessoas viam a nova rainha e eu não conseguia nem sair de uma carruagem direito. Eu queria morrer.

— Desculpa se te envergonhei — sussurrei para Raife.

Ele se inclinou para mim, roçando os lábios por meu pescoço até que eles estivessem colados na minha orelha.

— Você nunca me envergonharia, Lani — retrucou, me dando um frio na barriga.

Com isso, ele passou os dedos pelos meus, acariciou a palma da minha mão com o polegar e me acompanhou até a praia.

Enquanto passávamos por algumas barraquinhas de mercado montadas para a ocasião, eu espiava os itens à venda. Alguns comerciantes ofereciam artesanatos feitos de conchas e algumas barracas estavam repletas de comida. Isso me lembrou do meu pai. Ele tinha escrito sobre o mesmo lugar em seus diários, o lugar onde vendia seus produtos. Se ele estivesse vivo hoje, será que teria orgulho em saber que a filha era a rainha de seu povo, mesmo que fosse tudo teatro? Escolhi pensar que sim.

Raife já havia me aconselhado sobre não comermos no evento, visto que o risco era alto demais. Além disso, quaisquer presentes recebidos precisariam ser levados por um Flecha Real ou uma de suas esposas para serem inspecionados mais tarde. Pelo visto, existiam venenos líquidos que podiam ser usados para pintar objetos e matar uma pessoa só de tocá-lo. Eu não sabia se um dia me acostumaria a estar sempre atenta a uma possível trama de assassinato, mas era minha nova vida, então eu estava tentando me adaptar.

Havia um trio tocando violino élfico, acompanhado por uma cantora incrivelmente bela. Ela usava um vestido de praia fino de algodão até os tornozelos, seu cabelo preto estava trançado nas laterais e descia até a cintura. A mulher entoava uma triste canção de amor naquele dia ensolarado, despertando calafrios por meus braços.

— Ah, Raife, ela tem que cantar no baile de inverno — falei.

Agora que eu era rainha, não era mais apropriado continuar provando a comida de Raife ou ser sua assistente. Fui informada de que agora planejaria todos os eventos do palácio até encontrar o tutor certo para me ajudar a me tornar a médica que sempre sonhei em ser. Alguém que precisaria conhecer os aspectos da ciência humana da cura, bem como a dos elfos. Raife tinha prometido encontrar alguém para mim; enquanto isso, eu daria sofisticadas festas, começando com o baile de inverno dentro de alguns meses.

Raife olhou para a mulher como se avaliasse seu potencial de envená-lo.

— Por favooooor — implorei, pendurada em seu braço.

Naia sorriu.

— É melhor dar a sua esposa o que ela quer, Alteza. A vida fica mais fácil assim.

Cahal riu, passando o braço em volta da esposa.

— É verdade, milorde.

Raife olhou para mim, e eu fiz um beicinho, fazendo cara de triste.

— Tá bem. — Ele riu e eu soltei um gritinho de felicidade.

Depois de conversar com a cantora e sua banda, chamada *Mona e a Brigada*, os contratamos para o Baile Real de Inverno dali a dois meses. Mona pareceu deslumbrada e honrada pelo convite.

Depois, fomos conduzidos a uma área especial isolada da praia com uma espécie de cabana aberta. Havia algumas espreguiçadeiras e toalhas na areia para nos deitarmos.

— Vamos tomar sol. Preciso de um bronzeado antes que o inverno chegue — anunciou Baylie, começando a tirar o vestido. Ela usava um adorável maiô amarelo com babados na parte traseira.

Naia também tirou o vestido e revelou um maiô rosa-pálido que parecia modesto na frente, mas tinha um decote profundo nas costas.

Comecei a tirar meu vestido de verão pela cabeça, então olhei nos olhos de Raife. Quando finalmente revelei meu traje preto de duas peças, não identifiquei se ele estava furioso ou apaixonado. Seus olhos estavam semicerrados, o maxilar estava cerrado.

— Ai, Kailani, seu traje é tão chique! Nunca vi esse tipo de modelo — arrulhou Naia.

— Está faltando uma parte no meio — observou Raife, seco, fazendo com que Naia revirasse os olhos. Eu adorava como seus amigos não o tratavam como um rei de sentimentos frágeis.

— Quando eu chegar em casa, vou cortar o meu ao meio também — anunciou Naia.

— Veja só, você já é uma rainha que dita tendências — comentou Baylie com um sorriso.

Sorri de volta, satisfeita com os elogios, mas não consegui tirar aquele olhar cinza-azulado de cima de mim. Raife olhou para o meu traje como se desejasse que o tecido se regenerasse e se tornasse uma peça inteira. Sorri ao passar direto por ele, ignorando seu olhar gélido, e me acomodei na toalha ao lado de Baylie e Naia. Os homens puxaram as cadeiras ao nosso lado e eu enterrei os pés na areia quente enquanto admirávamos a água, apoiadas nos cotovelos. Raife se sentou ao meu lado e quase pude sentir fisicamente seu olhar percorrendo minhas pernas enquanto eu conversava com as meninas sobre os diferentes barcos.

Devia haver mais de cem, todos se enfileirando para a corrida. Alguns eram pequenos veleiros, mas havia uma embarcação gigante que parecia ter capacidade para cem homens, além de alguns barcos a remo.

— Eu adoraria ter um barco um dia — anunciei. — Partir para explorar todo o reino e parar em Sombramorada, em Escamabrasa. Ouvi dizer que eles têm artesanatos maravilhosos.

Baylie riu.

— Rainha Kailani, agora que se casou com o rei, você já *tem* todos esses barcos.

Olhei para Raife, perplexa. Ele ainda estava encarando minhas pernas.

— Todos esses barcos são seus?

— Nossos. A maioria deles.

Nossos. Gostei.

— Mas deve haver uma centena! Qual é a finalidade deles? — perguntei.

— A maioria é para a guerra, mas alugo alguns para os pescadores para alimentar o reino, e alguns navios mercantes são propriedade privada dos cidadãos.

Um elfo alto que segurava uma corneta dourada se aproximou da ponta da tenda e olhou para Raife. O rei anuiu, acenando e olhando com um sorriso para as pessoas que estavam ao longo da praia.

— Que comece a corrida! — gritou o elfo, antes de levar a corneta aos lábios. Ele soprou uma nota longa e profunda, e a fila perfeita de barcos se desfez à medida que cada um avançava pela água.

Percebi que um veleiro de tamanho médio havia se separado da formação e agora vinha em nossa direção.

— Alguém não sabe velejar — zombou Naia.

Sorri, olhando para o pobre capitão do veleiro, que se atrapalhava com a direção. Ele usava um gorro de lã puxado para baixo, cobrindo as orelhas – o que era estranho, considerando o dia quente e ensolarado.

— Droga, seu barco de guerra está ganhando do meu! — exclamou Cahal ao rei.

Raife sorriu, se levantando para enxergar melhor. As senhoras também se levantaram, jogando os vestidos de verão sobre os trajes de banho, e eu fiz o mesmo. Demos todos dez passos rumo à beira da água para ter uma visão melhor. Eu nunca havia assistido a uma regata antes e, verdade seja dita, estava um pouco empolgada. Mas o estúpido veleiro que não conseguia navegar enfim descobriu como virar e voltar à regata, o que significava que agora ele estava bloqueando nossa visão.

— Perdoe-me, senhor! — gritou o capitão, a apenas quinze metros de distância. Se ele se aproximasse mais, ficaria emperrado na areia.

Raife apenas acenou para ele, irritado. Todos nos viramos de lado, tentando enxergar além do veleiro empacado para não perdermos a corrida, então vi algo se mexendo em minha visão periférica. Me virei para seguir o que havia me chamado a atenção, na direção do barco quase atracado, e em um segundo a praia virou uma gritaria.

Cinco arqueiros haviam saltado do barco e disparavam flechas. Os projéteis passavam zunindo por mim, e eu me encolhi ao ouvir o som úmido deles afundando em carne.

Cahal se jogou em cima de Raife, derrubando-o no chão, e por instinto derrubei Naia, enquanto todos nós caímos como uma montanha de gente. Mais flechas fincaram-se na areia ao meu lado, e Naia deu um grito de gelar o sangue.

De repente, a tenda armada para nos proteger do sol foi levantada e lançada sobre nós pelos Flechas de Raife que estavam de plantão – tombada para o lado a fim de nos proteger dos arqueiros assassinos.

— Matem todos eles! — gritou Raife ao meu lado, e os Flechas Reais saíram correndo.

O que em nome de Hades estava acontecendo? Foi tudo rápido demais para processar.

Naia choramingava embaixo de mim, e agora que a barraca estava nos cobrindo, me desvencilhei e olhei para ela. Eu tinha caído de lado em um ângulo estranho sobre seu corpo, incapaz de cobri-la por completo. Na parte interna de sua coxa, estava alojada uma flecha.

— Está tudo bem? — Raife apareceu de repente e estendeu a mão para mim. Ao ver sangue em seus dedos, examinei seu corpo com os olhos arregalados, entrando em choque com a terrível cena.

— Você foi atingido. — Quando olhei para a barriga dele, Raife seguiu meu olhar, e vi o exato momento em que o medo atravessou seu rosto.

— Estou bem — mentiu ele. — *Você* está bem, Lani?

— Naia! — gritou Cahal, correndo de onde estava, ao lado do rei, até onde a esposa estava caída.

Balancei a cabeça para Raife, olhando para a flecha que saía de sua barriga. Ele precisava de cura, mas como eu estava dolorosamente ciente, ninguém podia curar o rei, exceto aquelas águas na caverna de cura a muitas e muitas horas de distância.

Raife se ajoelhou ao lado de Naia, e Cahal pareceu olhar para o rei pela primeira vez.

— Milorde, o senhor precisa de um curandeiro! — O homem pareceu dividido entre a esposa e seu dever para com a coroa.

— Estou bem — rosnou Raife, segurando a barra do vestido de Naia. — Vou levantar isso e examinar a ferida, tudo bem?

Ela concordou com as lágrimas já correndo pelo rosto.

Quando o rei levantou o vestido, estremecemos. A flecha estava cravada tão fundo que parecia despontar na parte de trás de sua coxa.

Raife olhou para Cahal.

— Dê a ela algo para morder.

Naia arregalou os olhos ao ver o marido tirar o cinto de couro e o encaixar entre seus dentes.

— Ficará tudo bem, meu amor. Pense no jardim. Sua lavanda está florescendo — murmurou ele em seu ouvido.

— Dane-se o meu jardim, Caha... ahhhhhh! — gritou ela, mordendo o couro quando o rei quebrou a flecha ao meio e passou a mão por trás de sua perna para puxá-la por ali. Assim que a ponta da flecha saiu, Raife a levou ao nariz e a cheirou.

— Nenhum veneno detectável — disse, aliviado.

Sangue borbulhou do buraco na perna dela, e o rei colocou as mãos em sua coxa. Arcos roxos de luz deixaram seus dedos e envolveram a perna de Naia. Seus gemidos cessaram de imediato, sendo substituídos por um suspiro de alívio.

Quando Raife afastou as mãos, não havia mais um buraco ensanguentado, e sim uma cicatriz rosa-clara enrugada.

— Obrigado, milorde — sussurrou Cahal, apoiando a cabeça na curva do pescoço da esposa.

Raife não disse nada, pairando sobre Naia.

— Raife? — Puxei um pouco seu ombro para olhar seu rosto, e meu coração parou ao ver seus lábios roxos.

— Veneno — disse ele.

A flecha *estava* envenenada. E agora não só ele havia ingerido o veneno para curar aquela ferida, como também estava sendo envenenado pela flecha cravada nele. Uma dose dupla daquela coisa terrível e inodora com a qual a rainha havia tentado nos matar antes.

— Não. — Cahal correu para pegar o rei no instante em que Raife caiu para trás.

Naia choramingou, se ajoelhando ao lado do rei e explodindo em lágrimas. Bailey e Ares estavam ilesos e em choque na entrada da tenda tombada enquanto o rei ofegava.

Não. De novo não. Assim não.

Uma rajada de vento soprou e a barraca voou para longe, revelando o estado precário do rei para toda a praia. As pessoas arfaram, começaram a chorar, algumas até caíram de joelhos em oração.

Parecia que os Flechas Reais tinham cuidado dos inimigos, visto que nenhuma nova flecha estava sendo disparada contra nós, mas mesmo com a multidão assistindo, não deixei aquilo me deter.

Eu *precisava* salvá-lo, mesmo que isso me matasse. O mundo era um lugar melhor com ele, e eu não conseguia conceber ter um dom de cura que não podia usar.

Ajoelhando ao seu lado, quebrei a flecha como ele havia feito, sentindo a onda opressora de emoções de todos ao redor: o horror e a culpa de Naia por talvez ter causado a morte do rei, o remorso de Cahal por ter sido incapaz de proteger Raife, o medo de Ares e Bailey de ver o rei morrer, sem poderem fazer nada para impedir, os espectadores que amavam de verdade seu rei e agora tinham medo de ficar sem ele.

Olhei para Raife. O sangue se acumulava em sua túnica e seu rosto ficava azul.

— Não — sussurrou ele, sabendo o que eu estava prestes a fazer.

— Pode... ser o seu último... — foi tudo o que conseguiu dizer antes de perder o fôlego.

Me debruçando, rocei os lábios em sua orelha.

— Terá valido a pena se eu conseguir salvar o homem que amo.

Quando me afastei, os olhos dele estavam arregalados, mas também senti, naquele momento, sua felicidade completa e absoluta por eu ter confessado tal coisa.

Me debruçando outra vez, aproximei os lábios dos dele e soprei, invocando qualquer energia de cura que me restava.

O sopro roxo passou por seu rosto e, uma a uma, as pessoas à minha volta ofegaram.

— Ela é abençoada.

— Aquilo é o Sopro da Vida?

— O cabelo dela!

Olhei para Raife e, embora o tom azul estivesse desaparecendo de seu rosto, ele ainda não havia respirado. Depois que um sopro pareceu não funcionar, dei outro, sentindo uma fraqueza nos ossos. A cor finalmente voltou ao rosto de Raife, mas ele ainda não havia respirado ou falado, então me preparei para soprar outra vez, a terceira, dando tudo o que eu tinha, mas Raife levantou a mão e segurou minha boca.

Ele se engasgou e arfou em busca de ar. Um suspiro coletivo de alívio correu pela praia, e a multidão chorava e gritava de alegria. Sorri para Raife, mas tudo ficou escuro quando desabei bem em cima dele.

QUANDO ACORDEI, PISQUEI DEPRESSA, TENTANDO TER UMA NOÇÃO de onde estava. A última coisa de que me lembrava era de ter salvado a vida do rei na praia.

Meus dedos tatearam a superfície em que eu me encontrava. Não estávamos mais na areia.

Olhei para cima, minha visão nebulosa foi clareando enquanto eu finalmente conseguia enxergar os arredores direito. Eu estava deitada em uma cama; a janela estava aberta e pássaros cantavam do lado de fora. As paredes eram rebocadas com um belo papel de parede floral e os pisos de madeira eram de um marrom intenso. Era um cômodo adorável, mas eu não o reconhecia.

— A senhora acordou! — Uma curandeira que reconheci da enfermaria veio correndo.

Magda.

A curandeira de maior confiança de Raife usava seu jaleco branco de cura, e logo colocou dois dedos no meu pulso.

— Os batimentos cardíacos estão fortes. — Então segurou uma varinha de cura sobre meu corpo e o analisou de cima a baixo. — Leituras maravilhosas. Como está se sentindo? — Ela olhou para mim com um sorriso, sua atenção parou por um instante em meu cabelo, e eu imaginei que estariam mais brancos do que antes.

— Bem. Naia está bem? E o rei?

Seu rosto vacilou um pouco, mas ela se recuperou com um sorriso.

— Todos que estavam no ataque à praia estão vivos e bem, e os assassinos foram capturados e levados à justiça.

Seu olhar voltou para meu cabelo, e eu passei os dedos por ele.

— Pode me arranjar um espelho, por favor? — Enquanto eu me sentava, ela correu até uma cômoda e voltou um segundo depois com um espelho de mão.

Quando o levantei até o rosto, prendi a respiração. *Todo* o meu cabelo estava branco. Todo, exceto uma mecha marrom na frente.

Magda estendeu a mão e segurou meu braço.

— Aquilo que você fez pelo rei… estamos todos muito gratos.

Olhei para a mão dela na minha e franzi o cenho.

— Cadê a minha aliança? — Percebi no mesmo instante que o redemoinho de ouro amarelo havia desaparecido. Olhei para a cômoda, mas não havia nada em cima além de uma escova de cabelo.

Ela se remexeu pouco à vontade.

—Magda, cadê a minha aliança? — Eu não queria parecer agressiva, mas meu tom saiu cortante.

Ela suspirou, baixando os ombros ao desviar o olhar de mim para alguns centímetros à minha direita, como se não conseguisse encontrar o meu olhar.

— O rei vai dizer a todos que você morreu para salvá-lo. Terei o prazer de ser a sua curandeira pessoal e governanta…

— O que foi que você acabou de dizer!? — Larguei o espelho na cama e joguei as cobertas de lado. — Que eu morri? Cadê o Raife?

Minhas mãos tremiam. Olhei para baixo e constatei que eu usava apenas uma camisola fina. Não dava exatamente para sair do palácio daquele jeito, mas àquela altura já não me importava.

— Minha senhora, fui incumbida de informar…

— Dirija-se a mim como *rainha*. Agora, CADÊ O MEU MA-RIDO? — rugi, as lágrimas escorreram pelo meu rosto enquanto meus gritos davam lugar a um soluço. Por que ela estava me chamando de *senhora*? Será que ele terminou comigo? Salvei a vida do canalha e ele me retribuiu me largando e dizendo às pessoas que eu estava morta? Eu o mataria! Por Hades, eu mesma mataria o desgraçado por isso.

Magda parecia assustada, estendendo as mãos para tentar me acalmar.

— Ele voltou para o palácio. Você está segura aqui. Fiz um Juramento Real de Paz com você. Esta é a única maneira de mantê-la segura, minha senho… minha rainha.

O choque me atravessava em ondas. Ele *voltou* para o palácio?

— Onde estou?

Ela se remexeu, nervosa.

— Em uma adorável e segura cabana, tudo providenciado pelo re…

Avancei, agarrando Magda pelos ombros.

— Pare de enrolar agora mesmo e me diga o que está acontecendo.

Ela engoliu em seco.

— O rei disse que não pode continuar casado com a mulher mais perseguida de Arquemírea, não seria seguro para a senhora. Todo o reino está falando sobre a senhora, imaginando se a senhora poderia trazer de volta entes queridos que já morreram. Estão levando inúmeros corpos de recém-falecidos para o castelo, pedindo que os ressuscite.

Então murchei, qualquer ânimo me deixou completamente.

Ele tinha razão. Raife tinha avisado que se as pessoas descobrissem sobre meu dom, iriam me caçar.

— Onde estou? — Minha voz saiu mais baixa dessa vez, mais fraca.

Magda relaxou.

— Em algum lugar na fronteira da floresta de Povoado dos Espinhos. O rei perdoou sua dívida e você permanecerá aqui para sempre com todo o conforto possível. A comida é entregue toda semana, a casa e o terreno estão pagos…

— Para sempre?

Despertei da minha melancolia e passei por ela pronta para sair dali. Acabei em um corredor e virei à direita, que dava para uma sala com móveis em tons de branco e creme. A parede repleta de janelas revelava que eu estava alojada em uma densa floresta. Caminhei até a porta da frente, a escancarei e saí. Meus pés descalços tocaram o musgo úmido e dei uma volta completa.

Árvores frondosas e tão altas que não dava para ver as copas. Nenhuma casa, nenhuma aldeia, apenas uma montanha a quilômetros de distância.

— Sou uma prisioneira — sussurrei.

— A senhora está segura — insistiu Magda.

Virei para ela, com olhos arregalados.

— Estou no meio do nada! Estou presa. Como ele foi capaz de fazer isso comigo?

Ela franziu os lábios e gesticulou para que eu entrasse.

— Fazemos de tudo pela segurança das pessoas que amamos.

Amor? Isso não era *amor*. Ele nem estava ali para me contar pessoalmente.

Santo Hades. O rei me largou e me fez sua prisioneira. Nunca em meus pesadelos mais loucos pensei que ele fosse capaz disso.

◆　　◆　　◆

Cinco dias. Cinco dias morando na floresta com Magda foi o suficiente para me enlouquecer. Eu estava de luto pela perda de um relacionamento que mal tive e de um homem que eu amava, mas que sem dúvida nunca me amou de volta. Eu me sentia presa no meio do mato sem ninguém com quem conversar a não ser Magda. Ela não era tão ruim, era até agradável. *Agradável demais.* Sorria e dizia coisas boas o tempo todo. Não havia fogo nela.

Eu: "Eu odeio isso aqui!"

Ela: "Lamento, querida."

Eu: "Quero falar com o rei."

Ela: "Não pode, querida."

Eu: "Vou embora daqui, que Raife se dane!"

Ela: "Você não sabe onde estamos. Vai morrer no meio da floresta. Apenas se deite para eu trançar o seu cabelo. Depois posso fazer bolinhos de mirtilo para nós."

Ela era um cão de guarda agradável, mas ainda assim um cão de guarda.

Minha nova realidade tinha começado a se estabelecer. O rei diria ao reino que eu havia morrido e, com isso, minha tia continuaria presa em Obscúria, vendo seus medicamentos acabarem. Raife havia me jogado aos leões e me escondido como se eu fosse um problema. Bem, que se dane. Eu é que não ficaria enfurnada naquela casa de campo pelo resto da vida.

— Magda, será que o escravocrata incluiu alguma tinta de cabelo no último carregamento que recebemos?

Ela não gostava quando eu chamava Raife daquele jeito, mas era isso que ele havia se tornado.

Duas vezes por semana, um Flecha Real de confiança trazia frutas e verduras frescas a cavalo. No dia anterior foi Cahal. Ele não me olhou nos olhos enquanto entregava a comida a Magda. Quando pedi que me levasse de volta ao castelo para falar com Raife, ele simplesmente montou no cavalo e partiu.

Malditos. Todos eles.

Magda suspirou.

— Para que precisa de tinta de cabelo, minha querida?

Porque eu quero fugir e não ser reconhecida. Ter todo o cabelo branco com uma mecha castanha, enquanto circulavam rumores sobre uma abençoada estar à solta, não era o ideal.

— Não gosto desse visual. Quero parecer eu mesma — aleguei, segurando as pontas do meu cabelo branco.

Magda fez biquinho.

— Isso lhe faria feliz?

Quando me aproximei, pude sentir seu desejo de que eu fosse genuinamente feliz. Ela tinha pena de mim e de como o rei havia me deixado ali depois que salvei a vida dele. E ela levava muito a sério a tarefa de ser minha curandeira.

— Faria. — Era uma meia-verdade. Eu não me importava com a aparência do meu cabelo, mas estar um passo mais perto de sair daquele lugar me faria feliz.

— Tudo bem. Já volto, então. — Ela se moveu para pegar uma cesta e uma faca na cozinha, e eu franzi a testa.

— Aonde vai?

— O rei não mandou tinta de cabelo, mas a raiz de almíscar é de um marrom-avermelhado profundo, e o mais próximo da sua cor natural que podemos arranjar por aqui. Posso ferver e fazer a tintura eu mesma. Minha mãe me ensinou para escondermos os seus fios brancos. — Ela deu uma piscadela.

Meu coração ficou apertado. Deixá-la seria difícil. Não porque eu me preocupava com ela – Magda ficaria bem, ela sabia onde diabos estávamos e recebia um Flecha Real a cada três dias –, mas ela sofreria com minha fuga, encarando como uma traição e um fracasso.

Nas horas seguintes, Magda ferveu a raiz e fez uma tintura de cabelo castanho-avermelhada concentrada para mim. Depois a aplicou com cuidado nas mechas, enquanto eu ficava sentada ali e remoía minha culpa. Quando terminou, me olhei no espelho e dei um sorriso sincero. Estava muito bom – mais vermelho e de um marrom mais escuro do que minha cor natural, mas bom. A parte que ainda estava castanha ficou muito mais escura agora que a tinta havia sido aplicada em cima, e ao olhar mais de perto, no espelho, vi que a metade direita de meus cílios também estava branca. Eu esperava que ninguém notasse, porque eu não queria usar tinta tão perto dos olhos.

Sorri para ela.

— Amei. Obrigada.

Ela pareceu satisfeita com a minha felicidade, assobiando enquanto limpava tudo. Havíamos nos acostumado com nossa rotina noturna: eu lia um dos vários livros que Raife mandava entregar, ela tricotava perto da lareira.

Quando me levantei para preparar a última xícara de chá do dia, quase desisti de misturar a raiz de valeriana na bebida dela.

Mas eu simplesmente não conseguia superar o fato de ter dito a Raife que o amava, ter salvado sua vida, para então ele retribuir me prendendo numa floresta. Eu *precisava* sair dali.

Coloquei uma grande pitada de raiz de valeriana em pó no chá de Magda, acrescentei mais açúcar que o normal e levei para ela, e ela tomou um gole e fez uma careta.

— Doce demais — disse.

Soltei uma risada nervosa e tomei um gole de chá.

Vinte minutos depois, ela estava bocejando.

— Tudo bem, querida. Vamos colocar você na cama.

Concordei com a cabeça, me levantando.

— Me deixe ir ao banheiro primeiro. Estou com um pouco de dor de barriga — menti, caminhando pelo corredor até o banheiro e me trancando lá dentro.

Se eu tinha alguma dúvida quanto a ser ou não uma prisioneira, ela era respondida todas as noites, quando Magda trancava a porta do meu quarto. Eu não tinha permissão para sair, uma ideia que me aterrorizava. Eu sabia que ela só estava fazendo seu trabalho, sob o comando de um rei confuso, mas eu não fui feita para ser enjaulada.

Agora não. Nunca.

Fiquei sentada no banheiro por cinco minutos antes de ouvir Magda bater à porta.

— Já está tarde — disse ela, parecendo sonolenta.

Dei descarga e forcei uma voz agoniada.

— Ai, minha barriga está doendo. Acho que foram aqueles ovos. Vou demorar um pouquinho. Por que não se deita um pouco no sofá?

Silêncio. E então:

— Está bem, querida.

Fiquei andando pelo banheiro pelos vinte minutos seguintes, tentando criar coragem para sair e ver como ela estava. Eu sabia que se tivesse que lutar com Magda poderia dominá-la com facilidade – mas eu gostava dela e não queria que chegasse a tal ponto. Também sabia que ela tinha um corvo para avisar qualquer coisa ao rei depressa, e queria ter uma vantagem antes que Raife começasse a me procurar. *Se é* que procuraria. Ele poderia muito bem apenas querer se livrar de mim, algo que o absolveria de qualquer culpa que sentisse por me proteger segundo o raciocínio doentio dele.

Depois do que presumi serem trinta minutos de silêncio, destranquei a porta, girando devagar a maçaneta na palma da mão suada.

Por favor, esteja dormindo, rezei enquanto atravessava o corredor e espiava a sala. Ali, caída em sua poltrona de tricotar, estava meu cão de guarda, roncando de leve.

Soltei um suspiro trêmulo e, em seguida, entrei no quarto na ponta dos pés, vestindo às pressas roupas de viagem. Depois tateei debaixo da cama para puxar a fronha estofada em que vinha juntando itens durante toda a semana: frutas secas e carnes, um mapa do reino que desenhei à mão o melhor que pude, uma muda a mais de roupa, uma faca de carne, um cantil e um cobertor. Por último, o romance sobre anjos que eu estava lendo. O rei o havia enviado do castelo. A gentileza me irritou. Me largar, me trancafiar, mas enviar meu livro favorito?

Idiota.

Atirei o saco sobre o ombro e caminhei com os passos mais de fininho possível até a porta dos fundos, ao fim do corredor, e ficava mais longe dos ouvidos de Magda. Com os dedos trêmulos, pus a mão na maçaneta e a girei. A porta rangeu um pouco ao abrir, e meu coração foi para a garganta.

Shhh, fique calma, pedi a mim mesma, enquanto o medo me atravessava. Ao sair em meio à escuridão, fechei a porta o mais de leve possível e corri para a floresta como se já estivesse sendo perseguida.

Eu não sabia se havia Flechas Reais por perto, corvos ou não sei mais o quê. Só sabia que, além de poder me sentar na varanda ao meio-dia, não era encorajada a sair. A lua estava alta no céu, mas nada revelava para onde eu estava indo. Seria preciso esperar o nascer do sol para me orientar quanto ao leste e o oeste. Obscúria ficava a leste, e eu pretendia salvar minha tia sozinha, já que o rei tinha resolvido abandoná-la.

◆　◆　◆

Eu não queria me afastar muito sem saber em que direção estava indo, mas também não queria ficar muito perto do chalé com medo de que

Magda tivesse acordado e alertado o palácio sobre minha fuga. Acabei caminhando quatro horas em uma direção até encontrar uma vilazinha madeireira. Havia uma montanha de toras descascadas do lado de fora dos portões. Subi em cima delas para ficar longe de quaisquer animais noturnos, e logo adormeci de exaustão.

Acordei nas primeiras horas da manhã com homens gritando e o calor dos raios de sol no rosto.

— Tem uma mulher lá em cima! — gritou um deles em élfico antigo.

Me sentei de supetão, enrolando o cobertor em uma bola e o enfiando na fronha. Olhei para os homens, com os olhos ainda turvos de sono, sorri educadamente e acenei.

Os elfos me olharam, perplexos.

— Senhorita, o que está fazendo aí? — Ele também falava élfico antigo, e agradeci ao Criador por saber responder na mesma língua. Pigarreei.

— Viajando para visitar a minha tia, mas me perdi um pouco. Onde estou? — perguntei quando um dos elfos, um homem mais velho na casa dos cinquenta anos com olhos afetuosos, subiu nas toras para estender a mão e me ajudar a descer.

— Portosul, senhorita. Onde a sua tia mora?

Aceitei sua mão, mantendo as orelhas cobertas pelo cabelo e deixei que ele me ajudasse a levantar.

Elfos não eram contra humanos híbridos nem nada, mas se o reino pensava que eu estava morta ou desaparecida – a rainha, uma meio humana e meio elfa que supostamente podia ressuscitar os mortos –, eu estaria encrencada. As chances de aqueles elfos madeireiros terem ido a um casamento real eram pequenas, então me senti confiante.

— Vale Chumbado — menti. Vale Chumbado era a cidade fronteiriça mais próxima de Obscúria, ainda localizada no reino de Arquemírea.

O homem assobiou baixinho.

— Está a um dia de cavalgada de Vale Chumbado. Está planejando ir a pé? — Ele pareceu confuso enquanto me ajudava a descer. Um dia de cavalgada equivalia a cerca de três dias de caminhada. Dois, se eu tivesse sorte. Aquele desgraçado do Raife tinha me mandado para o mais longe possível da fronteira de Obscúria.

— Fiquei sem recursos, senão teria alugado um cavalo — inventei, dando de ombros.

Meu vestido era bonito, mas não tão bonito quanto os que usei quando trabalhei no palácio, então eu não parecia rica.

O homem me fitou com pena. Ele olhou para um elfo mais jovem e esguio com longo cabelo castanho trançado. O jovem apoiava um machado gigante sobre o ombro.

— Diga, seu irmão Reeves não vai para Vale Chumbado amanhã? Para buscar aquelas novas cabeças de machado?

O jovem balançou a cabeça.

— Posso perguntar se ele pode acompanhá-la.

O alívio me inundou. Um dia de cavalgada da fronteira de Obscúria era o ideal. Contanto que o cara não fosse esquisito nem nada, eu não via problema.

— Ficaria muito grata — admiti.

O jovem inclinou a cabeça para os portões agora abertos da pitoresca vila madeireira.

— Bata na porta azul. A esposa do meu irmão vai te alimentar e hospedar durante a noite — disse ele.

Eu não queria ficar *mais uma* noite, mas caminhar dois ou três dias, possivelmente na direção errada, também não seria nada bom.

— Obrigada.

Coloquei o saco no ombro e comecei a caminhar para a cidade.

Enquanto passeava pelos portões abertos, notei que a cidade não tinha os toques modernos do castelo de Arquemírea, mas amei ainda mais. Tinha todos os detalhes arquitetônicos das casas élficas – portas em arco, incrustações de ouro, trepadeiras onduladas –, mas em vez de eletricidade, parecia que ainda usavam lamparinas de querosene e fogueiras. Era como voltar no tempo. Criancinhas corriam ao redor de um grande poço no centro da cidade, rindo e perseguindo umas às outras, e alguns cachorros cochilavam sob o sol da manhã. Apesar do medo de não encontrar a tal porta azul, sorri quando olhei para a pequena fileira de casas. Não havia mais do que quinze, todas agrupadas em um círculo, e cada uma com uma porta de cor diferente. Roxo, vermelho, laranja, verde, dourado, preto, branco, e sorri ao ver azul. Uma jovem elfa estava na frente batendo em um tapete com uma vassoura.

Passei por algumas pessoas, que acenaram para mim, e trocamos sorrisos amistosos. Se eu não precisasse salvar minha tia, me instalaria ali mesmo na vila e viveria nela para sempre.

— Olá — cumprimentei em élfico antigo, presumindo que a jovem também falasse a língua.

Ela se virou, parecendo surpresa.

— Olá.

— Você é a esposa de Reeves?

Ela limpou a mão no avental amarelo e fechou o punho.

— Sim, me chamo Flora.

Eu nunca tinha feito uma saudação élfica tradicional, mas já havia lido sobre isso no diário de meu pai. Nem mesmo o rei as fazia. Eram antiquadas e estavam fora de moda, mas eu não queria ser indelicada, então fechei o punho e batemos os antebraços.

— Muito prazer — falei, inclinando a cabeça em respeito. — Eu me chamo Ka... Kala — inventei às pressas.

— Muito prazer. — Ela sorriu.

Caramba. O lugar era como uma cápsula do tempo de velhos costumes e ideais élficos. Meu pai teria adorado. Pensar nisso despertou uma pontada de tristeza em meu peito. Eu sentia muita saudade dele e da minha mãe, o que me lembrava da minha tia e as convulsões dela.

— O irmão de Reeves disse que o seu marido pode me levar para Vale Chumbado. Preciso ver a minha tia doente e me perdi ontem à noite.

Ela franziu a testa.

— Você costuma viajar à noite? Sozinha?

Droga.

— Bem, não, mas a minha irmã Magda está grávida e não pode ir comigo. O marido dela tem que ficar e trabalhar. Pensei em acampar ao anoitecer, mas aí acabei… me perdendo. — Minha nossa, eu era quase boa demais em mentir.

A compaixão cintilou em seu olhar.

— Claro que Reeves pode levar você para Vale Chumbado. Entre. Vou apresentar você. Temos sobras do café da manhã e chá, se quiser. Será bem-vinda para pernoitar também.

Relaxei, ansiosa por uma refeição quente e uma boa cama.

— Muito obrigada, de verdade.

Ela apoiou a vassoura na parede de tijolos da casa e enrolou o tapete nos braços. Ao abrir a porta, gritou pela casa:

— Reeves! Temos visita, meu bem.

A maneira como ela falava com ele, com doçura e respeito, me fez pensar em Raife. Eu tinha falado a verdade quando disse que o amava. Eu *havia* me apaixonado por ele. Não era um relacionamento de mentira para mim. Eu queria chamá-lo de meu bem e encontrá-lo toda vez que entrasse em casa, e o que tinha acontecido com a gente, a rapidez com que ele havia me descartado, me corroía.

Um homem saiu do quarto dos fundos e entrou na cozinha. Ele era maior que o irmão, não apenas mais alto, mas também mais forte e bonito.

— Olá — cumprimentou Reeves com um aceno de cabeça.

— Esta é a Kala. Ela se perdeu e estava tentando chegar a Vale Chumbado.

Ele me encarou, seus olhos foram do meu cabelo para o meu rosto de um jeito que me deixou desconfortável.

— Vou para Vale Chumbado amanhã. Posso levar você — ofereceu.

— Obrigada — falei, ainda preocupada com a forma como ele me analisava. Foi quando notei todas as flores secas. Estavam penduradas de cabeça para baixo por toda a cozinha. — Que flores lindas. São do seu jardim?

Os dois pareceram desconfortáveis.

— Nós… perdemos um parente mês passado. As flores são de luto — disse Flora.

Logo me arrependi do comentário.

— Meus sentimentos. — Nervosa, esfreguei as mãos no vestido.

— Está com fome? — Flora parecia ansiosa para mudar de assunto, então balancei a cabeça.

Reeves puxou uma cadeira à mesa e gesticulou para que eu me sentasse. Quando fiz isso, ele se sentou na minha frente, *ainda* me olhando daquele jeito estranho.

Será que ele me reconheceu? Como? Era uma vila tão pequena.

— Você não me é estranha. Não consigo identificar — disse ele finalmente, me dando um embrulho no estômago.

Flora olhou para nós por cima do ombro, curiosa para saber de onde o marido poderia me conhecer.

— Quem sabe do festival da semana passada? — sugeriu ela.

Reeves balançou a cabeça, olhando de novo para o meu cabelo.

— Por acaso tem uma irmã?

Eu quase disse que não, mas logo me lembrei da minha história fajuta.

— Sim.

Ele relaxou um pouco.

— Ela estava na competição de vela no último fim de semana? Quando o rei foi atacado?

Meu corpo inteiro congelou. Ele percebeu, ficando rígido.

Flora se virou de onde estava esquentando alguma coisa no fogão.

— Você estava lá? Aquilo deu um susto e tanto no Reeves. E depois descobrir que a nossa rainha é uma abençoada! A aldeia só falou nisso a semana toda. Torço tanto para que ela desperte logo.

Não, não, não…

Eu precisava ir embora. Que burrice pensar que podia viajar sozinha. Foi isso que Raife disse a todos? Que eu estava inconsciente por dias a fio?

— Eu não estava lá. Nem a minha irmã — acrescentei depressa. Depressa demais.

Flora não pareceu notar, mas Reeves me observava como uma águia prestes a atacar sua presa.

— Foi incrível ver a rainha trazê-lo de volta da morte daquele jeito — disse Reeves, sem desviar o olhar de mim, nem mesmo piscar. — O cabelo dela ficou branco, mas com uma mecha bem aqui. — Ele pegou a parte castanho-avermelhada mais escura do meu cabelo e eu pulei, correndo para a porta.

Tudo aconteceu tão rápido que mal consegui acompanhar. Eu estava quase na porta quando Reeves me golpeou pelas costas, me derrubando no chão. Flora gritou, ele rolou para cima de mim, me puxando pelos braços.

— Reeves, o que em nome de Hades está fazendo!? — gritou Flora para o marido.

Quando o encarei, esperava ver um rosnado ameaçador, mas ele estava… chorando – lágrimas quentes e enormes escorriam por seu rosto.

— Você pode trazer os mortos de volta? É verdade?

Flora estava segurando um prato, pelo visto prestes a bater na cabeça do marido em minha defesa. Mas quando ela viu o estado do homem e processou as perguntas dele, abaixou o prato e se voltou para mim cheia de esperança nos olhos.

— É ela?

Ele acenou com a cabeça.

— Ela pintou o cabelo, mas é ela. Eu estava lá. Vi quando ressuscitou o rei.

— Pode fazer isso? — perguntou Flora. — Podemos pagar. Não muito, mas tudo o que temos é seu se trouxer a nossa filhinha de volta. Nós a enterramos mês passado. Varíola.

O lábio inferior de Flora tremeu e eu balancei a cabeça com força.

— Não, vocês não entendem. Eu não ressuscitei o rei e nem posso realizar mais nenhuma cura, senão vou acabar morta.

Flora abriu a boca, perplexa, mas Reeves cravou os dedos nos meus ombros.

— Ela está mentindo! Eu vi você devolver a vida para o rei! — gritou, as lágrimas pararam de correr. Agora havia só ameaça.

O medo disparava por minhas veias. O que essas pessoas fariam comigo? Elas achavam mesmo que eu poderia trazer os mortos de volta? Um corpo em decomposição há um mês? O Criador nos criava e, quando morríamos, nos juntávamos a ele novamente. Não voltávamos.

Não é?

Flora deve ter notado a hesitação em meus olhos. Ela apontou para as flores.

— A aldeia me trouxe flores, mas por que eu iria querer vê-las morrer também? Só quero a minha filhinha de volta. Não pode pelo menos tentar?

Reeves não desistia, e eu estava presa entre o desejo de tentar ajudar de verdade o pobre casal e a minha vontade de viver. Raife tinha dito que eu estava pedindo para morrer, mas não era isso. Eu só tinha um coração mole pelos mais necessitados.

— Flora, Reeves, serei sincera com vocês — comecei, e o aperto de Reeves afrouxou um pouco, como se sentisse que eu iria ajudá-los. — Ganhei esse dom há mais ou menos um mês e já usei a maior parte dele. A cada Sopro da Vida que dou, perco um pouco da minha própria vida. Isso deixa o meu cabelo branco, e foi por isso que o tingi. Quando todo o meu cabelo ficar branco, vou morrer, tendo doado toda a minha vida.

Os ombros de Flora desabaram, como se ela entendesse minha situação. Reeves apenas estreitou os olhos.

— *Quase* esgotou. Então não sabe quantos sopros ainda restam? — perguntou ele.

Engoli em seco.

— Não. E também não sei se posso trazer os mortos de volta. Eu não sou o Criador. Raife estava à beira da morte, não morto.

O silêncio recaiu sobre a sala. A família estava em pleno luto, o momento mais sombrio de suas vidas. Eles não estavam pensando com clareza e viram uma maneira de trazer a filhinha de volta. Pelo brilho selvagem nos olhos de Reeves, ele faria qualquer coisa para vê-la novamente. Reeves olhou para a esposa.

— Tranque a porta e vá descansar no quarto.

Por Hades.

Senti um aperto no estômago e recuei, mas o aperto dele era como uma braçadeira de ferro.

Flora arregalou os olhos.

— O que você vai…

— Não vou machucá-la, tem a minha palavra — Reeves falou para a esposa. — Agora vá.

— Não! — gritei. — Por favor, eu…

Ele me girou, prensando minhas costas em seu peito enquanto tapava minha boca com a mão.

— Reeves! — Flora correu até ele, mas ele a impediu com um olhar que não pude ver.

— Eu vou trazer a nossa filhinha de volta. Vá para dentro.

Foi o que bastou para que Flora me abandonasse. Suas perguntas pararam, seus passos cessaram, ela desistiu. Ela queria a filha de volta mais do que queria me proteger, e eu entendia. Até respeitava, em certa medida.

Com um aperto mortal, Reeves me arrastou para fora. Eu chutava e gritava. Tentei dar uma cabeçada nele, morder seus dedos, atingir suas partes íntimas. Nada funcionou. O homem tinha a constituição de um cavalo e era ainda mais forte que um.

— Talvez o Criador tenha dado esse dom para que você pudesse trazer as pessoas de volta. Talvez ele tenha enviado você para mim — disse Reeves.

Tentei balançar vigorosamente a cabeça, mas ele mantinha a mão tão firme sobre meus lábios que mal consegui me mexer. Ele prendia meu pescoço no lugar. Levou um segundo para meus olhos se ajustarem à luz do sol no quintal da família.

— Pare de resistir. Não vou machucar você. Só quero a minha princesa de volta.

Ele estava chorando de novo; dava para perceber pelo tom de voz.

Congelei, não devido ao que ele havia dito, mas porque meu olhar tinha acabado de pousar na lápide junto à cerca do pequeno quintal.

Brotinhos de grama haviam crescido no monte de terra da cova, um lembrete doentio de que, mesmo em meio à morte, a vida continua. Por que motivo alguém enterraria um filho no próprio quintal, eu não sabia. Eu jamais poderia ficar olhando para aquele monte de terra o dia todo e fazer algo produtivo.

É tão pequeno, pensei.

Quando nos aproximamos, li o nome escrito no topo.

Molly Rae.

Quando deixei escapar um gemido, Reeves afrouxou o aperto, talvez supondo que estava me machucando. Estar tão perto dele e do corpo de Molly foi demais para meu dom empático. Eu estava tentando afastar o sentimento avassalador de dor que vinha dele, mas agora a sensação me assolou com todo o seu peso. Fiquei mole e ele me colocou de joelhos enquanto eu começava a soluçar diante da pequena cova.

— Por favor. Por favor, traga-a de volta. — Reeves me soltou e pegou a pá que estava ao lado do monte de terra.

Ele estava louco de tanto sofrimento. Desenterrar um corpo morto há um mês? Ninguém queria dar vida a um cadáver meio podre, mesmo que *fosse* possível.

Assim que Reeves enfiou a pá na terra, uma voz estrondosa ecoou pelo quintal.

— Pare! Por ordem do rei. — O timbre profundo de Raife ressoou atrás de mim. Reeves congelou, pelo visto despertando do transe em que estava. Dois Flechas Reais correram até ele e pegaram sua pá, depois prenderam seus braços nas costas.

Eu ainda estava de joelhos. Os sentimentos de perda e dor ainda me atravessavam. Mas eles logo deram lugar à raiva de Raife. Minha raiva. *Traição.* Ele me deixou, terminou comigo por meio de outra pessoa e basicamente me aprisionou em uma floresta sozinha. Por que em nome de Hades ele estava ali?

— Prendam-no. — A voz de Raife estava mais próxima agora, e por mais que eu não quisesse falar ou lidar com ele, não podia deixar que prendessem Reeves.

— Não. — Quando me levantei, os Flechas Reais congelaram. Eram Cahal e Ares, e eu sabia que havia conquistado o respeito deles.

Me virei para trás, preparada para encarar meu falso marido, mas quando o vi foi como um soco no estômago.

Esse é o problema de se apaixonar. Uma vez que acontece, não dá para voltar atrás, não dá para desacelerar ou parar. É como um cavalo em fuga com vontade própria. Eu tinha me apaixonado por Raife e, embora quisesse matá-lo agora, não podia negar como ela era bonito, como ele me passava segurança e o quanto seus olhos azuis protetores me afetavam.

— Ele não me fez mal. — Olhei nos olhos de Raife. — Ele está de luto. Tenha piedade. — Estendi a mão e toquei o peito de Raife como se dissesse: *Você também sabe como é essa perda.*

— Ele raptou a rainha de Arquemírea…

— Rainha? — Pus as mãos na cintura. — É mesmo? — Levantei a mão para mostrar a ausência da aliança, fazendo Raife corar.

Os Flechas Reais trocaram um olhar e começaram a levar Reeves de volta para a casa, nos deixando a sós no jardim. Havia mais quatro Flechas Reais empoleirados na cerca, com os arcos em punho, mas longe demais para ouvir.

Raife suspirou.

— Ainda não fiz uma declaração pública sobre a sua condição.

Foi como se ele tivesse enfiado a mão em meu peito e arrancado meu coração.

— Minha condição? — esbravejei. — Então você está terminando comigo? Vai dizer para todo mundo que morri ou que estou em coma e nunca mais falará comigo?

Eu me sentia tão estúpida, porque isso era uma farsa desde o início.

Ele teve a decência de parecer aflito.

Eu dobrei a aposta.

— Você nem mesmo deixou um bilhete, Raife. Eu salvei sua vida e não recebi nem uma palavra! — rosnei, me aproximando. — No mínimo você me devia a decência de uma despedida.

Quanto mais perto eu chegava, mais sentia as emoções que vinham dele. Era como se eu tivesse entrado em uma tempestade de sentimentos. Choque, adoração, medo, proteção, raiva, desespero, dor.

Ele recuou um passo, como se sentisse o que eu estava fazendo.

— É para o seu bem, Lani! Tudo que eu faço é para proteger você. Será que você não vê isso? — alegou Raife, então apontou para o túmulo de Molly. — Olhe para isso. Mais cinco minutos e você estaria desperdiçando seu último suspiro num cadáver em decomposição. Seu *último* suspiro. Você estaria morta.

Engoli em seco.

— Você não tem como saber — retruquei, passando os dedos pela mecha mais escura do meu cabelo tingido. A última mecha que eu tinha.

— Eu não pedi para você me salvar, sabia? — prosseguiu ele, baixando a voz. — Eu jamais iria querer que você morresse à minha custa.

Fiz careta para ele.

— Quem é que parece querer morrer agora, hein?

Ele levou as mãos ao rosto e esfregou as têmporas.

— O que devo fazer com você?

— Me deixe tentar trazer de volta a filha deles e depois pode se livrar de mim — respondi morbidamente.

Suas mãos baixaram e seu olhar em mim foi abrasador.

— Jamais diga uma coisa dessas. Eles podem ter mais filhos, Kailani. Eu não posso fazer mais de você.

Meu coração quase parou de bater; ele parecia se importar. Eu estava tão confusa sobre ele, sobre nós, eu o odiava por isso.

Eu nunca deveria ter concordado com esse estúpido casamento falso!

Raife se virou e olhou para Cahal, agora parado na porta dos fundos. Erguendo os dedos, gesticulou para o Flecha Real se aproximar.

Quando Cahal me viu, suas bochechas ficaram vermelhas, como se tivesse vergonha de ter ajudado a me esconder.

— Leve-a de volta ao castelo e deixe-a no meu quarto. Não permita que ninguém a veja ou fale com ela. Entendido?

Cahal concordou, se curvando profundamente.

— Sim, milorde.

Seu quarto? Abri a boca para perguntar o que estava acontecendo, mas não consegui encontrar a maneira certa de formular a pergunta e, quando fiz isso, Raife já estava no meio do quintal.

— Raife Luminare! — gritei e ele congelou, se virando para olhar para mim. — Lembre como foi perder seus irmãos antes de julgar aquele homem lá dentro. Ele não me machucou — avisei e seu rosto murchou. Parecia que eu o havia esbofeteado.

Com um aceno de cabeça, o rei se moveu, mais devagar dessa vez, rumo à porta dos fundos da casa, parece que a fim de julgar o casal. Os quatro Flechas Reais empoleirados na cerca saltaram e seguiram o líder para dentro.

Cahal pôs a mão dentro de sua bolsa e tirou uma capa de viagem, que entregou para mim. Sacudi a capa e cobri os ombros, e então a cabeça.

— Vamos, precisamos ir antes que os outros Flechas vejam para onde levei você.

Franzi o cenho.

— Ele não confia nos Flechas Reais?

Cahal me lançou um olhar assustador.

— Ele não confia em ninguém quando se trata de cuidar de você, minha rainha.

Minha rainha. Então eu ainda tinha algum poder. Bom saber. Eu me perguntei se, caso eu mandasse Cahal me levar até a minha tia, ele obedeceria. Ele tinha obrigações para com a coroa de Arquemírea. Apesar disso, eu sabia que ele seguiria as ordens de Raife antes de qualquer ordem minha.

Franzi a testa, permitindo que ele me tirasse depressa do quintal e me colocasse sobre um cavalo à nossa espera.

— Ele confia em você — argumentei.

Cahal riu.

— Depois de ameaçar matar toda a minha família se você for mal-tratada ou raptada sob a minha vigilância.

Caramba, Raife fez isso? Ele era tão protetor comigo que eu não sabia o que pensar. Era porque eu poderia dar a ele informações para a sua saga contra a rainha? Ou era para proteger meu dom, a menos que ele precisasse do meu último sopro? Talvez fosse algo bem diferente. Ousei, então, ter esperanças de que ele me estimava. De que, em algum lugar lá no fundo, ele tivesse se permitido se apaixonar, assim como havia acontecido comigo.

A cavalgada de volta ao castelo durou horas. Quando chegamos aos estábulos, Cahal me conduziu a uma baia nos fundos.

— Para onde estamos indo? — perguntei. Aquela não era a saída do celeiro.

Ele pôs o dedo indicador diante dos lábios. Ao ouvir vozes vindas de fora do celeiro, balancei a cabeça. Cahal se agachou e começou a tirar um pouco de feno do chão, expondo um alçapão.

— Que legal — sussurrei.

Cahal deu uma piscadela e, após levantar a porta, indicou para que eu entrasse primeiro. Havia degraus de madeira e um leve brilho alaranjado lá embaixo. Enfrentando meu medo de espaços fechados, desci os degraus e cheguei ao subsolo. Cahal entrou, fechou o alçapão e logo me alcançou. Estávamos em um túnel com paredes de tijolos e arandelas iluminadas por tochas a cada seis metros.

— Que loucura — falei, não mais sussurrando.

— Todo bom castelo tem uma entrada secreta.

Ele foi na frente. Caminhamos por um bom tempo até chegarmos a outro conjunto de degraus e subirmos. Dessa vez, levavam a uma porta, e eu estava ansiosa para ver onde dava. Cahal pegou uma chave e a encaixou na fechadura, abrindo-a por completo.

Engoli em seco quando entramos no quarto privado do rei.

— Se algum dia houver um ataque, a senhora e o rei podem sair do castelo e fugir a cavalo em minutos.

Era incrível, mas agora que eu estava sozinha no quarto do rei, um lugar onde eu só havia passado uma noite, ainda que memorável, não sabia bem o que fazer.

Cahal fez uma profunda reverência para mim.

— Tome um banho, leia um livro, espere ele chegar.

Ficar à espera de alguém que viria gritar comigo porque fugi? Eu mal podia esperar.

Ainda assim, concordei, e Cahal saiu pela porta da frente do quarto, falando em voz baixa com os guardas do lado de fora.

Meu estômago ficou apertado quando pensei em como Raife estaria furioso por eu ter fugido de sua pequena prisão na floresta. Eu sabia que nossa conversinha junto ao túmulo de Molly não tinha acabado, mas não sabia o que aconteceria agora. Seguindo o conselho de Cahal, tomei um longo banho, aliviada ao descobrir que meu guarda-roupa continuava ali e abastecido. Vesti um elegante vestido verde-menta sem mangas e prendi o cabelo molhado em duas tranças. Peguei três livros das prateleiras, deitei no sofá e comecei a ler. Depois que a primeira hora se passou, desfiz as tranças e deixei o cabelo solto, agora com um cacho sedutor que eu sabia que Raife adorava. Após a segunda hora, comecei a andar ansiosamente pelo cômodo com o estômago roncando.

Quando soou a terceira hora, comecei a temer que Raife tivesse matado aquele pobre homem e sua esposa pelo que fizeram comigo. Uma batida finalmente soou da porta, e eu gritei de alívio.

— Entre!

A porta se abriu, e a sra. Tirth entrou, olhando para trás para garantir que não estava sendo seguida.

— Trouxe uma sopa e um sanduíche de queijo e tomate. Eu mesma provei.

Fiquei tão feliz em vê-la que quase comecei a chorar. Me adiantei, peguei a bandeja de suas mãos e a coloquei sobre a mesa.

— Obrigada.

Ela olhou ansiosa para mim.

— Ele está mesmo bravo comigo? — perguntei, mordendo o lábio.

Eu não sabia por que me importava – tinha sido ele quem havia me aprisionado no meio da floresta. Mas a sra. Tirth era como uma figura materna para Raife e eu queria a opinião dela.

Ela alisou o avental.

— Aqui tem estado uma bagunça, Kailani. Ele teve que demitir metade da equipe do palácio porque os pegou vendendo informações sobre você. As pessoas fizeram fila nas portas com doentes e idosos a semana toda.

Por Hades. Era pior do que eu pensava.

— Eu não queria que descobrissem que sou abençoada, mas ele estava morrendo. O que você queria que eu fizesse? — Lágrimas encheram meus olhos, e a sra. Tirth deu um passo à frente para secá-las.

— Ah, querida, eu teria feito o mesmo. Mas isso não significa que não devemos sofrer as consequências das nossas ações. Conheço Raife desde que ele nasceu. Ajudei a criá-lo. Não o vejo tão angustiado desde a morte dos pais. Acho que a necessidade de proteger você do próprio povo dele está acabando com ele.

Engoli em seco. E eu acabei fugindo do lugar seguro em que ele havia me colocado.

— Não posso viver sozinha numa floresta pelo resto da vida. Prefiro morrer.

Ela parecia desamparada.

— Bem, se as pessoas não se acalmarem, talvez seu desejo se realize.

A afirmação ousada me tirou o fôlego. Eles seriam capazes de me matar? Foi isso que ela quis dizer? Ou me forçar a usar meu último suspiro de cura?

— Eu...

Então a porta se abriu e nós duas pulamos de susto. Raife entrou e lançou à sra. Tirth um olhar que a fez se curvar e sair sem dizer mais uma palavra.

De repente, eu não estava mais com tanta fome. Depois de ver o rei, seu maxilar cerrado, os olhos reduzidos a fendas, eu fiquei um pouco assustada.

— Você matou o Reeves? — perguntei, baixinho.

— Não — rosnou Raife, com a voz trêmula de raiva.

Eu não sabia o que dizer ou como fazê-lo ver que eu não podia viver sozinha na floresta enquanto minha tia morria.

— Você prometeu salvar a minha tia — comecei, a única coisa que consegui pensar para argumentar com ele.

— E você disse que eu podia confiar em você — rebateu.

Levantei a cabeça como se ele tivesse me esbofeteado.

— Você pode. Eu nunca te machucaria...

Raife deu um passo à frente, a raiva vinha com tanta intensidade que parecia mortal.

— Mas *machucou*, Kailani. Você dormiu comigo, fez com que eu me apaixonasse por você, e então fez algo tão imprudente que garantiu que eu *nunca* poderei te amar.

Engoli em seco e levei a mão ao peito.

— Imprudente? Salvar a sua vida foi imprudente?

— Você mostrou para a praia inteira quem é! — gritou, com os punhos cerrados. — Colocou um alvo nas costas, e agora terei que ver outra pessoa de quem gosto morrer! Não posso viver isso de novo. Vou enlouquecer.

Ele gostava de mim. Pelo menos estava admitindo. Era um enorme passo quando se tratava dele.

— Eu também gosto de você. — Estendi a mão para ele, que recuou de repente, como se eu o tivesse picado.

— Kailani, eu avisei para não se apaixonar por mim. *Este* é o resultado. As muralhas que construí em volta dos meus sentimentos são altas demais, maciças demais para amar outra vez, e você provou isso. Lamento — retrucou, dando meia-volta, saindo do quarto e batendo a porta.

Foi impossível conter as lágrimas. Elas rolaram pelo meu rosto em grandes e pesadas gotas, me fazendo lamentar o dia em que conheci Raife Luminare.

◆   ◆   ◆

Comi a sopa e o sanduíche, agora frios, depois li mais dois livros. Como o quarto não tinha janelas, eu não fazia ideia de que horas eram. Raife voltou quando comecei a ficar sonolenta, parecendo mais calmo.

Fechei o livro no colo e olhei para ele, que se aproximou e se sentou na poltrona de leitura à minha frente. Então juntou as mãos e suspirou.

— Me perdoe por ficar tão bravo com você mais cedo.

Eu me animei. Um pedido de desculpa? Por essa eu não esperava.

Raife passou os dedos pelo cabelo e suspirou outra vez.

— Eu sou muito protetor perto de você, e agora metade do reino pensa que você pode ressuscitar entes queridos. Isso me deixou... — Ele balançou a cabeça.

— Me desculpe. Você me avisou sobre as repercussões caso as pessoas descobrissem que eu era abençoada, e agora está acontecendo. — Me ajoelhei e me sentei diante dele, olhando em seus olhos. — Mas, Raife, eu faria tudo de novo para salvar você.

Ele pareceu se irritar, se levantando e andando pela sala.

— Você tem um grande coração. É uma boa amiga. E sou grato por ter me salvado, só queria que não tivesse sido à custa da sua segurança.

Uma boa amiga.

Deitei no tapete como se tivesse sido atingida por uma flecha, fechando os olhos. Se ele usasse essa palavra mais uma vez, eu seria capaz de gritar.

— O que está fazendo? — perguntou, me fazendo abrir os olhos. Ele estava em pé diante de mim.

Dei de ombros.

— Desejando poder voltar no tempo e deixá-lo morrer para você parar de me repreender pelo meu erro.

Ele sorriu.

— Isso não é repreensão. Mas posso fazer isso, se você quiser.

Ele se abaixou e ofereceu a mão, que aceitei, deixando que ele me pusesse de pé. Quando meu corpo se chocou contra o dele, Raife recuou um passo, soltando minha mão como se ela fosse uma batata quente.

— Se eu te mandar de volta para a cabana, vai ficar lá? — perguntou, sério.

Arregalei os olhos.

— Pelo resto da minha vida? Prefiro comer o pão que Hades amassou!

Ele apertou a ponte do nariz.

— Então preciso que esteja sempre perto de mim. É a única maneira de manter você segura.

— Ah, que fofo… — Minha voz era puro sarcasmo. — Você é um *amigo* tão bom, Raife. — Ele juntou as sobrancelhas, confuso, o que me fez rosnar. Era a minha vez de andar furiosa pelo quarto. — Você me prometeu que depois que a gente se casasse, traria a minha tia para cá e a curaria. Agora é hora de cumprir!

— É a pior hora possível…

— Raife. É a hora — decretei. — Se não for buscá-la comigo, vou sozinha.

Ele ficou boquiaberto.

— Acha que vou deixar você embarcar na missão que será resgatar a sua tia? Ha. Ha. Você enlouqueceu.

Marchei até ele e o cutuquei no peito.

— É você que enlouqueceu se pensa que a minha tia simplesmente se mudaria para a floresta e deixaria a própria casa e tudo o que ela tem para ir embora com elfos aleatórios.

Ele pareceu ofendido.

— Não sou um elfo aleatório. Eu sou o rei.

— Ela não sabe disso, muito menos que eu sou a sua nova esposa. Não falei com ela. Eu vou e ponto final. Além disso, você nunca saberá qual casa é a dela. Aquele mapa que a Autumn desenhou leva só até o castelo. Precisa de mim para encontrar a casa da minha tia.

Ele mordeu o lábio.

— E se você for capturada e assassinada?

Dei de ombros.

— Então escreva "Grande amiga" na minha lápide.

Uma vez mais, ele pareceu confuso. O canalha não fazia ideia.

— Eu vou atrás da minha tia e ponto final. Já pintei o cabelo e vou usar uma capa com capuz. Você espera mesmo que eu fique enfurnada neste quarto pelo resto da vida?

Ele pensou a fundo na pergunta.

— Não, e é por isso que acabei de tornar crime punível com a morte só o fato de tocar em você.

— O quê!? — gritei.

Ele me olhou com frieza.

— Se quer viver e viajar ao meu lado, ser minha rainha, haverá regras. Um toque e não hesitarei em matar o responsável. Precisamos abrir um precedente, senão você será raptada e arrastada para todos os cemitérios do reino.

Ele não estava falando sério, estava?

— Não vai matar alguém só por tocar em mim, vai?

Ele levantou uma sobrancelha.

— Um rei que demonstra fraqueza é o mesmo que um rei morto.

Caramba. Tudo bem. Isso significava que ele estava falando sério.

— Então nunca mais alguém encostará o dedo em mim? Valeu! — vociferei.

Corri para o canto do quarto para encarar as estantes e ouvi seus passos recuarem e ele entrar no banheiro. Olhei para a cama onde fizemos amor pela última vez e gemi. Todas aquelas contradições estavam me deixando louca.

Boa amiga? Ninguém ameaçava matar uma pessoa por tocar em uma boa amiga.

Raife abriu a porta do banheiro e saiu, recém-banhado.

Decidi então que, pela minha própria sanidade, eu precisava saber o que ele sentia. Ele me via mesmo só como uma amiga que beijou uma vez e sem querer levou para a cama ou havia mais? Eu pretendia descobrir agora mesmo.

Abri o zíper do vestido, deixei o tecido cair no chão e fiquei apenas com a roupa íntima, composta de um sutiã de renda branco e calcinha também branca.

Raife congelou, os olhos percorreram meu corpo seminu.

— O-o que está fazendo? — Seu tom de voz caiu duas oitavas.

— Hum? — perguntei com desdém, desfilando pelo quarto e dando a ele uma boa visão do meu traseiro.

— Você está... se despindo. — Ele se atrapalhou com as palavras.

Adorei o desconforto em sua voz. Estava entremeado com outra coisa.

Desejo.

— Óbvio, não vou dormir de vestido, né? — respondi com uma risadinha.

Ele estreitou os olhos e apertou os lábios em uma linha fina enquanto eu me afastava e abria o guarda-roupa. Minhas camisolas estavam dobradas na parte inferior, então me inclinei para a frente, *bem devagar*, e peguei uma.

Ouvi um gemido estrangulado atrás de mim e sorri, puxando a camisola e deslizando-a pela cabeça.

Peguei você.

— Sei o que está fazendo — acusou Raife.

Me virei, fazendo o caminho de volta para a cama.

— Não sei do que está falando. — Dei de ombros de forma inocente e puxei a barra da camisola curta.

Seus olhos pareciam duas fendas. Ele segurou a barra de sua túnica de dormir, a levantou e arrancou em um movimento rápido.

Meu santo Criador.

Fiquei ali, atordoada, sem palavras, enquanto ele abria o cordão da calça.

Minha garganta ficou seca e precisei me forçar a desviar os olhos dele e continuar indo até a cama. Ele estava tentando jogar meu próprio jogo, me seduzir até eu tomar a iniciativa só para ele me rejeitar como da outra vez.

Bem, ele que se dane.

Subi na cama, com um grunhido mal-humorado, e joguei as cobertas sobre o rosto.

A vida de casada é uma droga.

Pela manhã, tomamos o desjejum juntos na salinha de jantar particular em que eu estava acostumada a ficar com ele.

— Posso ser a sua assistente de novo? Planejar festas é um saco — perguntei, levando uma garfada de ovo à boca e mastigando.

Era estranho não ser mais a pessoa que provava a comida. De alguma forma, minha ansiedade havia aumentado. Será que o novo provador de fato provou um pouco de cada coisa? Esperou os três minutos inteiros? Era alguém confiável?

Eu quase queria voltar a cozinhar para Raife enquanto ele lavava a louça. Foi uma época tão mais simples.

Ele bufou e riu do pedido.

— Não, você é a minha rainha. Ser a minha assistente seria inapropriado.

Mordi o lábio.

— Bem, estou entediada. Posso ajudar na enfermaria ou nos planos de guerra?

Ele largou o garfo e olhou para mim.

— Preciso visitar um velho amigo. Acho melhor se você estiver comigo.

A ideia me animou.

— Uma viagem? Oba! Parece divertido.

— Não se empolgue demais. É uma viagem para visitar o rei de Fadabrava.

Arregalei os olhos.

— Quer visitar o rei do inverno por livre e espontânea vontade?

Ele riu, como se gostasse da imagem que eu tinha de seu "velho amigo".

— Preciso da ajuda dele na guerra — foi tudo que disse.

— Tudo bem, mas na volta podemos buscar a minha tia?

Raife me lançou um olhar severo.

— Aí você já está abusando.

— São os meus termos. Você tem o mapa que a Autumn me deu, e agora que estamos casados o conselho deve aprovar. — Enfiei uma groselha na boca e Raife deitou a testa na mesa com um baque.

— Tá bom — resmungou, me fazendo sorrir, levantar e ir até ele. Deslizei os dedos por sua nuca enquanto passava.

— Até mais, meu bem — cantarolei.

Talvez ser rainha não fosse tão ruim se eu conseguisse o que queria de vez em quando.

◆ ◆ ◆

Eu estaria mentindo se não admitisse que morria de medo de conhecer o rei Almabrava. Lucien Almabrava tinha a reputação de ser um bronco implacável. Se alguém roubasse dele, perdia a mão. Se mentisse, perdia a língua. Das quatro cortes feéricas, ele sempre era escolhido como rei, ano após ano, porque sua crueldade o fazia ser temido. E ninguém tentava tirar vantagem de quem era temido. Houve até um boato de que a rainha de Obscúria considerava Lucien um adversário digno e que, por isso, não o incomodava tanto quanto aos outros reis.

Na viagem de carruagem, tentei sondar a profundidade da relação de Raife e Lucien.

— Então você e Lucien foram amigos de infância?

Raife usava um uniforme de guerreiro dos Flechas Reais e mantinha seu arco e flechas por perto, como se estivesse à espera de um ataque.

— Fomos — respondeu, seco.

— E por que deixaram de ser? — Franzi a testa.

Raife deu uma rápida olhada no decote do meu vestido creme. Eu era rainha e estava prestes a me encontrar com outro membro da realeza. Era preciso entrar na personagem e me vestir para impressionar. A profundidade do decote era perfeitamente adequada, mas ainda assim Raife lançava olhares furtivos, como se esperasse vislumbrar mais do que estava à mostra. Eu não sabia se isso me deixava feliz ou se me irritava. Ele precisava se resolver.

Raife suspirou.

— Fiquei muito abalado depois que meus pais morreram e fui coroado rei.

Quando estendi a mão para segurar a dele, ele se assustou um pouco, como se não esperasse o gesto, mas a apertou e depois soltou.

— O que houve? — Agora eu queria muito saber, *precisava* saber.

— Lucien não conseguiu ajudar na minha luta contra a rainha porque ele era apenas um príncipe na época, mas ele me visitava com frequência. Não importava quantas vezes eu tentasse expulsá-lo, ele voltava a cada fim de semana.

Meu coração derreteu ao ouvir isso. Esse era o mesmo Lucien Almabrava de quem eu tanto ouvia falar?

— Bem, então por que vocês não são mais amigos?

Foi quando senti: a vergonha. O sentimento veio abrasador de Raife, rápido e quente, até mim.

— Quando tínhamos dezessete anos, Lucien me convidou para conhecer sua namorada. Ele estava louco de paixão, dizendo que ia se casar. Mas eu a peguei flertando com meus Flechas Reais e não confiava nela. Aconselhei Lucien a terminar, expliquei que ela não seria boa para ele.

O horror foi como uma pedra no meu estômago. Engoli em seco. A energia de Raife se tornou então depressiva.

— Na noite seguinte, ela apareceu com uma amiga… Bebemos vinho élfico e… Lucien me pegou na cama com o amor da vida dele.

Arfei de surpresa e dei um tapa em sua perna.

— Raife!

— Eu sei, está bem? Eu sei. Eu estava bêbado e queria provar que ela não era leal.

Raife baixou a cabeça, envergonhado.

Suspirei e me levantei para me sentar ao seu lado, apoiando a mão em sua coxa.

— Todo mundo comete erros. Parece que você o poupou mesmo de um casamento terrível.

Raife me lançou um olhar de soslaio.

— Não o vejo desde então. Lucien disse que se eu aparecesse em Fadabrava, me mataria.

Sorri, entendendo agora por que meu marido tinha se vestido como se fosse para a guerra.

— Caramba, então essa visita foi uma ótima ideia.

Raife sorriu, rindo um pouco.

— Espero que ele não me mate na sua frente. Eu preciso muito da ajuda de Lucien contra a rainha de Obscúria. Os soldados de inverno dele são sem dúvida os melhores do mundo.

Mordi a bochecha, agora me perguntando se ter vindo foi mesmo uma boa ideia. Lucien não mataria Raife de verdade, mataria? Aquilo tudo havia acontecido anos antes. Matá-lo daria início a uma guerra, e eles foram amigos. Com certeza Lucien se lembraria disso.

— Estamos próximos dos portões de Fadabrava, senhor — informou um dos Flechas Reais de Raife da janela.

Raife engoliu em seco.

Assim que reduzimos a velocidade, ouvi os guardas feéricos perguntarem o que estávamos fazendo.

— Trazemos o rei Raife Luminare e sua nova esposa, Kailani Dulane, para ver o rei Lucien Almabrava — disseram os Flechas Reais formalmente.

— Esperem aqui. Vou enviar um mensageiro — foi a resposta curta.

Nós esperamos. E esperamos. E esperamos. Esperamos por mais de duas horas, comendo, saindo para esticar as pernas, até um feérico finalmente chegar a galope nos portões de ferro forjado.

O guarda no portão conversou com o homem por um instante e acenou para os Flechas Reais.

— Seu rei e sua esposa podem entrar. Vocês não.

Os Flechas rosnaram, olhando para Raife em busca de instruções, e eu não estava preparada para vê-lo olhando para mim como se quisesse minha opinião. Entrar em um possível território inimigo sem a guarda real? Mas a menos que não confiássemos em Lucien, por que levar um guarda armado? Precisávamos levantar a bandeira da paz primeiro.

Balancei a cabeça uma vez para Raife, sinalizando que por mim tudo bem.

— Pegue sua capa. Costuma fazer frio — disse Raife, sem mais uma palavra.

Vasculhei a carruagem e peguei minha capa de pele branca, afivelando-a ao redor dos ombros. Depois de receber ajuda para montar no cavalo de Raife, segui sentada de lado, abraçada a ele conforme passávamos pela entrada de Fadabrava.

Eu nunca estive no território dos feéricos. Tudo que eu sabia era que estava dividido em quatro regiões: Verão, Primavera, Outono e Inverno. Cada uma tinha seu príncipe ou sua princesa, mas o rei do inverno governava todos com punho de ferro. Pela aparência das árvores de folhagem alaranjada e amarela e a rajada de vento que soprava pelos campos, eu imaginava que tínhamos acabado de entrar nas terras de Outono. O mensageiro do rei cavalgava ao nosso lado, nos observando com atenção. Percebi que ele não estava armado e me perguntei se era por ter um poder mágico mais potente do que uma espada. Ele usava o uniforme preto de aço da guarda de inverno e pesadas botas de pele cinza.

Ao longo da hora seguinte, atravessamos duas cidadezinhas e um palácio de tijolos vermelhos, mas fomos instruídos a continuar – não tínhamos planos de visitar a realeza de Outono.

Quando subimos uma pequena colina, arfei com a diferença gritante entre as duas terras. A neve espessa demarcava a fronteira entre as duas cortes. As montanhas e árvores diante de nós eram cobertas pela neve branca, e logo levantei o capuz de pele, me aninhando junto a Raife com mais força, enquanto ele nos mergulhava no Inverno.

O caminho estava quase por um passe de mágica livre de resquícios de neve ou gelo, as inúmeras pedras estavam completamente secas. Era estranho, artificial. Olhei ao redor para absorver aquele cenário maravilhoso. Cada árvore, cada telhado, cada montanha coberta de branco. Era mágico, frio e, ainda assim, uma das coisas mais lindas que eu já tinha visto na vida.

Nos jardins das casas, a neve havia derretido, dando lugar a pequenos canteiros de abóboras ou abobrinhas. A visão me fez cogitar, fascinada, se eles conseguiam controlar onde a neve caía e onde não caía.

Olhei para o mensageiro e notei como ele não parecia sentir frio algum, apesar de seu uniforme ser bastante fino. Quanto mais adentrávamos o reino, mais frio ficava. Quando finalmente chegamos ao ponto mais alto e vimos o castelo branco de Inverno, meus pulmões pareceram congelados.

— É lindo — admiti, batendo os dentes.

Raife rosnou:

— E não costuma ser *tão* frio. Ele está fazendo isso para nos deixar desconfortáveis.

O rei do inverno? Ele era capaz de fazer isso? Tão rápido? Era ao mesmo tempo assustador e fascinante. O castelo de pedras brancas estava coberto com alguns bons centímetros de neve, assumindo um aspecto mágico contra o pano de fundo das grandes montanhas que o flanqueavam.

Meia dúzia de guardas nos encaravam na entrada dos portões e, conforme passávamos pelas pessoas, elas mantinham a cabeça baixa, sem fazer contato visual.

Todas as lojas do mercado eram pintadas de azul-claro e cobertas de neve, adquirindo uma aparência quase irreal, como se saíssem de um quadro. Olhei pelas vitrines, curiosa para ver o que havia dentro de cada uma, e vi belas joias, cerâmicas, roupas.

Ah, como eu adoraria parar e fazer umas comprinhas! Talvez em outra ocasião, quando tivéssemos certeza de que Lucien não mataria meu falso-talvez-não-tão-falso marido.

Cavalgamos até os portões do castelo, onde um guerreiro alto e de postura ereta esperava. O povo feérico não era conhecido pelo tamanho, de modo que o homem chamava a atenção entre os outros.

Raife desmontou e, quando me ajudou a descer, logo me arrependi do sapato que estava usando – a neve fria molhava até meus tornozelos. Raife pegou na minha mão, e o leve toque em sua pele fez meu coração apertar um pouco. Fomos conduzidos pelas grandes escadas externas e por um conjunto de portas duplas. O interior era todo branco e cinza. Ladrilhos de pedra branca cobriam as paredes e o chão, e fomos levados a uma grande sala de estar. O castelo estava mais aquecido, mas não muito. A lareira na parede oposta estava apagada, sem lenha dentro.

— É óbvio que não querem que a gente se sinta à vontade — resmungou Raife.

— Claro que não — confirmou alguém atrás de nós, nos fazendo pular de surpresa.

Quando me virei, vi Lucien Almabrava parado na porta.

Ele era o oposto de Raife em todos os sentidos possíveis: cabelo preto, orelhas mais pontudas, olhos cinzentos e austeros. Enquanto Raife era leveza e cura, Lucien era frieza e inclemência. Ainda assim, não havia como negar como ele era bonito. Aquela mandíbula definida e o sorriso arrogante conquistariam muitos corações.

— Encontrou alguém para casar com você? — comentou Lucien, parecendo surpreso. — E bonita também. Bom trabalho.

Raife apertou minha mão e eu acariciei a dele com o polegar, esperando transmitir que ele não podia se deixar entrar em uma discussão. Era evidente que Lucien continuava magoado por Raife ter dormido com sua namorada.

Soltei a mão do meu marido e me aproximei de Lucien, estendendo-a para ele.

— Olá, Alteza. É um prazer finalmente conhecê-lo. Me chamo Kailani.

O sorriso de Lucien se alargou, o que só o deixou mais bonito.

— *E* ela tem boas maneiras.

Ele aceitou o cumprimento e se inclinou devagar para a frente, beijando a ponta dos meus dedos por mais tempo do que o apropriado.

— Vim falar de assuntos oficiais — começou Raife assim que recuei a mão.

O sorriso de Lucien desapareceu e seu olhar ficou mais duro.

— E eu avisei que se aparecesse aqui de novo, eu te mataria. — Lucien levantou o braço e cerrou o punho. Era um gesto estranho, então apenas o encarei, me perguntando o que estava acontecendo, até que ouvi Raife sufocar atrás de mim.

Quando me virei, o rosto de Raife estava azul. Seus lábios tinham gotículas de gelo e sua respiração saía em baforadas frias e brancas.

— Pare com isso! — gritei para Lucien, que não demonstrou nenhuma intenção de parar.

Corri até o rei do inverno e, sem pensar, apertei sua parte íntima com força. Ele se encolheu, parecendo surpreso, mas não soltou Raife.

— Se matá-lo, arranco seu pênis no mesmo instante — rosnei com a carne dele nas mãos.

Ele se virou, me fitou e sorriu para mim. Senti-o enrijecer e depois endurecer sob meus dedos. Arfando de surpresa, tirei a mão e ele soltou Raife, com uma risada profunda.

Raife lutava por ar, enquanto Lucien continuava com suas risadinhas.

— Ah, Raife, ela é um tesouro. Você se casou bem, admito. Agora saia já do meu reino e *nunca mais* ouse voltar.

Fiquei aliviada por ele ter parado de sufocar Raife, mas ainda em choque pelo homem ter acabado de… era inapropriado demais até para pensar! O homem fazia mesmo jus à sua má reputação.

Raife se levantou, ainda ofegante, e olhou para Lucien com um brilho assassino nos olhos.

— Eu disse que sentia muito por Lorna, mas você nunca teria sido feliz com ela! Eu provei a infidelidade dela — insistiu Raife, indo direto ao cerne da questão.

Em um segundo, Lucien estava parado na minha frente e, no seguinte, estava gritando e correndo de encontro a Raife, com os punhos levantados.

Estremeci quando ele esmurrou o rosto de Raife ao som dos ossos quebrando. Raife ergueu o próprio punho e desferiu um soco no queixo de Lucien. Então os dois se atracaram como cães selvagens.

Dei um passo para trás, observando os dois resolverem suas questões. Uma troca de socos era mais fácil de tolerar. Minha antiga casa em Obscúria ficava em frente a uma taverna, então eu via diferentes brigas todos os dias. Essa, no entanto, tinha mais paixão que todas as outras. Lucien estava gritando algo sobre dormir com Lorna, enquanto Raife de repente parou de reagir, permitindo que o ex-amigo batesse nele, golpe após golpe.

— Pare! — berrei. Lucien pegou Raife e o jogou contra a parede, arrancando mais um grito meu. Os dois iriam se matar se eu não desse um fim àquilo. — Já chega!

Raife se levantou depressa, recuperado do golpe, e parou de frente para Lucien sem nem levantar os braços.

— Revida, desgraçado! — exigiu Lucien, erguendo o punho. Um pingente de gelo se formou na palma de sua mão.

Prendi a respiração tão alto que o som ecoou por toda a sala. Tentei avançar para detê-lo, mas quando olhei para baixo meus pés estavam congelados no lugar, literalmente. Ele tinha me imobilizado.

O medo revirava minhas entranhas com a cena que se desenrolava diante de mim.

— Me desculpe — disse Raife com a maior sinceridade possível. — Me desculpe, Lucien. Você era como um irmão para mim... me desculpe.

O peito do rei feérico arfava enquanto ele continuava segurando o pingente de gelo na garganta de Raife. Como se pedindo para ele seguir em frente, Raife ergueu o queixo. Tirei o pé à força do sapato congelado e me preparei para saltar nas costas do rei do inverno ou alguma outra loucura para fazê-lo parar.

Mas o rei feérico baixou o punho e soltou o pingente no chão.

— Vá embora e não volte mais. — Ele parecia resignado.

Quase derreti de alívio por ele não ter matado Raife. Enfiando o pé de volta no sapato, olhei para os blocos de gelo, que agora eram uma neve fina como pó.

Se eu não estivesse tão apavorada, poderia admirar de verdade como aquilo era incrível.

Raife olhou para mim e atravessou a sala. Lucien ficou onde estava, de costas para nós. Depois de pegar minha mão, meu marido olhou para o antigo amigo.

— Drae concordou em marchar contra a rainha de Obscúria. Daremos fim ao reinado de terror dela, e eu queria muito que você se juntasse a nós.

Lucien riu, um som frio e mordaz.

— O rei-dragão concordou em enfrentar a rainha de Obscúria ao seu lado?

— Sim — rosnou Raife.

Lucien girou, seus olhos brilharam com uma faísca prateada por um instante feroz.

— Vou acreditar nisso quando ouvir da boca de Drae. Agora dê o fora da minha terra! — Do nada, uma rajada de neve soprou em nossa direção. Raife me pegou no colo como se eu fosse feita de ar e me apertou junto ao seu peito, me tirando do castelo a passos largos e rápidos.

A neve dançava ao nosso redor como um túnel de vento, mas quando chegamos ao nosso cavalo, tudo parou.

Olhei para ele pela primeira vez, tentando disfarçar meu pavor.

— Que horror — declarei, enquanto ele me colocava no chão, meu corpo foi deslizando devagar pelo dele.

O lábio de Raife estava partido e sangrando; sua bochecha, inchada e vermelha. Mas ele estava... sorrindo, e eu não conseguia entender o que em nome de Hades o faria sorrir naquela situação.

— Só preciso trazer Drae para cá, então Lucien vai acreditar nele. Você ouviu.

— Isso não significa que ele vai lutar por você. Enviar o povo dele para a guerra é uma jogada arriscada, Raife.

— Ele poderia ter me matado, mas não matou. Isso significa que, lá no fundo, ele ainda é o meu velho e querido amigo. E um velho e querido amigo vai me ajudar a vingar a minha família.

Meu coração ficou apertado com as palavras enquanto ele me ajudava a montar no cavalo.

— Você não vai mesmo sossegar até acabar com a rainha Zafira, vai?

Raife passou a perna por cima do cavalo e me encarou com uma ferocidade para a qual eu não estava preparada.

— Desde o dia em que a minha família morreu, se contorcendo no chão e espumando pela boca, venho planejando essa guerra. Então não, não vou parar até conseguir o que quero.

Arrepios passaram pelos meus braços. Os elfos podiam ser curandeiros e, portanto, vistos como "fracos" entre outras raças, mas o que lhes faltava em força bruta era compensado pela habilidade no arco e flecha, pontaria e astúcia. Raife tinha planejado aquela guerra por quase dez anos. Eu sabia que ele não permitiria que nada o atrapalhasse.

Nem mesmo eu.

Tudo fazia sentido agora: a maneira como ele me afastava quando eu me aproximava demais. Eu já sabia que ele temia gostar de alguém novamente e perder a pessoa da forma que tinha acontecido com a família, mas agora também sabia que ele não queria que nada tirasse seu foco da justiça que buscava. Da sua guerra. Por Hades, depois que aquela maldita me envenenou na tentativa de prejudicá-lo, eu mesma mal podia esperar para ver a cabeça dela em uma estaca. Mas também desejava aquilo pela família Luminare, por cada criatura mágica que a rainha de Obscúria havia matado apenas por ter nascido com alguma magia. Um presente abençoado do Criador.

Ela era repugnante, má, e eu só não falava muito a respeito porque estava enraizado em mim não falar. Crescer em Obscúria significava não pronunciar uma palavra negativa sobre a rainha Zafira por medo de enforcamento por traição. Talvez Raife não soubesse o quanto eu o apoiava, bem como sua guerra, sua busca por vingança. E talvez ele precisasse saber.

— Raife, só quero que saiba que qualquer papel, grande ou pequeno, que eu possa desempenhar para te ajudar a obter justiça pela sua família, vou desempenhar.

Quando vi a dureza em seus olhos se suavizar, entendi como meu comprometimento era importante para ele.

— Zafira representa o que há de pior — continuei. — Ela precisa ser detida. Só não digo isso em voz alta porque estou acostumada a não poder falar mal dela por medo de represálias.

Seu semblante suavizou ainda mais.

— Eu não tinha certeza da sua opinião quanto à minha busca para tirá-la do poder e matá-la lentamente.

— Tem o meu total apoio. Aquela maldita precisa morrer.

Seu corpo inteiro relaxou, como se naquele momento ele percebesse que não precisava carregar o peso sozinho.

— De verdade?

Balancei a cabeça.

— Acho que depois de buscarmos a minha tia, você deve ir até o rei-dragão, trazê-lo para ver Lucien e convencê-lo a se compromissar com a guerra. O reino de Inverno não apenas faz fronteira com a terra da rainha, como também abriga o palácio mais próximo do dela. Ela nunca suspeitaria de um ataque dos feéricos. É sabido que ela considera o rei do inverno um adversário digno, a quem deixaria para o final. Essa pode ser a base da guerra contra ela — sugeri em uma onda de empolgação.

Os olhos de Raife brilharam, como se ele também estivesse gostando da ideia.

— Preciso arrancar um sim de Lucien primeiro.

— E você vai. Como você mesmo disse, ele não te matou. Isso é um bom sinal.

Raife deu um meio-sorriso, e pude sentir sua confiança nos próprios planos voltando.

— Vamos buscar a sua tia — disse ele.

Enquanto partíamos a cavalo com nossa fiel escolta, me aconcheguei nas costas de Raife, mais à vontade com nosso relacionamento do que eu tinha me sentido em muito tempo. De alguma forma, havíamos feito as pazes e agora éramos um time de novo. Mesmo que apenas como amigos, o que não era o ideal, mas já era um avanço. Porque um verdadeiro amigo queria que os sonhos da outra pessoa se tornassem realidade – mesmo que destruísse os seus próprios. Percebi então que Raife devia ser incapaz de amar nesse ponto de sua vida, e que eu estava vivendo um conto de fadas, pensando que alguns beijos ou uma noite juntos de repente o fariam se apaixonar loucamente por mim.

Estávamos em um acordo de negócios com duração de cinco anos, e Raife merecia isso depois de tudo o que havia perdido.

De Fadabrava até a porção de floresta oriental que Autumn havia marcado no mapa era apenas meio dia de cavalgada. Mas aquelas doze horas nos deixaram, em plena calada da noite, diante da fronteira de Obscúria. Autumn tinha rabiscado no mapa uma fazenda com um celeiro em amarelo forte e depois uma cerca quebrada. De lá, ela havia indicado alguns marcos pela floresta que levavam aos portões da Cidade de Obscúria.

Quando finalmente alcançássemos os portões, o mapa mostrava a imagem de uma árvore dividida em duas, como se um raio a tivesse atingido, depois uma flecha indicava a passagem por baixo do portão. Eu não fazia ideia da existência daquele marco, visto que não fiz nenhum esforço para memorizar as árvores, mas esperava que o encontrássemos assim que chegássemos lá.

Quando vimos a fazenda com o celeiro amarelo, Raife mandou o grupo parar.

— Kailani e eu seguiremos sozinhos a partir daqui — disse para seus Flechas Reais.

Tanto os olhos de Cahal quanto os meus se arregalaram com a declaração.

— O quê? — perguntamos juntos.

Raife apontou para o mapa e as palavras *só três pessoas*, escritas na parte inferior.

— Imagino que seja uma indicação de que mais de três pessoas seriam vistas, ou não caberiam, ou quaisquer que sejam as instruções — explicou. — Quando estivermos com a tia de Kailani, seremos três.

— Alteza, o senhor é o rei, não pode entrar no território de Obscúria sozinho — argumentou Cahal, e eu concordei com a cabeça.

— Eu tenho que ir, porque a minha tia não vai embora com você. Mas posso ir com qualquer um dos Flechas.

Cahal se curvou profundamente.

— Eu ficaria honrado…

— Não. Ela é minha esposa, e *eu* vou protegê-la — rebateu Raife.

Minha esposa. Eu não o tinha ouvido dizer isso o suficiente, e mesmo que fosse tudo teatro, eu jamais me cansaria.

Raife era bom em amar as pessoas, embora não as amasse *de verdade*. Ele era um protetor feroz, mas inegavelmente frio. Naquele momento, me perguntei se eu poderia aguentar isso por cinco anos inteiros; se aguentaria ouvi-lo dizer coisas românticas como "ela é minha esposa" e "eu vou protegê-la", sentindo meu coração batendo forte no peito enquanto olhava para seus lábios macios.

Cahal pareceu aflito.

— Milorde, eu jamais questionaria sua autoridade, mas a rainha de Obscúria pode capturá-lo. Ela pode matar você e Kailani, e então ficaríamos sem ninguém.

Raife balançou a cabeça.

— Vocês teriam o conselho. Eles formariam um quórum. Além disso, se Drae Valdren pode entrar de fininho em Obscúria e matar o filho mais velho da rainha, eu posso entrar de fininho e pegar a tia doente da Lani. — Havia determinação em seu olhar.

Cahal e eu trocamos um olhar cúmplice. Era disso que se tratava? Ele queria provar que também conseguia enganar a rainha?

Coloquei a mão no ombro de Cahal e disse:

— Minha amiga Autumn faz isso toda lua para visitar a irmã e o sobrinho em Arquemírea. Quanto menos de nós formos, menor a probabilidade de sermos vistos.

Ele parecia nervoso, como se não pudesse nem pensar em deixar o rei entrar em território inimigo sozinho.

— Fiquem aqui. É uma ordem — decretou Raife, encerrando a discussão antes que ela pudesse continuar.

— Sim, senhor. — Cahal abaixou a cabeça.

Com isso, Raife e eu desmontamos e fomos até a carruagem para pegar alguns suprimentos. Fizemos um pequeno embrulho com água e frutas secas, caso algo nos atrasasse, mas pretendíamos estar de volta ao amanhecer. Não dormiríamos nada e caminharíamos um bocado, mas deixar minha tia em segurança antes que a guerra começasse era importante para mim. Curar suas convulsões era importante. Os médicos de Obscúria diziam que a cada crise seu cérebro poderia ficar mais danificado. Eu sabia que Raife estava arriscando muito nessa missão, mas não via outra saída.

Enquanto atravessávamos a fazenda, olhando para a cerca dos fundos em busca de uma brecha na floresta, estendi o braço e apertei a mão de Raife.

— Obrigada por fazer isso. — Continuei segurando sua mão, esperando mostrar como eu era grata, mas ele apenas deu um breve aceno de cabeça e soltou meus dedos.

A dor já conhecida de sua rejeição fria invadiu meu coração, mas a deixei de lado. Era isso que éramos agora. Ainda bem que eu era a empática, não ele. Eu não gostaria de que ele soubesse o quanto da minha felicidade dependia dele, muito menos como ele me magoava com os menores gestos, como soltar minha mão.

Supere, Kailani.

— Lá está! — disse Raife, enquanto atravessávamos o campo na ponta dos pés até um canto da cerca. Aqueles fazendeiros nem imaginavam que, enquanto dormiam, seu rei e sua rainha perambulavam pelo pasto tão tarde da noite.

E, de fato, lá estava: uma abertura na cerca, grande o suficiente para uma pessoa passar de lado. Cada centímetro da fronteira de Obscúria era isolado por uma muralha – de Lunacrescentis até Mortósia. Era de pedra e tinha pelo menos três metros de altura. A rainha tinha feito com que todos os cidadãos se revezassem e tirassem um fim de semana para construí-la, como "dever civil", cerca de vinte anos antes. *Para afastar as pragas*, alegou. Em cima da muralha, a cada poucos quilômetros, havia postos de guarda. Estávamos entre dois deles. Faltavam cerca de quatro das grandes pedras ali, permitindo que uma pessoa agachada se espremesse. Raife olhou para a brecha e coçou o queixo.

— Estou dividido entre querer fechar isso depois de hoje para manter os soldados de Obscúria longe de Arquemírea, ou deixar aberto para podermos usar numa ocasião futura.

Sempre pensando como um rei.

— Meu voto é deixar aberto. Se Obscúria quisesse mesmo entrar, eles simplesmente escalariam a cerca e pulariam. — O que poderíamos ter feito, mas também aumentaria o risco de sermos vistos pelos guardas lá em cima.

— Acho que tem razão.

Na noite anterior, eu tinha lido um livro de teoria da guerra no quarto dele, portanto sabia um pouco sobre o que ele poderia estar pensando.

Raife se abaixou, passando primeiro pelo buraco, e eu prendi a respiração, esperando para ver se era seguro segui-lo.

— Vamos — sussurrou.

Agachei e olhei pelo buraco assim que ele estendeu a mão para mim. Aceitei a ajuda, permitindo que ele me puxasse, me levantei de volta e parei diante dele, espanando o vestido. Ele não recuou para me dar espaço, de modo que fiquei de pé junto ao seu peito com a parede atrás de mim.

Com nossos corpos tão próximos um do outro, meu coração disparou tão alto que tive certeza de que ele ouviu.

— Se ficar perigoso, quero que você volte aqui e me espere, ouviu? — Sua voz estava grave e as vibrações protetoras que emanavam de seu corpo eram tão fortes que eu senti meu maxilar ficar apertado.

Ri de nervoso.

— Você é o rei. Se ficar perigoso, é *você* quem precisa voltar aqui enquanto eu continuo.

— Não — rosnou, mantendo os olhos nos meus. — Já estou farto dos seus esforços heroicos. Se eu te mandar correr, você corre. Entendeu?

Eu nunca entendi de verdade o que significava meu dom da empatia. Por toda a minha vida eu meio que guardei isso calada porque as pessoas me sobrecarregavam. Agora sabia o que era e entendia que os sentimentos não eram meus, e sim dele, mas ainda me confundia. Porque naquele momento, por baixo de toda aquela proteção, havia um amor profundo. Ou pelo menos o que parecia amor. Seria o meu amor por ele? Parecia diferente, como um amor cru misturado com muito medo. Porque eu não tinha medo de amar; eu acolhia o sentimento.

— Tudo bem, Raife. — Levantei a mão e deslizei os dedos por sua mandíbula.

Suas pálpebras estremeceram, mas aquele medo voltou com tanta força que abafou toda a adoração que restava nele, e ele deu um passo para trás.

Ele já está em guerra, pensei. *Uma guerra consigo mesmo.*

E não havia nada que eu pudesse fazer a respeito.

— Fique atrás de mim — murmurou, disparando pela floresta em seguida.

Com um suspiro, fui atrás dele e engoli todos os sentimentos turbulentos que eu estava tendo.

Seguindo o mapa, nos arrastamos pela floresta. Raife manteve o capuz no lugar, cobrindo as orelhas de elfo, e uma flecha encaixada no arco. Fiquei trinta centímetros atrás dele por todo o percurso, trilhando o caminho que Autumn nos tinha deixado no mapa. Pequenas pistas informavam que estávamos indo no sentido certo: um montinho de pedras, uma fita amarrada a uma árvore. Presumi que o caminho mantinha quem o seguia fora da vista dos guardas da floresta, e eu estava certa, porque quando vi o castelo gigante de Obscúria ao longe, quase chorei de alívio.

Era minha casa – cheia de lembranças agridoces, mas ainda assim minha casa.

Raife parou abruptamente, e eu trombei com suas costas.

— O que foi?

O rei balançou a cabeça.

— Nada. É só… maior do que eu pensava.

A rainha de Obscúria era uma visionária, uma inventora, uma construtora. Tudo era grande, forte, feito de aço ou pedra. Feito para durar e feito com o sangue, suor e lágrimas da população de Obscúria. O que faltava aos humanos em magia, eles compensavam com o bom e velho trabalho duro.

Ainda escondidos pela fileira de árvores, observei seu rosto enquanto ele encarava o imponente muro de pedra de quinze metros erguido ao redor da cidade. Seu olhar se voltou para as dezenas de arqueiros que patrulhavam a muralha superior, e para o fosso do rio que circundava toda a cidade. Seus olhos continham admiração, decepção e determinação. Ou talvez fossem coisas que senti vindo dele.

— É quase impenetrável — sussurrou. — Se um grande exército quiser invadir será preciso…

Não insisti para que ele terminasse a frase, sabendo que sua mente já estava analisando as falhas de seu futuro plano de guerra. Enquanto ele olhava, cogitando todas as diferentes formas de ataque, eu me virava a cada poucos segundos e examinava a fileira de árvores em busca de guerreiros de Obscúria. Eu tinha bolado uma história, um disfarce caso fôssemos surpreendidos por soldados, mas esperava que isso não acontecesse porque também não sabia se Raife aceitaria. Humanos não podiam sentir o cheiro de seres sobrenaturais; então, contanto que Raife não mostrasse as orelhas, estaríamos bem. Eu o havia feito tirar qualquer insígnia de Arquemírea antes de partirmos. Embora a rainha usasse alguns farejadores, eram raros. E poucos do povo feérico se dispunham a trair a própria espécie por moedas de ouro.

— É melhor a gente continuar. — Enfim arranquei Raife de seu transe, rumo às duas rochas afiadas como as do mapa que Autumn havia desenhado. Ela tinha rabiscado um tronco, um sinal de adição e um barco. Eu não sabia bem o que significava, mas esperava que fizesse sentido quando chegássemos às duas rochas pontiagudas.

Raife me seguiu e eu comemorei em silêncio quando vi as duas rochas projetando-se do solo, apenas alguns passos à nossa direita. Ficavam na beira do fosso do rio e, quando as alcançamos, olhei para o tronco oco na margem e sorri.

O tronco era um barco. Tronco, sinal de adição, barco. E parecia mesmo não acomodar mais do que três adultos, o que explicava o fato de o percurso ser restrito a três pessoas.

Que o Criador a abençoe, Autumn.

Ela nem suspeitava que estava salvando minha tia agora. Eu também deveria falar com Autumn em algum momento e tirá-la da cidade antes de um ataque. Mas havia uma pequena chance de ela espalhar a notícia para os outros e isso chegar aos ouvidos da rainha, então eu teria que encontrar uma forma de apenas buscá-la e mantê-la quieta até o ataque. Já que parecíamos estar a meses de distância disso, tudo de que eu precisava focar de verdade agora era minha tia e curá-la de suas convulsões.

Raife se abaixou e segurou a ponta do tronco oco, usando a rocha para se firmar enquanto colocava o arco no interior e entrava.

Estávamos posicionados entre as duas grandes e pontiagudas rochas; então, a menos que alguém estivesse de pé na muralha mais alta do castelo, bem na nossa frente, não poderíamos ser vistos. Quando Raife estendeu a mão para mim, a aceitei, apontei um pé para o barco e peguei impulso no chão. Quando a canoinha de toras balançou, tive que prender um gritinho ao cair para a frente. Raife me pegou pelos quadris, caindo para trás com meu peso, e de repente eu estava em cima dele. O calor ganhou vida entre nós e senti todo o seu corpo enrijecer sob o meu.

Engoli em seco, tentando não pensar no quanto amava sentir seu corpo sob mim. No quanto sentia saudade de seu corpo pressionado no meu. No quanto eu pensava sobre a única vez que fomos para a cama.

Com pouco esforço, ele me sentou, mas não antes de dar uma rápida olhada em meus lábios.

Parecia um pequeno triunfo que ele ainda estivesse pensando em meus lábios, mas antes que eu pudesse divagar muito, Raife puxou uma corda e se posicionou para nos fazer atravessar. Percebi que era um sistema de polias. O barco se movia para a frente e para trás, então não importa de que lado estivéssemos, poderíamos puxá-lo de volta. Fiquei imaginando se Autumn havia construído isso ou se houve alguém antes dela. O rio não era tão largo, mas corriam todos os tipos de boatos sobre a rainha ter envenenado a água para que, se alguém entrasse, morresse. Isso obrigava os moradores a usarem os portões da frente, monitorados noite e dia. Ao ver algumas luvas de couro no fundo do barco, as entreguei a Raife.

— Não toque na água. Dizem que é envenenada — contei, mantendo a voz baixa.

Ele fez careta para a água turva, pegou as luvas e as colocou.

— Tinha que ser.

Olhando para o muro alto e para os guardas que o patrulhavam, Raife esperou a chance de atravessar, de olho nos grandes juncos do outro lado do rio. A grama era alta, talvez com quase um metro, e poderíamos facilmente nos deitar no fundo para atravessar bem aos poucos e evitar sermos vistos. Quando ele sentiu que era um bom momento para ir, nos empurrou da beira do rio e puxou a corda rápido, mas em silêncio. Agachei o máximo que pude; estávamos bem expostos no meio do rio. Raife grunhia e bufava, avançando a cada puxão. O suor brotava de sua testa e seus músculos se flexionavam por baixo da túnica enquanto nos levava pela água a uma velocidade vertiginosa. Antes que me desse conta, já estávamos do outro lado, onde estiquei o braço e segurei os juncos, nos escondendo neles enquanto esperávamos por algum sinal de que poderíamos ter sido vistos. Raife também se abaixou, apoiando a cabeça em meu ombro e mexendo na âncora. Um minuto se passou, dois. Nenhuma flecha, nenhum alarme. A barra estava limpa.

Raife pegou o mapa para o consultarmos novamente sob o luar. Havia um grande círculo preto a uns três metros da margem do rio. Ficava na base da árvore dividida em dois e estava marcado com uma palavra: buraco. Era ali que o mapa terminava.

Buraco.

Ele me olhou, suplicante. Essa era minha cidade natal, no fim das contas. Mas o problema de crescer em Obscúria era que nossa rainha alimentava uma constante paranoia com assassinatos. Tínhamos toque de recolher e, se quiséssemos viajar, precisávamos nos registrar. Não podíamos simplesmente passear ao longo das muralhas do palácio para admirar a natureza. Dei de ombros, olhando para algumas árvores a dez ou vinte passos de distância.

Autumn estava embriagada de vinho élfico quando fez aquilo. A palavra *buraco* era quase ilegível, e a árvore, dividida, quando olhei com mais atenção, não estava de fato partida em duas – podia ser uma árvore malfeita, desenhada por uma garota bêbada.

Inclinei a cabeça na direção das árvores, levantei o vestido e comecei a rastejar de quatro pela grama alta.

— Você deveria ter vindo de calça — murmurou Raife atrás de mim.

Eu bufei.

— Bobagem. Quero estar bonita para fazer o resgate — brinquei.

Teria mesmo sido mais prático, mas eu nem tinha pensado nisso até agora. A pobre seda do meu traje já estava ficando manchada.

Descanse em paz, lindo vestido.

Ao chegarmos a um aglomerado de quatro árvores, me sentei na frente, ainda ocultada pela grama alta. Raife se sentou ao meu lado, consultando o mapa.

— Nenhuma delas está partida ao meio, e o que significa "buraco"?

Suspirei.

— Olha, Autumn nunca me levaria ao lugar errado de propósito, mas estávamos um tanto bêbadas naquela noite.

Os olhos de Raife brilharam com algo que não consegui identificar.

— Sim, eu me lembro.

Senti um calor com a maneira como ele disse isso, e me perguntei se havíamos feito algo que eu gostaria de lembrar.

— Então talvez o desenho não tenha ficado bom. Só pode ser uma dessas árvores — continuei, apontando para as quatro diante de nós.

Raife balançou a cabeça, parecendo perplexo.

— Tá, mas e a palavra "buraco"? Uma vez dentro da cidade, indica um bueiro. Bueiro seria um "buraco" no vocabulário bêbado de Autumn?

Aquela com certeza *não* era hora para rir, mas não pude evitar.

— Acho que sim — admiti, e então mordi o lábio.

Será que havia um buraco na árvore e ele continha uma chave para o bueiro? Será que ela pretendia terminar o mapa, mas ficamos bêbadas demais e ela esqueceu? Eu adoraria me lembrar de tudo daquela noite. Ficando de quatro novamente, rastejei até a base da primeira árvore, inspecionando-a.

Fui até a segunda, mas não encontrei nada. Foi quando eu estava rastejando para a terceira que minha mão de repente afundou e caiu em um…

— Buraco! — exclamei, baixinho, perdendo o equilíbrio. Eu me joguei para o lado para não cair no buraco gigante no solo. A menos que se estivesse bem perto, era impossível ver com a grama alta ao redor, e parecia largo o bastante para um homem muito grande entrar.

Raife rastejou até mim e olhamos juntos para o buraco. Lá dentro, era o mais completo breu, o que era assustador demais.

— Será que vamos ter que descer? — perguntei. — Acha que é o bueiro que leva à cidade?

Raife franziu o cenho.

— Espero que seja um túnel secreto para o quarto da rainha. É só cortar a garganta dela enquanto estiver dormindo e acabar com essa guerra antes que comece.

Eu sabia que ele estava falando sério, então não ri.

— Duvido muito que a rainha tenha um acesso secreto desprotegido como este. — Tateei a parte externa do buraco até tocar na borda do aço frio. Arfei. — *É mesmo* um bueiro!

Parecendo um pouco impressionado, ele enfiou a cabeça no buraco e a tirou de volta.

— Posso até ouvir a água escorrendo devagar — confirmou.

Era a estação seca, então esperava que isso significasse que não precisaríamos nadar.

— Se importa de pular no buraco escuro e assustador primeiro? — perguntei com uma risada nervosa.

Raife abriu um sorriso radiante que me deu aquele velho frio na barriga.

— Sempre — afirmou, e algo na palavra e na maneira como ele a disse derreteu meu coração. Com uma piscadela atrevida, ele saltou para o abismo escuro e logo ouvi o barulho da água quando ele pousou. — Pode descer, eu te seguro!

Engoli em seco, fechando os olhos, então pulei e mergulhei. Seus braços me envolveram, enganchados sob meus joelhos e costas, me segurando junto ao peito. Eu estava mergulhada na escuridão total com apenas as batidas do coração de Raife e seus braços fortes para me manter sã. Então uma luz roxa iluminou o espaço e, quando olhei para cima, descobri que vinha dele. Ele me olhava com um semblante sério.

— Estar perto de você assim... é a melhor sensação do mundo — sussurrou.

Esqueci onde estávamos. Quem eu era. Qual direção era acima ou abaixo. Eu estava perdida em seus olhos, que brilhavam em um roxo-claro de magia élfica. Do que ele estava falando? Isso veio do nada, mas não me importei. Apenas sorri.

— Você acaba com toda a dor. Eu me esqueço de como é não ser consumido pela dor e pela sede de vingança o tempo todo — explicou, e foi como um balde de água fria.

Ah.

Ele queria estar perto de mim porque eu era uma empática, não por eu ser... eu.

— Fico feliz em ajudar — respondi com um sorriso amarelo. Será que também era assim com a mãe dele? As pessoas sempre a queriam pelo poder que tinha? Desejei que ela ainda estivesse viva para poder perguntar. Seria bom conhecer outra empática.

Então notei uma escada de metal atrás dele.

— Escada para a volta — apontei, esperando aliviar a tensão. Naquele momento, eu não sabia mais se conseguiria continuar em um casamento falso com ele pelos cinco anos seguintes. Seria doloroso demais.

Quando ele começou a andar na direção do castelo, dei um tapinha em seu peito.

— Já pode me colocar no chão.

Ele balançou a cabeça.

— Vai arruinar o seu vestido. E os seus sapatos também não são adequados.

Era impossível discordar, então permiti que ele me carregasse pelos trinta metros seguintes sob a muralha do castelo, enquanto absorvia as emoções que vinham dele já por instinto.

Culpa. Tristeza. Medo. Desejo.

Eu pensava que o desejo era por mim, mas agora fiquei me perguntando se ele estava apenas se lembrando de uma das garotas anteriores com quem já havia dormido. Essa história de empatia era nova para mim, e emoções captadas em tempo real eram difíceis de discernir.

Suspirei, desejando que alguém viesse e levasse embora minha mágoa e rejeição assim tão fácil quanto eu podia absorver a dele.

Raife parou sob um grande bueiro de metal com outra escada pendurada e olhou para mim.

— Acha que é aqui?

Eu estava monitorando quão fundo havíamos ido, então acenei com a cabeça.

— Uma de muitas, mas esta é a mais perto da muralha oeste, onde eu morava. É bem tranquilo à noite, já que é cheia de bairros.

Raife me levantou até a escada, que agarrei, enquanto ele se esticava e empurrava o bueiro de aço para cima e para o lado com um grunhido.

— *Shhh* — sibilei.

Ele fez uma pausa e empurrou de novo. O som não era de raspagem, então imaginei que fosse na grama do jardim comunitário. Eu não sabia onde ficava cada bueiro, mas sabia por alto onde estávamos, e aquela era a única área gramada perto da muralha oeste. Quando a tampa do bueiro estava toda aberta, subi a escada e espreitei a alguns centímetros da superfície.

Eu não esperava a pontada no coração quando olhei para a rua calma do meu antigo bairro, mas ela veio. Estávamos nos jardins, um dos meus lugares favoritos, e pude ver ao longe a universidade e o palácio da rainha. O chalé de Autumn ficava a poucos passos, assim como o de minha tia. Lágrimas brotaram em meus olhos. Eu não estava pronta para as emoções.

— Tudo limpo? — perguntou Raife embaixo de mim.

Enxuguei os olhos e balancei a cabeça, erguendo o corpo para sair do bueiro. Depois que Raife também saiu e ficamos de pé, ele olhou sem parar ao redor, com o arco pronto para disparar.

— Esconda isso na sua capa — avisei. — Eles vão achar que você é humano se estiver comigo.

Ele obedeceu e enfiou a arma no cinto, sob a capa, com o capuz ainda levantado. Observei seus olhos dispararem ao redor com fascínio. Pegando sua mão, o puxei para a calçada de paralelepípedos e passamos pelas fileiras de casas. A minha ficava a três ruas dali, e teríamos que passar pela taverna para chegar a ela. Tecnicamente, já passava do toque de recolher, mas os guardas nos deixavam beber e ir direto para casa, desde que não nos metêssemos em brigas ou vandalizássemos propriedades. Fiquei me perguntando se algum dos meus amigos da universidade estaria lá dentro agora.

Penélope? Matt? Será que todos pensavam que eu era uma escrava vendida a algum homem horrível que me chicoteava todos os dias? Ao nos aproximarmos da taverna, uma figura saiu de um dos becos.

Reconheci de imediato o uniforme de guarda.

Sem perder tempo, empurrei Raife contra a parede da casa da sra. Honeycutt e plantei os lábios nos dele. Ele congelou, pelo visto em choque com o beijo repentino, então a voz do guarda nos alcançou.

— Ei, já passou do toque de recolher — disparou.

Os lábios de Raife se separaram, sua língua acariciava a minha; a mão alcançou e apertou meu traseiro. Gemi de surpresa, nem me importando se era puro teatro, e o calor aumentou entre nós. A voz do guarda estava mais próxima dessa vez.

— Já está hora de ir para casa ou terei que levar vocês… pombinhos.

Então nos separamos, ofegantes, nos encarando por um instante, e eu esqueci o guarda ou o fato de que estávamos em uma missão de resgate de alto risco. Éramos apenas Raife e eu naquele momento.

— Leve a sua mocinha para casa. — O guarda olhou para Raife, que acenou com a cabeça, entrelaçando os dedos nos meus, acariciando minha palma e me puxando para longe do guarda, na direção da taverna.

Minhas pernas ficaram bambas com o beijo, mas eu sabia que Raife só tinha seguido minha deixa por causa do guarda.

— Viu só, notas máximas em teatro — falei. Raife me olhou de soslaio, e eu fiquei surpresa ao notar sua dor. — Esta é a minha rua

— continuei antes que ele pudesse falar alguma coisa, e apontei para a nossa calçada logo depois da taverna.

Ao ouvir a música que vinha das janelas abertas da taverna local, fiquei imaginando quem estaria tocando naquela noite. *Moxie e os Corações Partidos? Os Seis Radicais?* Raife fez careta.

— Que música horrível é essa?

Eu ri.

— Rock.

A bateria era alta; e o som, bem diferente da música de Arquemírea. Devia soar como barulho.

Puxei sua mão e comecei a correr pela minha rua na direção do chalezinho marrom com o comedouro para pássaros que ficava do lado de fora. Fazia mais de um mês que eu não via a minha tia. Desde que me arrastaram dali como escrava.

Autumn tinha prometido avisá-la que eu estava viva e bem em Arquemírea, mas eu sabia que minha tia não acreditaria até me ver pessoalmente. Assim como Raife, ela era muito protetora comigo.

Raife continuou vigiando a rua, à esquerda e à direita, até chegarmos à minha porta.

A plaquinha que ajudei minha tia a pintar quando eu tinha quatro anos estava pendurada na madeira. "O amor mora aqui", dizia. As flores em cor-de-rosa e roxo estavam descascando, mas as letras pretas ainda eram legíveis. Nós a pintamos depois que fui morar com ela, depois que meus pais morreram, e ela me garantiu que aquele sempre seria um lar em que eu me sentiria segura e amada. Quando agachei e arrastei o vaso perto da porta, sorri: a chave ainda ficava ali.

Encaixei-a na fechadura, entramos e voltei a fechar a porta depressa. A casa estava escura e silenciosa; eu sabia que minha tia estaria dormindo àquela hora. Eu não queria assustá-la pairando sobre sua cama, então gritei bem alto para dentro de casa:

— Tia! — Passamos pela salinha e eu gritei de novo: — Tia, sou eu!

Após um farfalhar nos fundos da casa, perto do quarto dela, ouvi:

— Lani?

Saí correndo, indo para a esquerda na cozinha e depois pelo corredor até a porta aberta. Ela estava sentada na beira da cama com a luz acesa. Seus cobertores estavam puxados até a cintura e ela usava uma de suas camisolas floridas. Olhei para minha tia com lágrimas nos olhos e nem lhe dei a chance de falar, apenas me atirei nela no abraço mais forte, empurrando-a de costas no colchão. Seu riso gutural ecoou pelo quarto – o melhor dos sons, o som da minha infância, de felicidade e dias melhores.

Eu me afastei para olhá-la, e assim que me viu ela abriu um enorme sorriso. Mas o que vi me fez congelar.

Metade de seu rosto não se mexia. Ela pareceu notar minha reação e tocou o lado imóvel da face.

— Tive outra convulsão ontem, bem forte. O remédio não funciona mais.

— Raife! — chamei, mas ele já estava bem ali, na minha frente, baixando o capuz.

— Olá… — Ele se ajoelhou diante dela e estendeu a mão. — Sou o marido da Kailani, o rei dos elfos.

Minha tia pareceu chocada, o que era compreensível.

— Então é verdade. — Ela aceitou o cumprimento de mão. — O senhor não deveria estar aqui. A rainha o odeia.

Raife abriu um sorriso deslumbrante.

— Bem, o sentimento é mútuo.

— Raife é o maior curandeiro do reino, tia. Ele vai curar você — prometi.

Raife colocou a mão sobre a cabeça de minha tia e apertou os olhos como se estivesse lendo um texto complicado. Franziu a testa e depois balançou a cabeça como se tivesse entendido alguma coisa.

— O que foi? — perguntei.

Raife olhou para minha tia em vez de para mim.

— Suas convulsões são causadas por um crescimento em seu cérebro. À medida que ele aumenta, danifica o tecido ao redor.

Meu coração pareceu ter parado de bater. Mesmo com todos os nossos exames e todas as nossas máquinas em Obscúria, não havíamos detectado aquilo. "Uma doença misteriosa", era como chamavam. Distúrbio convulsivo de "causa desconhecida", diziam. Enchiam-na de drogas em vez de encontrar a causa verdadeira, e agora, em dez segundos, Raife desvendou tudo.

— Por favor, me diga que pode curá-la. — Me ajoelhei ao lado dele e peguei a mão da minha tia.

Raife olhou para mim com um sorriso e depois para ela.

— Posso. Levará algumas sessões na enfermaria em Arquemírea. O objetivo é diminuir a massa pouco a pouco. Se formos rápidos demais, pode atrapalhar as coisas e causar outra convulsão. Com a massa eliminada, você deve recuperar o movimento facial completo e no mesmo instante.

Fiquei observando minha tia o tempo todo, seu rosto impassível, perplexo, mas com as palavras de Raife ela começou a chorar e então o puxou para um abraço.

— Que o Criador o abençoe, rapaz — sussurrou e eu sorri.

Ver minha tia chamar o rei dos elfos de rapaz me divertiu demais. E para minha surpresa, Raife retribuiu o abraço.

Quando eles se afastaram, minha tia olhou para mim.

— Você se casou sem mim? — Ela pegou minha mão e inspecionou a aliança. Raife tinha me devolvido a joia para que os funcionários do palácio não fizessem perguntas se eu fosse vista sem ela. Olhei para Raife, que acenou com a cabeça. Eu havia dito a ele que podia mentir para qualquer um no reino, mas não para minha tia, então ela seria a única pessoa para quem contaríamos.

— É falso. Para que Raife conseguisse o que queria do conselho e eu pagasse minha dívida. Daqui a cinco anos vamos entrar em processo de dissolução.

Ela franziu a testa, olhando de Raife para mim.

— Ah — foi tudo o que disse, soltando minha mão.

— É claro que ninguém sabe, então eu agradeceria sua discrição — acrescentou Raife.

— Contanto que a trate com respeito e gentileza, não me importa que tipo de arranjo tenham.

Apertei a mão dela, grata por ela estar aceitando aquilo bem e tendo a mais absoluta certeza de que ela estava mentindo quando disse que não se importava. Ela queria que eu me casasse por amor – ela sempre me disse isso –, mas estava tentando ser agradável. Raife percebeu a mentira também, porque fez a cara que sempre fazia quando sabia que alguém estava mentindo. Como se ele cheirasse algo repugnante.

— Vamos sair daqui? — perguntei à minha tia.

Ela se levantou e olhou pelo quarto.

— Para quanto tempo devo fazer as malas?

Raife e eu trocamos outro olhar. A guerra em Obscúria era assunto dele, e eu não queria, de forma alguma, revelar nada e comprometer a missão. Raife pigarreou.

— Seria uma honra se a senhora viesse morar no palácio com Kailani e eu pelos próximos anos.

Meu coração se aqueceu com as palavras dele. Parecendo surpresa, minha tia abriu a boca, mas então olhou para mim como se precisasse de confirmação.

— Você não vai poder voltar, tia. E só pode levar uma mala — avisei, esperando que ela entendesse que eu nunca pediria uma coisa dessas se não fosse importante. Questão de vida ou morte.

Ela engoliu em seco, parecendo entender que não seria seguro voltar, e que não ser seguro significava guerra.

— Não importa. Coisas não fazem um lar. Família sim.

Meu coração se aqueceu com isso.

Nos dez minutos seguintes, ela arrumou a mala, escolhendo itens que me surpreenderam. Toda a sua prataria, o que fazia sentido, mas nem uma única peça de roupa; devia ser porque, sendo uma costureira experiente, poderia fazer mais. Depois, pegou sua xícara de chá favorita, um monte de fotos minhas de quando era bebê, fotos dela e da minha mãe de quando eram crianças, todas as suas joias e uma sacola com seus biscoitos favoritos.

— Prontinho. — Ela sorriu, sempre de bom humor, e eu tentei não reagir à nova imobilidade da metade de seu rosto. Raife me lançou um sorriso doce, deixando claro que ia curá-la e tudo ficaria bem, então fomos para a porta da frente. Dei à minha tia um rápido resumo da rota de fuga, ciente de que descer a escada e entrar no túnel levaria mais tempo para ela, e que por isso estaríamos mais expostos.

— Os guardas patrulham bem em frente à taverna. É um caminho um pouco mais demorado, mas podemos passar pelo complexo industrial — propôs minha tia depois que contei como fomos abordados por um guarda no caminho.

Raife me olhou para que eu decidisse, e eu acenei com a cabeça. Era uma boa ideia. O complexo industrial só funcionava durante o dia e quase nunca tinha guardas à noite. Eu costumava ir de fininho até lá na adolescência com meus amigos para atirar em garrafas de vidro com nossos lançadores de pedras feitos na escola.

— Vamos lá — concordei.

Raife estendeu a mão.

— Vou deixar que as senhoras indiquem o caminho.

Minha tia me lançou um olhar cúmplice, um olhar que dizia que ela tinha gostado dele, e eu tentei não corar. Depois de abrir a porta da frente, olhei para a esquerda e para a direita, verificando se a barra estava limpa. Tudo certo. Saímos os três, eu ainda com a chave na mão, sem ver sentido em trancar a porta ou esconder a chave de novo. Eu a guardaria como lembrança. Minha tia começou a andar para a esquerda, se afastando da taverna e descendo a rua que daria no complexo industrial, mas tive uma ideia.

— Volto já — avisei, dando meia-volta.

Fiquei na ponta dos pés e segurei a plaquinha "O amor mora aqui", tendo que mexê-la para a frente e para trás para soltar o prego que a prendia no lugar. Quando finalmente consegui tirá-la, minha tia já estava esperando atrás de mim com a mala aberta.

Sorri, guardei-a em cima de todos os seus amados pertences, e agora, sim, estávamos prontos para partir.

Avançamos depressa pelo caminho mais longo, mas quando nos aproximamos do bairro industrial, notei que as luzes em um dos prédios estavam acesas. Era ali que todas as máquinas da rainha eram feitas, testadas e reproduzidas em massa. Muitos cidadãos trabalhavam nas fábricas de máquinas, mas em geral apenas durante o dia.

Ao vermos sombras se movendo atrás das janelas de vidro fosco, apertamos o passo na esperança de passar antes que alguém nos visse. Assim que nos aproximamos da janela com a luz acesa mais próxima, um grito de gelar o sangue atravessou a noite e fez os pelos de meus braços se arrepiarem. Raife parou onde estava e eu fiz o mesmo, olhando para ele.

Minha tia mordeu o lábio, olhando para a janela, então ouvimos mais um grito. Era uma mulher e obviamente estava sentindo dor ou sendo torturada.

— Não sei se vou conseguir dormir em paz se a gente continuar sem tentar ajudar. — Minha tia sempre foi sincera e direta, o que era uma grande qualidade e algo que eu amava nela.

— Eu também — concordei.

Raife suspirou, pegou sua pequena adaga e a entregou para mim.

— Imagino que saiba usar uma dessas.

Ele tinha me visto lutar contra o traficante de escravos no primeiro dia e, embora eu não gostasse de violência, recorria a ela quando necessário, sem hesitar.

Concordei com a cabeça, e ele pegou o arco. Virando-se para minha tia, ele a encarou.

— Nos encontre no bueiro do jardim. Se um guarda te interceptar no caminho, diga que está deixando seu marido porque o pegou traindo. Faça uma grande cena e deixe o guarda pouco à vontade.

— Não estará muito longe da verdade.

Eu me encolhi de leve. O marido dela de fato a havia traído, mas foi ele quem saiu de casa para ficar com a amante. Raife pareceu sem graça, mas minha tia deu seu sorriso torto.

— Azar o dele. Vejo vocês em breve. Salve essa moça, ou pelo menos dê fim ao sofrimento dela.

Concordamos, mas a ideia de matar a moça não tinha passado pela minha cabeça, e agora eu me sentia mal.

Passamos pelo portão aberto e desprotegido do parque das máquinas industriais e nos aproximamos do prédio. As janelas no nível da rua eram foscas com uma solução ácida na metade inferior para dar privacidade, mas a metade superior era cristalina. Havia duas janelas com as luzes acesas, e uma estava aberta para entrar ar. Se pudéssemos subir em alguma coisa e espiar por cima da parte fosca, teríamos uma visão melhor do que em nome de Hades estava acontecendo.

A gritaria havia parado, o que me preocupou. Será que a mataram? Quem era ela e o que poderia ter feito para merecer aquilo?

— Aqui — sussurrou Raife.

Quando olhei, ele estava levantando uma grande caixa de madeira que havia sido usada para guardar uma das máquinas da rainha. Corri para ajudá-lo, enganchei os dedos nas ripas e levei a caixa até a base da janela fechada para corrermos menos risco de sermos vistos.

Se ficássemos completamente imóveis, daria para ouvir as vozes lá dentro.

— Ela está morta? — perguntou um homem.

— Não, só desmaiada — respondeu outro.

Uma vez que o grande caixote estava firme no lugar, Raife e eu subimos em silêncio e nos entreolhamos.

Era como se esperássemos que o outro dissesse que aquilo era uma péssima ideia e que não deveríamos espiar. *Deveríamos correr para o jardim, voltar para Arquemírea e esquecer que ouvimos aqueles gritos.* Mas então, como se compartilhássemos a mesma mente, aos poucos fomos nos levantando para espiar pela parte transparente da janela. Levei um instante para processar o que estava vendo. Havia uma grande máquina do tamanho e com a aparência de um ventilador gigante com um buraco no centro. No buraco, havia uma caixa de vidro em formato de caixão. Na caixa estava uma moça, sem forças, mas respirando devagar. A ponta de suas orelhas indicava que ela era elfa ou feérica. Não dava para distinguir de onde eu estava, mas senti Raife ficar rígido ao meu lado, o que me fez cogitar que era elfa. Havia quatro guardas, um em cada canto da sala, segurando várias armas que venceriam com facilidade a pequena adaga que eu empunhava.

— As orelhas dela vão encolher depois do tratamento? — perguntou um careca de jaleco branco a outro homem de cabelo longo avermelhado amarrado em um coque na nuca.

— Não. Já falei para a rainha Zafira que posso construir uma máquina que tira o poder de uma criatura mágica para que *pareça* humana, mas isso não a tornará geneticamente humana.

Fiquei tonta com aquelas palavras. Eles simplesmente... tiraram de alguma forma a magia da garota? Isso era possível? A bile subiu pela minha garganta, e Raife, sem fazer barulho algum, puxou o arco. Estendi o braço e imobilizei sua mão, lhe lançando um olhar suplicante. Se ele chamasse a atenção agora, jamais sairíamos dali com minha tia.

Eu não só podia ver a raiva fervendo no rosto de Raife, como podia senti-la: a dele e depois a minha. Eu também estava com raiva. Eu queria incendiar aquele lugar e vê-lo queimar até não sobrar nada, mas também queria viver para lutar mais. A rainha era a mente por trás de todas aquelas invenções. Enquanto ela vivesse, elas surgiriam, mesmo depois de termos destruído um cientista ou uma máquina. Ela tinha as plantas de todas as máquinas em seu cofre e dezenas de engenheiros e cientistas. Essas pessoas eram dispensáveis. Torci para conseguir transmitir isso a Raife com um olhar.

— Ela está acordando — disse o ruivo, fazendo Raife e eu virarmos a cabeça na direção do grupo. A moça choramingou ao ver os homens.

— Mostre o seu poder — ordenou um deles.

Ela ficou ali, tremendo feito vara verde, suando, e o ignorou.

— Mostre sua mágica agora ou vou ligar a máquina de novo! — vociferou, e a moça se encolheu, levantando a mão. Ela estendeu os dedos como garras e olhou para eles em estado de choque.

O que aconteceu a seguir foi demais para mim. Um lamento angustiante percorreu a sala e a tristeza contida nele me atingiu como se eu estivesse bem na frente dela. Caí para trás, descendo da caixa ao entender que ela havia perdido a magia, perdido o que a tornava quem ela era.

— Bem-vinda a Obscúria. Agora você é humana. — A voz do homem atravessou a janela e chegou a mim no momento em que eu vomitava nas pedras. Os soluços da moça eram devastadores, se infiltrando noite adentro. Eu não conseguia imaginar como devia ser estar no lugar dela e descobrir que sua magia foi tirada. Ela se sentia vazia, e meu dom empático estava absorvendo tudo, mesmo do lado de fora. Foi demais para mim.

Eu me virei, me perguntando por que Raife não estava atrás de mim, quando o vi parado na frente da janela agora aberta, com a flecha encaixada no arco.

Quis gritar para ele parar, mas era tarde demais. Antes que eu o alcançasse, ele já havia disparado três flechas. Eu nunca tinha visto alguém se mover tão rápido. Seu braço era um borrão e as flechas atingiram os alvos, porque ouvi os grunhidos de dor e gritos de surpresa lá dentro, antes de corpos caírem no chão. Quando cheguei à janela para espiar, todos os homens estavam no chão, sangrando. Flechas no pescoço, no peito, no estômago. Era uma loucura, e agora eu sabia por que Raife comandava o exército de Flechas Reais. Ele era o atirador mais rápido e preciso que eu já tinha visto.

A moça no caixão de vidro se sentou e olhou para Raife.

Quando ele baixou o capuz, ela choramingou.

— Milorde.

Eu não sabia se ele a conhecia pessoalmente ou se, apenas como qualquer elfo, a moça reconhecia seu rei, mas ela saltou do caixão e correu pela sala em tempo recorde. Os sentimentos vindos de Raife eram semelhantes aos que ele nutria por mim: uma necessidade intensa de proteger a moça e levá-la para um lugar seguro. Ela era do povo dele. O ciúme brotou dentro de mim, mas o ignorei. Não era certo me sentir assim. Ele não sentia nada romântico por ela, pelo menos nada que eu captasse, mas ainda assim não pude evitar. Mais um sinal de como eu havia me envolvido com esse casamento unilateral.

Raife abriu mais a janela e mandou a moça pular enquanto ele estendia os braços. Ela parecia ter vinte e poucos anos e usava um avental médico fino e branco. Sem vacilar, ela saltou e Raife a segurou, colocando-a de pé.

— Consegue correr? — perguntou ele.

Afirmando com a cabeça, os olhos vermelhos, os lábios trêmulos, ela pareceu me notar pela primeira vez e começou a chorar.

— Minha rainha... — Ela estendeu a mão para mim como se precisasse da companhia de outra mulher, e mesmo sabendo que seria horrível, segurei suas mãos.

Sua desolação e escuridão absolutas me envolveram, e a moça se engasgou.

— Empática — sussurrou ela, parecendo aliviada.

Não havia tempo para isso, então empurrei suas emoções para dentro de mim para que ainda pudesse agir, e a puxei quando Raife nos orientou a correr.

Lágrimas brotavam de meus olhos e soluços abafados me escapavam conforme eu me dava conta de que ela nunca mais curaria ninguém nem seria considerada uma elfa entre sua própria espécie. Raife estava tenso, me olhando de soslaio enquanto corríamos, chegando à beira do palácio antes de precisar cortar caminho de volta para a vizinhança e evitar a taverna. Minha tia estava esperando nos jardins e, àquela altura, devia estar louca de preocupação.

Ao passarmos, Raife parou, nos escondendo nas sombras e olhando o palácio a distância com desdém.

— Eu poderia entrar de fininho. Encontrar Zafira. Matá-la. E alcançar vocês — sussurrou ele no meu ouvido.

Balancei a cabeça, apontando para as grandes colunas que decoravam a entrada. Havia pelo menos vinte delas.

— Está vendo aquelas colunas? São ocas. Há um guarda dentro de cada uma. Nos aposentos dela, deve haver mais cinquenta, além dos vinte do lado de fora. Raife, você é bom, mas não *tão* bom assim.

Quando vi a esperança morrer em seus olhos, odiei ter sido a responsável.

— Precisamos dos outros. Precisamos de um exército — insisti.

— Quero ir para casa — choramingou a garota, ainda segurando minha mão.

Eu estava dividida entre minhas próprias emoções, a moça abalada ao meu lado, e agora a vingança sanguinária de Raife. Estava fazendo com que meu dom empático enlouquecesse e me dominasse.

— Minha tia deve estar preocupada, e logo, logo alguém vai encontrar aqueles corpos.

Ele ficou cabisbaixo, uma expressão derrotada puxou os cantos de seus lábios para baixo, então corremos para os jardins.

Foi uma corrida curta, mas contei quantas vezes ele olhou para o castelo.

Cinco.

Por cinco vezes ele lutou contra a vontade de nos abandonar e ir atrás da mulher que tinha assassinado toda a sua família em uma noite. Eu não o culpava.

Encontramos minha tia sentada perto do bueiro aberto, segurando sua mala, e Raife nos ajudou a descer depressa pelo túnel. Ele se juntou a nós lá dentro, com a água até os tornozelos, e fechou a grade acima de novo para não sermos seguidos.

Iluminando nosso caminho, chegamos à canoa de madeira no rio sem incidentes. Raife teve que levar minha tia primeiro, depois voltar para buscar a mim e a garota. Ela me disse que seu nome era Natasia e não saiu do meu lado, sem dúvida aproveitando o entorpecimento de não ter que sentir as próprias emoções e dor. Já *eu* estava sentindo tudo – a náusea invadia meu estômago e minha mente se encontrava em um lugar bem sombrio. Apesar de tudo, mantive isso para mim. A pobrezinha tinha acabado de ser torturada até quase morrer e depois foi despojada de seu poder. Eu carregaria essa dor o máximo que pudesse.

Caminhamos pela floresta, Raife levava a mala da minha tia em uma das mãos e a equilibrava pelo cotovelo com a outra. Observá-lo cuidar dela como se ela fosse sua própria família me deixou ainda mais perdida.

Quando finalmente chegamos ao buraco na muralha, eu não tinha mais vontade de viver. Para quê? Ninguém me amaria agora que eu não tinha poderes. Eu não poderia dizer aos meus pais que fui… magicamente castrada.

Balancei a cabeça, afastando pensamentos que não eram meus, e olhei para Natasia, que descansava a cabeça em meu ombro.

Raife ajudou minha tia a passar pela brecha na parede e depois estendeu a mão para Natasia. Foi quando a sirene soou atrás de nós, vinda do castelo de Obscúria.

— Hora de cavalgar a toda velocidade daqui — disse Raife, arrancando a garota de minha proteção e a empurrando pela abertura na pedra.

Fiquei ali em choque, uma concha de autopiedade, quando Raife se aproximou para enfiar os dedos em meu cabelo e segurar meu rosto.

— Kailani, olhe para mim. — Olhei para ele, percebendo que estava chorando incontrolavelmente. — Kailani, ouça a minha voz. Minha mãe teve que aprender quando abdicar das emoções de outras pessoas. Você, como empática, pega tudo, absorve como uma esponja e processa rápido demais. Precisa se lembrar de quem *você* é. Você não é ela. Você é amada, você tem uma família, você…

— *Você* não me ama — contestei entre soluços. — E agora que eu não posso curar, ninguém vai me amar.

Raife parecia aflito, seus olhos iam para meus lábios.

— Kailani, pare com isso! Essa não é você. — Ele balançou um pouco meu rosto entre as mãos, mas tentei me desvencilhar.

— Apenas me deixe. Me deixe morrer! — gritei, querendo voltar e deixar a guarda me encontrar, me matar em vez de viver sem minha magia de cura. Eu era ela. Ela era eu. Nós éramos uma só.

Raife me puxou contra ele, apertando meu corpo junto ao dele, e se aproximou, roçando os lábios nos meus com leveza. O gesto me lembrou do nosso primeiro beijo, o que ele me deu quando estava bêbado e disse que não lembrava. Ele estava brincando comigo, me provocando. E eu amei cada segundo.

— Lani, volte para mim. *Eu preciso de você* — sussurrou junto à minha boca.

Engoli em seco e a nuvem carregada de emoções recuou. De repente, eu era eu mais uma vez. Meu peito arfava, os soluços pararam e finalmente me senti lúcida. Era como estar embriagada e depois ficar sóbria num passe de mágica.

Balancei a cabeça, me afastando para olhar para ele.

— Lembra-se do nosso primeiro beijo? — perguntei.

Ele deu um sorriso torto.

— Um homem não esquece um beijo daqueles. Vou me lembrar enquanto viver.

Ele então baixou meu rosto e me puxou em direção à abertura na muralha. Minha mente estava a mil com o que ele tinha acabado de dizer. Ele *se lembrava* do beijo e o havia usado novamente para me tirar de *onde quer* que eu estivesse.

— Milorde! — Cahal estava do outro lado, parecia em pânico.

O latido de cães farejadores ressoava por toda a floresta, então permiti que Raife me guiasse pela abertura, antes de ele finalmente passar também.

Ao nos ver de volta no território de Arquemírea, quase desmaiei de alívio.

Conseguimos! Olhei ao redor para absorver tudo o que estava acontecendo. Minha tia consolava a pobre Natasia, enquanto Raife me afastava dela, a uma distância de seis metros.

— Você não pode deixá-la sozinha — contestei. — Os pensamentos dela estão muito sombrios agora. — Verdade seja dita, eu estava com medo de que a moça tentasse dar fim à própria vida. Era assim que eu me sentia momentos atrás.

— Vou colocá-la sob vigilância dia e noite na enfermaria. E vou começar a primeira cura da sua tia hoje à noite, mas não posso deixar você chegar perto dela agora. Você precisa ficar sozinha e descansar. Isso sempre ajudou a minha mãe.

Entrelacei os dedos nos dele e apertei sua mão.

— Obrigada.

Eu estava um pouco envergonhada por meu comportamento de instantes atrás, dizendo que ele não me amava e todo o resto.

Raife apertou minha mão de volta e me colocou na carruagem.

— Já volto — disse, desaparecendo em seguida.

Um segundo depois, minha tia surgiu à porta, subiu, se sentou à minha frente e me encarou à luz fraca da carruagem. Eu me perguntei o que ela diria. Finalmente estávamos a sós, e ela havia acabado de ser arrancada da própria casa no meio da noite, quem sabe por quanto tempo. Depois tinha descoberto que eu estava em um casamento falso e consolado uma pobre moça que havia sido torturada.

Após me olhar bem nos olhos, ela deu um sorriso torto.

— Se você é rainha, o que isso faz de mim? Na certa uma duquesa ou algo assim?

Minha gargalhada logo se transformou em lágrimas de alívio. A personalidade divertida da minha tia era mais uma das coisas que eu amava nela. Mudando de lugar para me sentar ao seu lado, deitei a cabeça em seu ombro, me aconchegando junto ao seu corpo como fazia quando era pequena. Sua energia era fresca como uma brisa no inverno, e eu quase suspirei de alívio, absorvendo-a e permitindo que acalmasse minha mente exaurida. O sono começou a me pesar, mas tentei manter os olhos abertos enquanto ouvia Raife dar ordens para seus homens. Ele estava convocando as tropas dos Flechas para defender a muralha, caso Zafira decidisse aparecer. Em seguida, pediu a Cahal que levasse a moça para a enfermaria.

Minha tia suspirou, e deu para sentir sua ansiedade repentina encher toda a carruagem, o que me deixou alerta.

— Ele vai travar uma guerra contra Obscúria, não vai? Era por isso que você tinha que me tirar de lá?

Levantei a cabeça e a olhei. Os amigos dela estavam lá, meus amigos de infância estavam lá, e a guerra nunca era boa para o povo – nunca foi –, mas a rainha tinha que morrer. Ela havia matado toda a família de Raife e quase me envenenou.

— Sim. A rainha Zafira morrerá. Vou me certificar disso. — Fiquei surpresa com o quanto havia absorvido do senso de dever de Raife.

Minha tia apenas concordou, como se esperasse que aquilo acontecesse mais cedo ou mais tarde. Com isso, apoiamos a cabeça uma na outra, e enfim adormeci.

Quando acordei, foi apenas por um momento quando Raife estava me colocando em nossa cama no quarto dele. Acordei uma segunda vez no meio da noite, quando a porta do quarto se fechou e o vi dormindo na espreguiçadeira. Me lembro da pontada de tristeza que atravessou meu peito por ele não dormir ao meu lado, mas eu estava cansada demais para ficar pensando nisso.

Pela manhã, acordei tarde e descobri que já era hora do al-moço. Raife estava no salão de jantar privado, olhando alguns mapas, quando entrei.

— Bom dia — cumprimentou ele. — Natasia está muito melhor após uma sessão de cura emocional, mas continua sob observação, e a massa de sua tia encolheu cerca de metade do tamanho. Ela continuará em repouso na enfermaria pelos próximos dois dias, só por precaução. Ela sentirá muito sono.

Ele já tinha feito tudo isso? Eu queria ter estado lá, mas acho que não havia tempo a perder. Se ela tivesse mais convulsões, teríamos problemas com mais sequelas.

— Obrigada.

Ele acenou com a cabeça, mordendo o lábio, e eu sabia que, como rei, ele estava lidando com muita coisa naquela manhã.

— Obscúria retaliou? — perguntei.

Ele esfregou o rosto.

— Ainda não. Disseram que os cães farejadores encontraram a brecha na cerca e depois foram embora.

Ainda não havíamos conversado sobre a máquina que podia arrancar nosso poder. Parecia terrível demais para falar em voz alta, mas eu sabia que precisávamos fazer isso.

— Raife. Aquela máquina… você precisa detê-la. — Um nó se formou na minha garganta ao pensar naquela moça sob observação dia e noite em uma enfermaria, justo porque aquela máquina havia tirado tudo dela. A magia era o que compunha a essência de uma criatura mágica. Agora que eu tinha essa capacidade de ser empática ou do Sopro da Vida, não conseguia imaginar isso sendo tirado de mim.

— Eu sei — admitiu ele, seu tom de voz denunciava que ele estava guerreando com alguma coisa. — Preciso avisar Drae sobre a máquina. O povo dele não pode viver sem a magia, mas não confio em um mensageiro. A informação espalharia pânico por todo o reino. — Raife balançou a cabeça. — Mas também preciso ficar aqui e me preparar para uma possível retaliação. As flechas que disparei contra aqueles homens são feitas por elfos. A rainha saberá que o responsável pela morte dos cientistas foi alguém de Arquemírea.

— E daí? — rosnei, e Raife pareceu chocado com minha raiva repentina, arregalando os olhos. — Deixe só aquela bruxa *tentar* retaliar.

Ele me olhou com aprovação.

— Minha rainha, admiro sua vontade de entrar em guerra contra Zafira, mas se ela atacasse este lugar com força total na minha ausência, seria um desastre.

— Se você não avisar Drae, ela poderá usar a máquina no povo de Escamabrasa e matá-los. O rei-dragão estaria totalmente despreparado.

Ele se inclinou para a frente e apoiou o rosto nas mãos. Abandonei meu almoço e arrastei a cadeira para mais perto dele. Quando me sentei ao seu lado e ele olhou para mim, vi o peso da responsabilidade de rei em seus olhos.

— Se convencer Drae a acompanhar você até Fadabrava para contar a Lucien sobre aquela máquina, poderá unir todas as raças contra ela. Sei como as coisas funcionam em Obscúria, Raife. Ela colocará todos os engenheiros da cidade em uma linha de montagem, reproduzindo aquela única máquina, e ao final do mês terá uma centena delas. Ao final do ano, mil. — Ele se engasgou alto com minhas palavras. — Então vá. Vá buscar Drae, e se algo acontecer enquanto você estiver fora, o conselho e eu cuidaremos do assunto.

Seus olhos encararam os meus, como se avaliasse minha capacidade de fazer aquilo.

Me inclinei para trás e cruzei os braços, levantando uma sobrancelha.

— Li *A natureza da guerra* de cabo a rabo no seu quarto outro dia. Posso lidar com um conflito na fronteira.

— Que bom, porque, como rainha, é exatamente isso que será esperado de você na minha ausência.

Uma ansiedade tomou conta de mim com o comentário, mas eu apenas balancei a cabeça. Uma serva que se tornou rainha e, agora, líder de guerra interina? Parecia uma receita para o desastre.

— Vou dar a Zafira mais uma noite para se mover. Se ela não vier, vou cavalgar até Escamabrasa logo pela manhã. Vou contar a Drae sobre a máquina e pedir que ele me acompanhe em uma visita a Lucien.

Ele se levantou e me disse que tinha algumas reuniões.

Inclinei a cabeça e terminei o almoço em relativo silêncio. Eu não gostava desse papel de rainha distante; queria participar das reuniões. Sentia falta de ser assistente do rei e de estar ocupada, mas entendia que aquele trabalho não era mais adequado. Pelo menos eu não precisava mais provar a comida – eu nunca tinha gostado muito daquela parte.

◆　◆　◆

O dia voou. Passei o tempo todo na enfermaria com minha tia e até tirei um tempinho para visitar Natasia, mantendo distância dela.

— Preciso ir — avisei minha tia, bocejando. Passava da hora do jantar e, embora tivesse dormido até tarde, estava cansada.

Minha tia tinha dormido metade do tempo em que fiquei lá e passou o resto do tempo me ouvindo ler baixinho para ela.

Quando beijei seu rosto e ela sorriu com todos os músculos faciais, quase chorei de alívio.

— Boa noite, tia. — Me levantei e atravessei a sala, estendendo a mão para a porta.

— Lani… — A voz da minha tia estava séria, o tipo de tom que ela usava quando eu estava encrencada ou quando ela queria transmitir algo grave. Eu me virei e olhei para ela com preocupação. — Ele te ama. Não deixe que ele negue.

Lágrimas rolaram pelo meu rosto ao ouvir sua impressão de Raife. Tirei a mão da maçaneta e voltei até a cama.

— Eu sei como um homem olha para uma mulher quando está apaixonado. Aquele homem te ama — afirmou com ainda mais seriedade.

Achei que estivesse escondendo bem minha mágoa sobre a distância de Raife, mas acho que estava errada.

Meu estômago deu um nó. Ah, como eu queria que fosse verdade.

— Mesmo que seja verdade, ele está emocionalmente indisponível — aleguei.

Minha tia olhou para mim de seu pequeno casulo na cama.

— Pode ser que você tenha facilitado demais para ele.

Franzi o cenho.

— Como assim?

Minha tia deu de ombros com inocência.

— Se é um casamento falso, então os dois devem poder ter amantes secretos, não é?

Abri a boca em choque – depois fechei, abri de novo, então fechei. Eu não *queria* um amante, e achava que minha tia soubesse disso. Ela estava dizendo que eu deveria fingir ter um para deixá-lo com ciúmes? Parecia meio cruel.

— De vez em quando os homens precisam ter medo de perder algo para perceberem o quanto o querem — continuou por fim, fechando os olhos como se tivesse dito tudo que tinha para dizer.

As palavras deixaram todo o meu ser em um frenesi. Mas ela tinha razão. Eu estava sendo mole demais com ele, disponível quando ele queria, me afastando quando ele queria.

Já chega!

Ou vai ou racha, como diziam em Obscúria. Se Raife não queria uma relação sexual comigo, então deveríamos ter amantes. Nós dois esperávamos mesmo ser celibatários pelos próximos cinco anos?

Deixei a enfermaria acompanhada pelos dois guardas que Raife havia designado para mim e voltei ao palácio em tempo recorde. Já tinha passado da hora do jantar, então eu não esperava vê-lo no salão de jantar, e fiquei satisfeita ao encontrá-lo parado diante da estante em nosso quarto, escolhendo um livro para ler. Quando entrei, ele se virou.

— Oi, como está sua ti…?

Então, empurrei-o contra a estante e reivindiquei sua boca em um beijo ardente. Foi raivoso, e intenso, e… *quente*. Um beijo que deixou meu ventre em chamas. Mas eu precisava manter o controle. Eu tinha um plano. Ele gemeu assim que meus lábios tocaram os dele e os separou, acariciando sua língua na minha. Chupei sua língua de volta e o fiz gemer tão alto que tive certeza de que os guardas do outro lado da porta tinham ouvido. Quando o deixei bem no ponto pretendido, me afastei e fitei seus olhos de aço, semicerrados.

— Raife, eu sou mulher — sussurrei junto à sua boca. — Tenho *necessidades*. Entendo se você não puder ou não quiser atendê-las, mas elas precisam ser atendidas. — Então me afastei, recuando dois passos completos. — Afinal, isso tudo é de mentira, não é?

Havia fogo em seus olhos, mas ele permaneceu em silêncio.

— É claro que você tinha um acordo com aquela tal de Dara, que vi no seu quarto. Vou fazer o mesmo tipo de arranjo. Podemos pelo menos viver os próximos cinco anos desse casamento falso sem nos sentirmos totalmente miseráveis e sexualmente frustrados.

Ele engoliu em seco, seu peito arfava.

Eu não tinha nenhuma intenção de ter um amante, mas queria testar se éramos ou não apenas amigos. Será que eu estava louca? Não eram sentimentos de amor e adoração por mim que eu sentia virem dele? Eu já não sabia mais.

— Você está infeliz — disse ele, com mais tristeza na voz do que eu esperava.

— Estou insatisfeita — corrigi, me aproximando mais.

Outro nó engolido.

— Cabe a você decidir como quer jogar esse jogo, Raife. — Beijei sua bochecha. — Boa noite. Faça uma boa viagem para Escamabrasa — sussurrei em seu ouvido. Então passei por ele e entrei no banheiro, deixando meu coração pulsante em suas mãos.

Foi de longe a coisa mais corajosa que eu já havia feito. Não consegui controlar meus batimentos cardíacos frenéticos durante todo o banho. Então, quando finalmente tive coragem de sair do banheiro, rezei para que ele estivesse em nossa cama, pronto para aceitar o que isso era de verdade. Pronto para provar que eu e minha tia não estávamos loucas. Pronto para me amar.

Mas quando vi que as luzes estavam apagadas e a cama intacta, desabei. Raife estava no sofá, com a respiração lenta.

Escancarei meus sentimentos para ele e ele foi dormir.

Se isso não era a coisa mais deprimente do mundo, eu não sabia o que era.

Demorei muito para conseguir pegar no sono.

◆　　◆　　◆

Pela manhã, assim que acordei, espiei o sofá do outro lado do quarto. Os lençóis haviam sido dobrados e empilhados na ponta da almofada, com o travesseiro por cima. Ele tinha partido para Escamabrasa sem se despedir?

Foi então que notei o bilhete ao lado do meu travesseiro, do lado dele da cama, e meu estômago embrulhou.

Laní,
 Você é uma das mulheres mais lindas que já conheci. É incrivelmente gentil e pode até ser mais inteligente do que eu.

Parei de ler por um instante e apertei a carta junto ao peito, sorrindo para o teto. Era uma carta de amor. Uma carta de amor antes de partir.

Eu a estimaria para sempre. Quando afastei o pergaminho do peito e li a linha seguinte, meu coração despencou.

Mas não posso lhe dar a vida que você quer, a vida que você merece. Não vou negar que gosto de você, que sou profundamente atraído por você, mas eu avisei logo no começo para não se apaixonar por mim. Estou morto por dentro e não posso amar você de volta. É mais uma coisa que Zafira tirou de mim. Estou paralisado, com medo de gostar demais de uma pessoa, com medo de vê-la morrer. Algumas pessoas têm cicatrizes por fora, mas as minhas estão aqui dentro, invisíveis, então é fácil se esquecerem delas. Sendo assim, você terá que se contentar com uma amizade profunda e respeitosa comigo.

As lágrimas caíram no pergaminho e minha visão ficou turva, impossibilitando a leitura. Uma dor entorpecente se espalhou por todo o meu ser quando percebi que havia me apaixonado de verdade e perdidamente por ele. Agora eu tinha que abrir mão dele. Pisquei depressa para ler a última parte da carta.

Eu só quero que você seja feliz. Sua mera presença me deixa feliz, e governar ao seu lado pelos próximos cinco anos será um prazer absoluto. Obrigado por fazer isso por mim, por conseguir que o conselho aprovasse minha guerra para que eu tenha a vingança que minha família merece e cure essa parte da minha alma que parece sangrar todos os dias.
Ouvi você ontem à noite. Aquilo me matou, mas

eu ouvi. Se quer ter um amante para satisfazer suas necessidades...

Tudo bem.

– Raife

Os soluços que me escaparam foram animalescos. Uma agonia crua rasgou meu peito, e eu temi olhar para baixo por medo de que meu coração pudesse estar de fato esparramado na cama, ensanguentado e mutilado. Por mais terrível que a carta fosse, era tudo que eu precisava ouvir. Pedi a verdade e consegui. Raife me disse que eu era linda, gentil e inteligente. Admitiu que gostava de mim e sentia atração sexual por mim. Elogiou nossa amizade e me disse para fazer o que fosse preciso para ser feliz. Era uma carta doce e respeitosa, e foi isso que me *destruiu*. O que Zafira tinha feito com ele me destruiu. Ela roubou dele o amor verdadeiro. Ela tirou o direito dele a uma vida normal e feriu suas entranhas até que ele nem se permitisse amar. Eu a odiava por isso e queria vê-la morta.

Comecei a bolar planos de assassinato selvagens. Veneno era impossível; ela protegia sua comida muito bem e tinha meia dúzia de provadores. Uma vez, quando suspeitou que o rei-dragão poderia ter enviado veneno em retaliação por ter matado a noiva dele, ficou quatro dias sem comer. Em vez disso, Drae matou o filho favorito dela.

Eu estava fervendo de raiva, andando pelo quarto enquanto me preparava para o dia com o pior dos humores e o coração partido, mas que ainda batia dentro do peito. Eu esperava que Raife não estivesse mais por perto. Se eu o visse, cairia no choro e o abraçaria. Eu não conseguia ficar com raiva dele; ele havia dito a verdade e eu aceitei. Aceitei ser amiga dele. E eu não teria um amante. Jamais quis um amante. Eu queria Raife.

Quando terminei de me vestir e disfarçar meus olhos vermelhos e inchados, já era quase fim da manhã. O salão de jantar estava vazio, exceto pela sra. Tirth à espera com meu prato.

— Desculpe. Dormi até tarde — expliquei, olhando para a cadeira vazia de Raife.

Ela me fitou com compaixão.

— Ele saiu antes mesmo de o sol raiar. Partiu há horas.

Incapaz de evitar as lágrimas que cobriam meus olhos, apenas acenei com a cabeça. A sra. Tirth fingiu não notar quando pisquei para afastá-las e coloquei o prato diante de mim.

— Obrigada — murmurei.

Ela baixou o queixo.

— O rei pediu que você participasse das reuniões dele e tomasse notas enquanto ele estiver ausente. Aqui está a sua programação do dia. — Quando ela me entregou o pergaminho, relaxei um pouco. Eu era uma pessoa ativa, alguém que precisava de alguma coisa para ocupar a cabeça, e agora estava com o coração tão partido que era exatamente disso que precisava para não pensar mais no que tanto me afligia.

Li o conteúdo do pergaminho, me preparando mentalmente.

Encontro com os fazendeiros.
Planejamento do baile de inverno.
Reunião com os Flechas Reais.
Reunião do Conselho.
Rondas na enfermaria.

No geral, seria um dia calmo.

Terminei o café da manhã depressa e entrei na reunião com os fazendeiros com um sorriso no rosto.

— Olá, cavalheiros.

Todos me cumprimentaram e eu me preparei para o dia, pensando em Raife a cada minuto. Será que ele já estava em Escamabrasa? Será que Drae disse sim? Eles iriam direto para Fadabrava ou voltariam para cá por alguns dias?

Parei para almoçar depois da reunião de planejamento do baile de inverno e depois fui direto para a reunião dos Flechas Reais. Os seis principais comandantes de Raife estavam lá. Cumprimentei Cahal, Ares e alguns dos outros que eu conhecia bem.

— Ei, pessoal, estou fazendo anotações para inteirar Raife sobre tudo quando ele voltar.

— Tudo bem, então vamos começar. Na semana passada, paramos na parte sobre a preparação para a grande guerra contra a rainha. Sua Alteza queria mil pontas de flecha forjadas por mês, mas estamos passando por uma escassez de metais.

Eu anotava cada palavra.

— Será que não podemos derreter itens sem muita utilidade, como esculturas, e usar esse metal?

Cahal inclinou a cabeça.

— Era essa a minha sugestão, mas precisará de um decreto real, e depois teremos que compensar…

A porta se abriu e Haig irrompeu com um mensageiro ofegante, cheio de lama no cabelo, como se tivesse caído do cavalo.

— A rainha Zafira está cavalgando com o exército dela para a muralha leste — disse Haig, alarmado.

Senti os pelos dos braços se arrepiarem e entendi na hora que Raife jamais me perdoaria por insistir que ele viajasse. No pior momento possível, a rainha de Obscúria estava atacando. Será que ela esteve nos vigiando? Esperando que ele partisse?

O mensageiro finalmente recuperou o fôlego.

— São mais de quinhentos homens que estão marchando para cá. Metade a cavalo e alguns em máquinas velozes, como carruagens sem cavalos. A rainha é quem os lidera.

Meu coração martelava enquanto cada comandante se levantava e olhava de Haig para mim. Haig entrou no cômodo e se sentou ao meu lado, se inclinando para baixar a voz.

— Nossa lei afirma que na ausência de seu marido, a senhora está no comando. Deve convocar uma reunião de guerra de emergência com o conselho.

Santo Hades. Isso estava mesmo acontecendo?

— Eu gostaria de convocar uma reunião de guerra de emergência com o conselho. Flechas Reais, preparem as tropas para a batalha.

Eles me cumprimentaram e saíram. Haig saiu correndo também, presumivelmente para chamar os outros membros do conselho, mas eu fiquei sentada ali, em choque absoluto.

O que em nome de Hades eu ia fazer? Liderar uma guerra em nossa fronteira? Como? Isso era demais. Eu não conseguia pensar.

Foi naquele momento que um trecho de *A natureza da guerra* me veio à mente.

Em tempos de guerra, manter a calma é uma das coisas mais importantes que podemos fazer. Os outros esperam que lideremos, e quanto menos nervosos estivermos, mais fé eles terão em nossa capacidade.

Inspirei fundo pelo nariz e sacudi braços e pernas, mexi o pescoço. *Vou dar conta.* Não passava de um pequeno conflito na fronteira leste com a megera que eu planejava aniquilar. Se desse tudo certo, eu poderia até mesmo matá-la de uma vez e Raife não precisaria reunir todos os outros reis.

Os quatro membros do conselho irromperam na sala e Aron olhou para mim.

— Está claro que Zafira estava vigiando o rei Raife e viu quando ele partiu. Ela está escolhendo atacar agora porque sabe que estamos fracos sem o nosso rei — disse Aron.

— Não estamos, não — rebati com calma. — Raife é um líder com um dom de cura fantástico, mas a ausência de uma única pessoa não enfraquece um reino inteiro.

Haig me olhou, impressionado, mas Foxworth balançou a cabeça.

— Não podemos deixar que ela ultrapasse as fronteiras. O exército dela é mais numeroso e pode conquistar todo o reino antes mesmo de o nosso rei voltar. Ele encontrará os campos em chamas, homens mortos e mulheres escravizadas. — Suas palavras foram como um balde de água fria. Eu pensava melhor de pé, então me levantei.

Fique calma, pensei com meus botões, respirando fundo, enquanto o conselho abria um pergaminho com um mapa sobre a mesa. Eu conhecia

Obscúria e seu povo melhor do que qualquer um na sala e, embora não soubesse exatamente quais eram os planos de batalha da rainha, muitas amigas minhas namoraram homens do exército dela, já que todos os homens acima de dezesseis anos eram forçados a se juntarem à reserva. Eu sabia que eles eram muito dependentes das máquinas.

O conselho estava discutindo sobre levar os nobres para Fadabrava e implorar ajuda ao rei dos feéricos quando pigarreei alto e me aproximei do mapa.

— Traga as pessoas desses campos externos para a segurança das muralhas do palácio. — Apontei no mapa a área com maior população de fazendeiros. Seu conhecimento sobre cultivo de alimentos era inestimável. Poderíamos nos dar ao luxo de perder algumas colheitas, mas não os próprios agricultores. — Então vamos montar armadilhas para ursos no perímetro da muralha leste para capturar os cavalos inimigos. E inundaremos o campo com o máximo de vinho e licor que pudermos encontrar.

Os homens franziram a testa, me olhando com perplexidade.

— Álcool?

— As máquinas da rainha são todas elétricas, e eletricidade e fogo não se misturam.

— Fogo? A senhora vai… — Haig pareceu impressionado de repente. Dava para ver a aprovação nos olhos de todos quando se entreolharam. — Está dizendo que devemos ficar e lutar contra a rainha de Obscúria? — perguntou Haig com sinceridade.

Abaixei o queixo.

— Está mesmo sugerindo que abandonemos um reino inteiro por medo de uma mulher? Podemos cuidar disso.

— Uma mulher com quinhentos homens! — ladrou Foxworth.

— Acho que, por segurança, devemos levar as famílias nobres e os curandeiros de elite para Fadabrava.

Isso sim me irritou.

— Tudo bem! Vá e seja um covarde com os ricos e nobres. Ficarei com os Flechas Reais e os humildes fazendeiros, e lutarei pelo nosso lar! — rosnei, empurrando a mesa e saindo de supetão da sala.

Eu nunca tinha me sentido tão furiosa na vida e sabia que devia ter descumprido alguma lei ou algo assim. Para mim, deveria haver uma votação, mas eu não dava a mínima. Eu não fugiria com os ricos enquanto a rainha queimava a casa de Raife, a nossa casa, e matava os pobres.

Passos ecoaram atrás de mim, e eu me preparei para brigar. Quando me virei, eram Haig, Aron e Greylin.

Haig se curvou profundamente para mim.

— Minha rainha, vou trazer os fazendeiros e as pessoas das aldeias dos arredores — declarou, disparando pelo corredor em seguida.

Então foi Aron que se curvou.

— Minha rainha, reunirei um grupo e montarei as armadilhas para ursos. — Ele também saiu logo depois, e tentei não demonstrar a emoção no rosto.

Por fim, Greylin se curvou, abrindo um sorriso.

— Farei com que os aldeões me ajudem a encher baldes de bebida e encontrem a senhora nos estábulos com os Flechas Reais.

Depois que ele saiu, minha vontade foi de chorar pelo quanto eles me respeitavam, me chamando de rainha e apoiando meu plano, mas não havia tempo para isso. Mais tarde, eu entornaria uma garrafa inteira de vinho élfico e choraria até dormir na esperança de esquecer o trauma que, sem dúvida, estava prestes a experimentar. Mas antes disso eu tinha uma guerra me esperando.

16

Durante o resgate de minha tia, eu havia aprendido que vestidos não eram convenientes quando se precisava fazer coisas nefastas. Vesti uma das calças pretas de camurça de Raife e sua menor e mais curta túnica que pude encontrar – ainda assim bem grande para mim. Eu era péssima no arco e flecha, mas razoável com a espada, então prendi uma ao cinto e fui ver os Flechas Reais, que se enfileiravam às dezenas diante dos estábulos.

Quando alcancei Cahal, ele lançou um olhar demorado para a minha roupa, mas não disse nada.

— Quantos temos ao todo? — perguntei, acenando com a cabeça para os Flechas Reais e cidadãos de Arquemírea recrutados para lutar e que agora recebiam suas armas.

— Duzentos e cinquenta — respondeu Cahal.

Metade do que a rainha tinha. Me lembrei de uma frase de *A natureza da guerra* que me deu uma ideia.

Jogue com seus pontos fortes.

— Pegue cinquenta de seus melhores arqueiros e os esconda nas árvores de Vale Estreito. Podemos forçar os homens dela a se afunilarem e eliminar pelo menos cem antes que possam recuar.

Cahal sorriu.

— Sim, minha rainha. — Ele se virou e começou a juntar os homens, e eu engoli em seco.

A natureza da guerra também dizia que, *de todas as coisas que fazemos como preparação para a guerra, inspirar o exército é a mais importante.*

Eu teria que fazer um discurso.

Com a ajuda de dois arqueiros, subi no lombo do meu cavalo e coloquei dois dedos na boca, assobiando o mais alto que pude.

Os murmúrios pararam e todos se viraram para olhar para mim, fazendo meu estômago embrulhar.

Fique calma. Inspire-os.

— A rainha Zafira esperou o nosso rei partir para atacar! — rosnei. — Isso me diz que ela tem medo da liderança dele. Ela acha que somos fracos sem Raife Luminare. Vocês são fracos?

Murmúrios.

— Vocês são FRACOS!? — gritei.

A resposta veio com um sonoro *não!*

— Ela não faz ideia de onde acabou de se meter! Não faz ideia da tormenta e do caos que estamos prestes a lançar em seu caminho. Vou morrer sangrando naquele campo de batalha antes de ceder um centímetro de terra élfica para aquele monstro! — A saliva voava da minha boca enquanto eu berrava para todo o campo. Os homens enlouqueceram, gritando e agitando as armas no ar. — Em seus cavalos! — bradei, então permiti que os Flechas Reais me ajudassem a descer.

— Tormenta e caos, hein? — Cahal estava de volta, sorrindo para mim.

Dei de ombros.

— Acho que me empolguei. Só sei que seremos o maior pesadelo que ela já teve — prometi, e ele esporeou o cavalo a fim de partirmos para a guerra.

◆ ◆ ◆

Permitimos que a rainha passasse pela muralha leste. Seu exército pisoteou algumas fazendas ao redor, incluindo aquela com o celeiro amarelo, mas nada que não pudéssemos recuperar. Os Flechas Reais mais talentosos estavam de tocaia nas árvores que flanqueavam Vale

Estreito. O vale levava à parte mais populosa de Arquemírea e ao castelo. A meu pedido, nossos voluntários civis ensoparam o capim seco de álcool, e agora aguardávamos. Por um lado, eu mal acreditava que isso estivesse acontecendo; por outro, operava por instinto.

Fique calma.

Eu poderia surtar mais tarde. Tínhamos que vencer a guerra e proteger o povo. O povo de Raife – e meu também. Eu podia ser uma rainha de mentira aos olhos de meu marido, mas já amava aquela terra, a terra de meu pai, e não deixaria que caísse nas mãos da rainha de Obscúria, não sob a minha supervisão.

Quando um mensageiro veio a galope até a nossa estação, no final do vale, me preparei para seu relatório.

— O exército da rainha está vindo nesta direção! Ela enviou parte da tropa pelo Vale Estreito, mas a maioria o contornou. Ela suspeita de uma emboscada.

Acenei com a cabeça, já esperando aquilo. Qualquer mulher inteligente saberia que passar por um vale entre duas grandes colinas cheias de árvores poderia significar uma armadilha.

— Mantenham o plano! — dei a ordem para nossos homens e comecei a recuar meu cavalo. Contornar o vale significava contornar a colina, trajeto que levava mais tempo em seu solo rochoso do que por uma trilha plana. Mesmo que só houvesse uma centena de homens, não seria fácil passar por lá em tempo hábil.

Cavalguei até Cahal, que estava pronto para me ouvir.

— Quando os homens dela entrarem em Vale Estreito, acenda o fósforo e deixe queimar. Matem qualquer coisa que se mova com flechas.

Ele acenou com a cabeça.

— A senhora vai para a encosta aberta?

Sorri.

— Quero vê-la recuar com meus próprios olhos.

Cahal abriu um sorriso torto.

— É uma honra servi-la, minha rainha. Raife escolheu bem quando se casou.

Minha garganta deu um nó de emoção, ainda mais com a mágoa tão recente. Agradeci sua sinceridade antes de recuar a cavalo e contornar a encosta, desmontando para subi-la por onde minha equipe esperava com as redes.

Quando souberam que eu havia recusado o plano de fuga de Foxworth, massas de civis se ofereceram para lutar pelas terras.

Eu sabia que a rainha de Obscúria suspeitaria de uma armadilha em Vale Estreito, então fiz com que os civis pegassem todas as pedras e pedregulhos possíveis e os colocassem em redes de pesca. Agora estávamos agachados atrás de arbustos em uma camuflagem improvisada, esperando a rainha e seus homens cruzarem o sopé da grande colina. Desse ponto de vista, já era possível ver seu exército. Eu tinha chegado bem a tempo. As últimas duas horas foram as mais graves e tensas da minha vida. Mobilizar um exército, se preparar para a guerra – eu nunca havia experimentado nada daquilo, então fiquei satisfeita porque, embora pudesse ver a bandeira de Obscúria tremulando a distância conforme eles se aproximavam, tínhamos um plano.

A simples visão de mais de quatrocentos homens, dezenas de máquinas, catapultas e soldados com asas mecânicas foi o suficiente para que o terror rastejasse por minha espinha.

Pensei em mais um trecho do livro naquele momento, e agradeci ao Criador por ter lido tudo e guardado tão bem o conteúdo, como fazia com a maioria dos livros que lia.

Pessoas vão morrer. Como líder, deve se preocupar em minimizar as perdas e cuidar dos feridos.

Pessoas vão morrer.

Pessoas vão morrer.

Olhei para os homens e mulheres reunidos à minha volta, a maioria com os próprios arcos e as próprias flechas trazidos de casa, e peitorais improvisados feitos de panelas. Quando um soluço se formou em minha garganta, me virei de costas para que eles não me vissem desmoronar. Escondendo o rosto nas mãos, chorei discretamente. De repente, senti as mãos de alguém nas minhas, afastando-as do meu rosto e secando meus olhos. Ao abrir as pálpebras, me deparei com Haig diante de mim.

Quando ele havia chegado? Ele devia estar escondido no castelo com o resto do conselho.

— Minha rainha, o povo olha para a senhora agora em busca de força.

Pigarreei e o puxei para baixo para se esconder comigo atrás de um arbusto. Enxuguei as lágrimas que ainda restavam no rosto, me virei e encarei a tarefa em questão.

— Preparar as redes — sussurrei o mais alto que pude.

O exército da rainha estava bem abaixo, na base da colina, mas eu não podia perder a oportunidade daquele elemento-surpresa. Ela passou pela colina, seus arqueiros dispararam aleatoriamente enquanto continuávamos agachados e escondidos, sem disparar de volta.

Gritos de surpresa e berros vieram de trás, do outro lado da colina, de dentro do vale, e eu soube que a guerra ali havia começado. Eles tinham se afunilado direto para a armadilha e nossos Flechas Reais os estavam atacando antes que…

A fumaça encheu o ar, e eu lutei para escalar o cume para olhar lá embaixo e ver como a ideia de queimar os campos tinha se saído, mesmo que os gritos dos homens e as explosões das máquinas já denunciassem que Vale Estreito era nosso e que os homens na certa estavam se retirando de lá. Ou melhor, os homens que saíram vivos.

A rainha também sabia. Foi quando a vi, então, liderando o exército. Ela usava seus habituais trajes de batalha de couro vermelho; asas mecânicas presas às costas enquanto cavalgava seu garanhão preto. Amarrados em seus braços estavam o lança-chamas e o disparador de flechas de sempre. Ela era letal como um dragão de Escamabrasa, mortífera como um Flecha Real de Arquemírea.

Durante todo o planejamento, eu não tinha pensado nos homens alados. Asas mecânicas eram invenções relativamente novas. Eu havia visto homens as testando em torno de Obscúria, mas ver seis homens adultos voando para onde estávamos agachados na encosta me embrulhou o estômago.

Precisávamos que a rainha e seu exército avançassem mais um pouco pela encosta. Só que ela havia parado, sem dúvida vendo a fumaça de seu povo carbonizado e ouvindo os gritos de terror. Se atirássemos em seus homens, ela saberia que estávamos ali em cima. Se ela voltasse para buscar sua tropa e todos viessem juntos para cima de nós, minha ideia das pedras iria pelo ralo e estaríamos mortos.

Não desista. Você não tem medo de nada e não teria enviado aqueles homens para o vale se já não tivesse se preparado para perdê-los.

O terreno em que pisavam era rochoso, exceto por uma trilha arenosa que circundava a base da encosta. Observei a indecisão no rosto dela. Ela olhou para seus alados, que agora estavam a três metros de nós. Ninguém na encosta se mexia. Estávamos cobertos de folhas, arbustos, musgo e qualquer coisa marrom ou verde que pudemos encontrar. Eu tinha uma visão perfeita do rosto da rainha por entre os arbustos folhosos atrás dos quais me agachei. Vi o momento em que ela selou seu destino. Um olhar arrogante de superioridade tomou conta de seu rosto e suas narinas se dilataram. O cheiro de carne queimada de seus homens moribundos sobrecarregou o ar, e ela fez uma careta.

— Ataquem! — gritou.

Eles avançaram, se afunilando de três em três pela estreita passagem de areia em uma tentativa de atravessar a colina e atacar meu exército por trás, enquanto esperávamos em Vale Estreito. Os homens alados, distraídos com as ordens de sua rainha, desviaram e dispararam em direção ao fundo do vale, onde todo o nosso exército estava à espreita.

Que o Criador esteja conosco.

Assim que a rainha chegou à minha última rede, me levantei e gritei mais alto do que jamais pensei ser possível.

— Agora! — O berro dilacerou minha garganta, fazendo minha voz falhar no final.

Nosso exército civil entrou em ação, abrindo as redes cheias de pedregulhos que estiveram segurando aquele tempo todo. Ao mesmo tempo, nossos Flechas Reais irromperam dos arbustos e atiraram nos alados e em qualquer arqueiro inimigo em solo.

Rochas e pedregulhos gigantes rolaram pela encosta e se chocaram contra o exército inimigo, derrubando homens de suas montarias, esmagando máquinas, assustando cavalos que corriam sem rumo, expulsando do lombo seus cavaleiros.

— Recarregar! — gritei, embora não fosse necessário, visto que o povo já estava transferindo a segunda leva de pedras atrás deles para as redes e depois as soltando. Não eram muitas, mas o suficiente para causar tanto caos que a rainha perdeu o controle de seu exército. Seus homens se dispersavam como uma multidão de formigas assustadas.

A rainha.

Examinei o solo, mas não consegui mais vê-la. Uma explosão de repente abalou a encosta e me lançou para trás, fazendo minha cabeça atingir o chão duro e meus dentes baterem uns contra os outros.

Fogo. Gritos.

Fique calma. Respirei.

Ela nos havia bombardeado. Uma de suas catapultas devia ter sido armada com antecedência, como se ela esperasse um ataque. Me levantei e uma sombra me cobriu de cima. Ergui os olhos no instante em que a rainha apontava seu disparador de flechas para mim.

Tudo aconteceu tão rápido que mal pude processar. Ela sacudiu o pulso direto para mim e um dardo saiu do lançador. Então um borrão se moveu diante de mim, enquanto Haig se interpunha no caminho.

— Não! — gritei. O raio era vermelho e tão forte que atravessou metade de seu peito, jogando-o para trás em cima de mim antes de cair no chão aos meus pés.

Então, com o despertar de algo selvagem no peito, saltei, pulando sobre ele e me lançando para o alto. Alcancei o tornozelo da rainha e fiquei pendurada em sua perna por um segundo antes que ela perdesse o equilíbrio. Ela bateu as asas de metal freneticamente, tentando se manter no ar, mas as engenhocas não foram feitas para aguentar o peso de duas pessoas.

Com um grunhido, ela despencou do céu como um pássaro abatido, batendo primeiro o traseiro e depois as costas. Não perdi tempo antes de me rastejar para cima dela, possuída por uma fúria desenfreada.

Eu não sabia o que estava fazendo. Movida por puro instinto, segurei suas bochechas entre as mãos e pus a boca a centímetros da dela. Seus olhos se arregalaram e ela congelou por um instante, sem dúvida pensando que eu fosse beijá-la.

Então eu inspirei. Minha magia foi convocada, e, em vez de dar vida a um moribundo, eu a *tirei* de um ser vivo. Suguei a força vital da rainha direto de sua boca. Chocada com a névoa branca que deixava seus lábios abertos e entrava em meus pulmões, eu me senti ao mesmo tempo assustada e fascinada com a descoberta do novo dom. Observei com admiração uma mecha de seu cabelo ficar branca.

Vou matá-la, pensei por um segundo de perplexidade, então algo perfurou meu ombro e a dor se alastrou pelo meu braço, me fazendo perder o controle sobre a rainha. Ela tinha usado a distração para dar uma joelhada na minha virilha e me empurrar de cima dela.

Fiquei deitada de costas, flechas voavam em todas as direções, e observei, maravilhada, ela ascender aos céus novamente. Suas asas brilhavam com a luz do sol poente, enquanto eu tentava entender o que havia acabado de fazer. O que eu era capaz de fazer.

Talvez eu não fosse só *abençoada*; talvez também fosse *amaldiçoada*. O dom parecia servir nos dois sentidos.

— Recuar! — gritou a rainha de Obscúria do céu, e as trombetas ruidosas de Obscúria soaram por todo o vale.

O som me encheu de alívio, e me perguntei se eu a tinha enfraquecido. Ela voava de modo vacilante, sua voz estava rouca. Será que eu havia tirado um pouco de sua energia vital? Será que tinha encurtado sua vida?

Puxei o rabo de cavalo para a frente e inspecionei o pedaço marrom mais escuro. Havia mais do que antes? Será que a rainha tinha acabado de me dar mais vida?

A dor em meu ombro me forçou a voltar ao que estava acontecendo e, quando olhei para a minha ferida e a flecha que saía dela, me lembrei de Haig.

Lutando para me levantar, rastejei até o velho. Ele estava deitado de costas, sangrando muito pela barriga, enquanto os curandeiros tentavam, em vão, salvá-lo. Mas o caso estava além de um simples curandeiro. Se Raife estivesse ali, mas...

— Afaste-se — ordenei. Eu não sabia quantos sopros me restavam. Na certa um. Talvez dois. Até três, se o que eu havia tirado da rainha tivesse aumentado a minha energia vital, eu não sabia como isso funcionava. Quando pairei sobre Haig e abri os lábios, ele os cobriu com a mão, imobilizando meu rosto com força e me impedindo de soprar sobre ele.

— Já sou velho. Tive uma vida boa — argumentou, sem forças. — Morrer vendo a retirada do exército da rainha de Obscúria é uma boa morte. Não tire isso de mim e não desperdice o seu precioso dom comigo, menina.

As lágrimas escorriam de meus olhos e molhavam seus dedos. Eu queria agradecê-lo por ter salvado minha vida, mas seus dedos ainda cobriam com força minha boca, como uma mordaça de aço. Como se estivesse lendo minha mente, ele olhou para mim.

— Trocar a minha vida pela sua foi uma honra... minha rainha.

As lágrimas rolavam mais rápido agora. Ele deu seu último suspiro antes de seus olhos ficarem vidrados e seu peito não se mexer mais. Sua mão caiu da minha boca e bateu no chão. Precisei de todo o meu autocontrole para não tentar salvá-lo. Eu queria honrar seu desejo. Um homem deve poder escolher como morrer.

— Minha rainha! — gritou Cahal, me fazendo levantar enquanto secava os olhos.

Eu desmoronaria mais tarde; meu povo ainda precisava de mim.

Meu ombro doía como Hades, mas segui a direção da voz e vi Cahal subindo até o topo da encosta.

— Temos muitos feridos, e o vale continua em chamas, mas as tropas recuaram — relatou, um pouco sem fôlego.

Me dirigi à guarda real, atrás dele.

— Curem os feridos! Apaguem o fogo! Enviem batedores para garantir que todo o exército saia. — Então me voltei para os civis. — Reúnam nossos mortos para o enterro. E queimem os soldados de Obscúria. — O povo correu para cumprir as ordens.

Cahal não havia se mexido. Ele estava olhando para o meu ombro.

— Minha rainha, a senhora precisa de cura.

— Não. Estou bem. Serei curada depois que o último homem for — afirmei.

A natureza da guerra tinha uma frase muito comovente que não saiu mais da minha cabeça. *No dia da batalha, seja o último a comer, o último a comemorar e o último a ser curado, se puder. Isso lhe renderá um respeito entre seu exército que não se pode comprar com joias e moedas.*

Eu queria o respeito daqueles homens. Queria o perdão deles. Eu os havia conduzido para uma batalha em que alguns deles morreram. Pais, filhos, irmãos. Não fiz isso de maneira leviana e, embora tivéssemos vencido, as derrotas marcariam para sempre aquele dia em nossa memória. Eu queria honrar isso. O ferimento não estava tão feio. Eu conseguia mover os dedos, então os tendões estavam intactos, e o sangramento parecia obstruído pela flecha, deixando claro que nenhuma artéria havia sido atingida. A dor era controlável.

Cahal pôs o punho no peito e fez uma reverência antes de se retirar.

Eu o segui, subindo devagar a colina para espiar do outro lado. Quando vi a carnificina, respirei fundo e tossi com a invasão da fumaça nos pulmões. Todo o vale estava repleto de soldados de Obscúria mortos. Eles haviam sido queimados e o chão estava preto de fuligem. Fazendeiros e soldados carregavam baldes de água para apagar o fogo nas bordas que ameaçava as árvores.

As tendas de cura que montamos de antemão estavam cheias, e havia uma pequena pilha de corpos de elfos para serem levados para o enterro.

Tentei não contar, mas não pude evitar.

Doze. Doze homens haviam morrido por decisões que tomei. Teria sido menos se Raife estivesse no comando? Teria sido zero?

Ele me perdoaria por ter ido à guerra com seu exército e ter perdido doze homens?

Enquanto descia o vale para verificar a tenda de cura e ver se alguém precisava de ajuda, a primeira pessoa começou a bater palmas. Depois outra. Meus braços se arrepiaram quando percebi que eram para mim. Um sinal de que, embora eu visse os doze cadáveres como um fracasso, eles estavam satisfeitos com o andamento de tudo e viram a batalha como uma vitória.

Acenei para cada um ao passar, mas não consegui sorrir.

A guerra não merecia sorrisos, mesmo na vitória, porque ninguém de verdade ganha quando pelo menos uma pessoa morre.

Os curadores levaram cinco horas para tratar todos os feridos e depois a mim. Felizmente, todos os elfos tinham alguma habilidade de cura, então mulheres e até criancinhas vieram ajudar a cuidar dos feridos. Minha ferida de flecha se fechou depressa, deixando para trás apenas uma leve marca rosada. Eu disse ao meu curador para não apagar de todo a marca do ferimento, para permitir que cicatrizasse de modo que eu pudesse me lembrar do dia em que encontrei a força para ser uma rainha de verdade, não de mentira.

No meio da noite, me sentei no salão de reuniões com o que restava do conselho, Aron e Greylin. Foxworth tinha fugido, e Haig estava morto.

— Lamento por seu pai — repeti pela décima vez para Aron.

Ele parecia triste, mas estava se controlando bem.

— O velho sempre quis uma morte digna em batalha. Ele não foi feito para ficar preso numa sala o dia todo, reunião após reunião.

Inclinei a cabeça.

— O último mensageiro informou que Zafira e seus homens se foram e nosso pessoal já está consertando a muralha, trabalhando em turnos.

Greylin esfregou o rosto.

— Estou exausto, mas não sei se consigo dormir.

Eu sabia o que ele queria dizer. E se a rainha voltasse com um exército três vezes maior? E se ela não tivesse terminado?

A porta se abriu de supetão, e eu pulei ligeiramente ao ver a figura de Raife. Ele parecia totalmente limpo e livre de ferimentos, o que me deixou grata, mas seus olhos estavam arregalados, o peito arfava. Ele parecia... colérico.

— Você liderou o meu exército no campo de batalha? — rosnou.

Claro que ele teria visto a cena no caminho de volta – a terra queimada, as pilhas de corpos. Já deve ter falado com Cahal e ouvido o relatório completo.

Engoli em seco, tentando não pensar na carta que ele havia me deixado.

Aron se levantou e olhou Raife nos olhos.

— Milorde, ela deixou nosso reino orgulhoso, deixou sua coroa orgulhosa. As pessoas estão seguras e...

— Preciso falar com Lani em particular. Saiam! — Raife gritou para o conselho.

Greylin o olhou atravessado.

— O senhor não tem motivos para ficar aborrecido com ela. Ela expulsou a rainha de Obscúria quando outros quiseram fugir!

— Saiam. Já! — reforçou Raife com os dentes cerrados.

Eles saíram, me lançando olhares preocupados. Eu estava coberta de terra, sangue e fuligem. Ainda usava a túnica de Raife, rasgada no ombro e amarrada sob a axila para expor meu ferimento e deixá-lo cicatrizar. Se o rei quisesse me punir, eu aceitaria. Me levantei e o encarei com o queixo erguido, pronta para sua ira.

Será que ele sabia que Haig estava morto? Tentei não pensar no bilhete. Era melhor que a conversa fosse o mais profissional possível.

Então Raife se virou para mim, os olhos examinando cada centímetro meu, e quase pude sentir sua carícia.

— Você foi para o campo de batalha? *Liderou* uma guerra? — Ele parecia estar sofrendo. Eu estava tão confusa que não consegui processar, então simplesmente balancei a cabeça.

Ele levou as mãos ao queixo, envolvendo o maxilar em agonia.

— Você poderia ter morrido. Não posso mais fazer isso.

Senti um aperto no estômago.

— Fazer o quê?

— Ser seu amigo. Eu odeio ser seu amigo. Que se *dane* isso de amigo — declarou.

Eu não conseguia respirar. Foi como se sua explosão tivesse absorvido todo o oxigênio da sala. Meu queixo caiu em choque. Eu não sabia mais se deveria me sentir mal ou... o quê.

Ele tirou as mãos do rosto e deu um passo na minha direção, diminuindo o espaço entre nós.

— Não aguento nem mais um segundo fingindo que não estou perdidamente apaixonado por você, Kailani. Fingindo que esse casamento é falso. Não é falso e não posso mais lutar contra isso. Estou cansado demais e gosto demais de você. — Ele encostou a testa na minha. — Você me *consome* — disse e, quando seus lábios encontraram os meus, ofeguei.

Era como se o buraco escuro que ele havia aberto em meu peito com toda a sua rejeição e distância de repente se enchesse de luz. Era como se eu estivesse vibrando, flutuando; meu corpo não conseguia processar a euforia, e eu não sabia dizer se ela vinha dele ou de mim. Vinha dos dois, percebi, uma mistura inebriante de amor e desejo.

Então ele se afastou, me olhando com vulnerabilidade.

— Se você ainda me quiser.

Um sorriso puxou meus lábios e eu segurei seu queixo.

— Raife, desde que te conheci, passo todos os dias querendo você.

E assim, seus lábios voltaram para os meus, seus dedos deslizaram pelas costas da minha túnica, e eu me atrapalhei com o cinto que prendia sua calça.

Eu precisava dele, precisava fazer amor com ele para solidificar que não, eu *não* era a droga de uma amiga.

Mas primeiro ele precisava saber de uma coisa. Quando me afastei, ele congelou, olhando nos meus olhos sem entender por que eu havia parado.

— Raife, Haig morreu, pessoas morreram... — Minha voz falhou e ele balançou a cabeça, acariciando meu rosto.

— Tudo bem. O que importa é que você está viva e a rainha de Obscúria fugiu. As pessoas estão cantando seu nome nas ruas, meu amor.

A aceitação da perda de seu povo era exatamente do que eu precisava para me curar. Naquele momento, minha culpa se dissipou, e deixei minha calça e túnica caírem no chão.

Seu olhar percorreu minha pele nua com os olhos semicerrados.

— Ouvi dizer que você tinha necessidades que precisavam ser atendidas, é?

Inclinei a cabeça para trás e ri, sentindo sua boca pousar no meu pescoço, chupando-o e me fazendo gemer.

Raife se afastou e me olhou nos olhos.

— Sua tia tinha razão. A família é o que faz de um lugar um lar, e você é a minha família agora, Kailani. Para sempre.

Uma lágrima solitária escapou de meu olho e Raife baixou o rosto para beijá-la.

Ser a família de Raife, depois de saber o quanto ele havia perdido tantos anos antes, era uma honra maior do que ser apenas sua esposa e rainha. Eu queria ser tudo dele, e agora eu seria.

Raife

Quando Kailani me disse que estava insatisfeita e queria ter um amante, quase a atirei no sofá e a reivindiquei ali mesmo. Essa mulher se tornou dona do meu coração desde o dia em que pus os olhos nela, na sala com o traficante de escravos.

Na noite em que percebi que estava me apaixonando por Kailani, ela estava embriagada de vinho élfico, então não pude contar a ela. A maioria dos homens ficaria radiante por se apaixonar pela noiva, mas eu fiquei apavorado. Eu mal havia sobrevivido à perda da minha família. O pensamento de acabar com a minha própria vida não saía da minha cabeça nos primeiros três anos. Amar mais alguém que poderia ser morto pela rainha de Obscúria seria meu fim.

Na noite em que ela ficou bêbada demais e eu a beijei, mal preguei os olhos. Tive pesadelos com Kailani se contorcendo no chão e espumando pela boca. Então, em vez de amá-la, a afastei, lutei contra a atração insana que sentia por ela, a protegi. Mas também a magoei com minha rejeição, e esperava que ela me perdoasse por isso um dia.

— Bom dia, meu amor.

Kailani rolou na cama e beijou meu pescoço. Era a segunda noite em que dividíamos a cama, e a ansiedade que eu esperava ao baixar totalmente a guarda, amando Lani plenamente, nunca veio. Em vez disso, me senti curado, inteiro. Ela era a peça do quebra-cabeça que faltava o tempo todo. A pessoa com quem eu poderia contar e começar uma família.

— Ouvi dizer que há uma escassez de bebida por sua causa. — Beijei seu nariz e ela riu, acariciando meu peito.

Meu Criador, como eu adorava aquela risada.

Será que ela tinha alguma ideia de como era inteligente? Conduzir a rainha a um Vale Estreito encharcado de álcool e queimá-lo foi genial. Eu estava casado com um gênio.

Então divaguei. Uma semana. Drae só me encontraria dali a uma semana. Era muito tempo depois do ataque da rainha. Será que poderia tirar uma semana? Será que ela voltaria antes?

— O que foi? — perguntou Lani.

Eu odiava e amava que ela tivesse o mesmo dom de empatia da minha mãe, um dom que eu amava e também odiava por não me deixar esconder nada dela. Eu não queria preocupá-la sem necessidade.

— Nada. É que Drae disse que só poderia me encontrar daqui a uma semana. A esposa dele teve gêmeas.

Lani sorriu.

— Fico muito feliz por eles… mas uma semana é muito tempo. Ainda mais depois que…

Houve uma batida à porta.

Me levantei, vesti a túnica e a calça, e a abri.

A sra. Tirth estava à porta com uma aparência aflita.

— O rei-dragão está lá fora com os homens dele.

Meus olhos quase saltaram das órbitas. Os homens dele?

— O quê?

— Ele disse que o senhor vai para Fadabrava e que eu preciso fazer a sua mala.

Agora aquele canalha estava mandando na minha governanta? Não pude deixar de sorrir. Ele tinha vindo mais cedo.

Olhei para Lani, que correu e me deu um beijo nos lábios.

— Vá. Tenho tudo sob controle aqui.

E ela tinha. Eu sabia disso agora, e por mais que não quisesse deixá-la depois de ter acabado de confessar o que de fato sentia, não podia deixar Drae esperando. Precisávamos aniquilar a rainha antes que ela se fortalecesse demais.

Corri para a entrada do palácio, onde me deparei com Drae Valdren e o que parecia quase metade de seu exército. Os Drayken compunham as três primeiras fileiras de homens e se destacavam com sua armadura preta de escamas de dragão. Eles traziam bandeiras com o brasão de Escamabrasa e formavam uma visão impressionante.

— Sem palavras? — Drae se aproximou de mim com um sorriso.

— Não pensei que isso fosse possível.

Dei um grande sorriso.

— Você veio antes e ainda trouxe os seus amigos.

O sorriso de Drae se alargou.

— Ouvi por aí que aquela vadia atacou enquanto você estava fora. Marchamos direto por Passagem Escura a caminho daqui. Quero que ela saiba que estamos do seu lado. Que estamos unindo forças contra ela. Acho que meus homens podem ficar em Arquemírea enquanto buscamos Lucien e Axil. Dizem que a caça é de primeira por aqui.

Drae era um bom amigo. Pode ter me abandonado antes, quando meus pais morreram, mas não passava de um menino na época. Agora ele era um homem e um bom rei, e mais do que compensou tudo aquilo.

— Fiquem à vontade para caçar o quanto quiserem. Como estão as suas meninas?

Drae riu.

— Eu disse para Arwen descansar, mas ela já deve estar com as bebês amarradas ao peito, praticando o arremesso de facas dela.

Joguei a cabeça para trás e gargalhei. Drae parecia ter se casado com a mulher perfeita para ele.

— Você parece ter deixado o seu reino em boas mãos.

Ele balançou a cabeça.

— Devemos fazer uma visita a Lucien?

Minha expressão se tornou tensa. Lucien quase havia me matado da última vez. Pelo bem de Kailani, eu tinha agido como se não fosse nada, mas vi nos olhos dele: ele teria me matado se ela não estivesse lá.

— Ele não é o mesmo amigo de quem nos lembramos. A vida o endureceu.

Não sabia se era só o que eu tinha feito, dormindo com o amor da vida dele, ou alguma outra coisa, mas ele havia se tornado uma pessoa sombria. Todos os vestígios do menino brincalhão e risonho haviam desaparecido.

Drae inclinou a cabeça.

— Então teremos que lembrá-lo de quem ele é.

Com isso, meu amigo mais antigo no mundo pegou uma caixa de metal, enferrujada nos cantos e coberta de terra.

Meu queixo caiu ao vê-la, tendo me esquecido totalmente dela.

— Você desenterrou! — o repreendi. Era algo que nós quatro deveríamos fazer juntos, depois que nos tornássemos reis. Eu nem lembrava o que havia colocado dentro. Tinha oito anos na época.

Drae deu de ombros.

— Somos todos reis agora, e nenhum de nós se fala mais, então pensei em tomar a iniciativa.

Para falar a verdade, eu estava muito animado para abri-la. Eu me lembrava vagamente daquela noite. Estávamos assando batatas-doces na fogueira em um de nossos retiros anuais. A caixa de lembranças foi ideia de Lucien. Ele disse que deveríamos enterrar alguma coisa para nos lembrarmos das crianças felizes que éramos, porque um dia nos tornaríamos velhos reis raivosos como nossos pais.

Trazer a caixa havia sido uma ótima ideia. Ela poderia trazer Lucien de volta do lugar escuro para onde ele havia ido. Se eu tivesse sido o responsável por colocá-lo lá, jamais me perdoaria.

Acho que está na hora de descobrir.

Fim.

Agradecimentos

Como sempre, fico muito agradecida aos meus incríveis leitores! Eu não poderia mesmo fazer isso sem vocês. Ainda me surpreendo com a minha criatividade, e poder ganhar a vida com isso, e alguém de fato querer ler o que escrevo. Agradeço ao meu Wolf Pack e seu inestimável apoio. Para meus editores Lee e Kate, sou uma bagunça sem vocês. E sempre ao meu marido e filhos, por compartilharem comigo a minha arte. <3

Leia também:

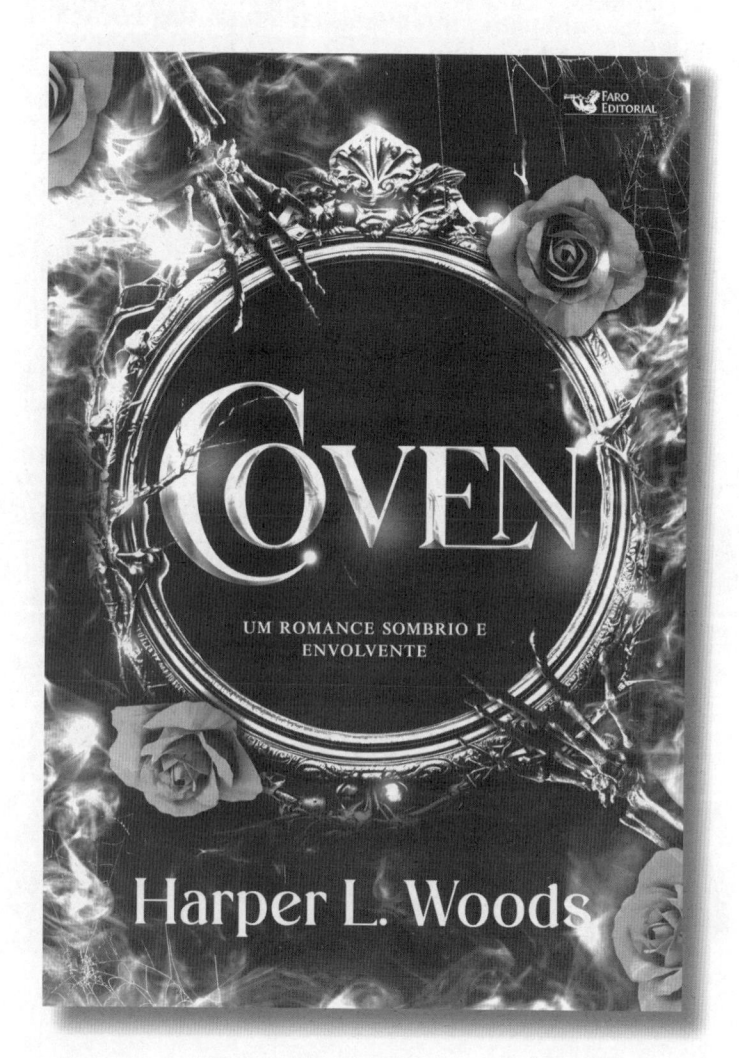

COVEN

UM ROMANCE SOMBRIO E
ENVOLVENTE

Harper L. Woods

FARO
EDITORIAL

MARCADA

DAS CINZAS DE UM AMOR
OBSSESSIVO, ELA TERÁ DE SE
ERGUER PARA RECONSTRUIR
O MUNDO.

HARPER L. WOODS

DA AUTORA DE *COVEN*

KENNEDY RYAN

ANTES DE ME LIBERTAR DE VOCÊ

"Temos Tolkien, Pullman, e agora Katherine Rundell. Com uma inventidade e escrita maravilhosas."

– **MICHAEL MORPURGO**, autor de *Cavalo de guerra*

CRIATURAS IMPOSSÍVEIS

Ganhador de sete prêmios de melhor livro juvenil do ano!

KATHERINE RUNDELL

Faro Editorial